KB108330

헝가리 1000만부 국민작가의
에스페란토 원작 범죄 스릴러

살모사들의 둥지

이스트반 네메레(ISTVÁN NEMERE) 지음
장정렬 옮김

살모사들의 둥지

인 쇄 : 2022년 6월 6일 초판 1쇄
발 행 : 2022년 6월 20일 초판 2쇄
지은이 : 이스트반 네메레(ISTVÁN NEMERE)
옮긴이 : 장정렬(Ombro)
표지디자인 : 노혜지
교정교열 : 육영애
펴낸이 : 오태영(Mateno)
출판사 : 진달래
신고 번호 : 제25100-2020-000085호
신고 일자 : 2020.10.29
주 소 : 서울시 구로구 부일로 985, 101호
전 화 : 02-2688-1561
팩 스 : 0504-200-1561
이메일 : 5morning@naver.com
인쇄소 : TECH D & P(마포구)

값 : 15,000원
ISBN : 979-11-91643-55-8(03890)

헝가리 1000만부 국민작가의
에스페란토 원작 범죄 스릴러

살모사들의 둥지

이스트반 네메레(ISTVÁN NEMERE) 지음
장정렬 옮김

진달래 출판사

<원서 안내>

NESTO DE VIPEROJ
‐ Istvan Nemere
Moskvo : Impeto, 1994
181p. ; 21cm

살인사건을 다루는 범죄 스릴러

　　저자: 이스트반 네메레

　　제목: 살모사들의 둥지

　　출판사: 임페토(IMPETO), 모스크바, 1994년

　　언어: 에스페란토

이 책을 구매하신 모든 분께 감사드립니다.
진달래 출판사를 사랑하시는 독자에게 감사드립니다.
출판을 이어가는 힘은 독자가 있기 때문입니다.
기꺼이 출판 허락해준 작가와 번역가에게도
감사드립니다.

　　　　　　　오태영 (mateno, 진달래출판사 대표)

목 차

1. 비명을 지르는 여자들

바람이 마당으로 몰래 불어 왔다.

나뭇가지들은 거의 움직임이 없지만 때로 마른 나뭇가지들이 바스락거렸다. 짙은 그림자들이 키 작은 꽃나무 사이에 드리웠다. 달은 구름 저편으로 제 갈 길을 가고 있었다. 그 순간 풀밭은 거의 검게 보였다. 풀밭의 이쪽 경계에서 저쪽 경계까지 밤의 양탄자가 펼쳐졌다. 자갈 깔린 하얀 산책로가 여러 방향으로 뻗어 있었다.

물고기가 사는 작은 연못 뒤편으로 작은 집 한 채가 어둠 속에 모습을 감추고 있었다. 때는 새벽 2시경. 올빼미 한 마리가 정원 위로 날아 이웃집 정원으로 사라졌다. 저 멀리 낮은 산의 윤곽이 여럿 보였다.

빌라 한 채도 어둠에 휩싸여있었다. 희미한 달빛은 지붕 위에 매달린 최신 텔레비전 안테나에서 반사돼 반짝거렸다. 담 옆에선 고슴도치 한 마리가 요란한 소리를 내더니 잠시 후 풀밭으로 사라졌다. 한참 동안 여기저기 돌아다니는 고슴도치의 소리가 들려왔다. 살랑거리는 바람이 담장 위 개머루 나무 잎사귀 사이에서 속삭였다. 자동차 차고의 평평한 지붕 위로는 고양이 한 마리가 두 눈을 번뜩이며 몰래 다녔다. 작은 산 위로 박쥐 두 마리가 지그재그로 날고 있다. 주변 주민들도 잘 알고 있는 그 박쥐들은 여름을 두 번이나 이곳에서 보내고 있다. 박쥐의 야간사냥은 이젠 마무리에 와 있다. 아주, 저 멀리서 자동차 한 대가 지나가는 소리를 냈으나 다시 조용해졌다. 낯설지 않은, 여기서는 익숙한 가정의 정적이 있다.

그러고는 나중에 달도 숨자, 빌라도 보이지 않았다. 키가 큰 나무 몇 그루 가지 꼭대기 끝에서만 하늘 위로 그림이 그려지고 있었다. 이젠 밤은 자정을 지나 몇 시간이 흘렀다. 하늘은 깜깜하기만 한데 구름 사이로 어디선가 밝아오는 조짐이 보였다. 공기조차 하늘 아래서 땅 위에서 짙게 드리워져 있는 것 같다. 이제는 박쥐들도 날아가고 고양이도 지붕 위에서 사라졌다. 새들은 아직 움직임이 없다. 고슴도치의 작은 소란도 이미 멀어졌다. 산에도, 길에도, 가까운 도시에도….

잠시 후 그 빌라 있는 쪽에서 천둥 치는 듯한 이상한 소리가 들렸다. 그 뒤 곧장 다시 고요해졌다. 마치 땅도 사람도 방금 그런 소리가 났었는지 믿지 못하는 것 같다. 그 소리는 몹시도 잔혹한 탈선의 곡조였다. 금세 어느 정방형 창문 하나에 누런 불이 밝혀지고, 사람들 발걸음이 부산하게 들려왔다. 복도에선지, 층계에선지…. 작은 불빛이 많아지고, 창문은 또 다른 불 켜진 창문을 짝으로 갖게 되고 연이어 셋째, 넷째 창문에서도…. 비명을 지르는 여자의 목소리가 길고도 뼈아프게 들려왔다.

카스 콜러 경위는 서른네 살이다. 그의 아내는 그의 곁을 떠난 지 오래다. 그 사실은 이미 다른 형사들도 잘 알고 있다. 아내와 사는, 그것도 첫 아내와 함께 사는 형사는 드물다. 그런 형사의 생활은 결혼 생활과 조화로울까? 만약 누가 그렇다고 강하게 주장한다면, 바로 그 사람은 거짓말을 하는 것이다. 적어도 살해범을 다루는 강력계 형사들 세계에서는. 콜러는 경위일 뿐이지만, 사람들이 그를 '수사관'으로 불러 주면 기꺼이 들었다. 동료들이나, 특히 부하들은 그에게서 뭘 요청하려고 할 땐 그를 그렇게 불러 준다. 콜러는 검은 머리카락에 까만 눈을 한 형사로,

한때 스포츠를 했지만, 지금은 운동을 좋아하지 않은 성격이 돼 버렸다. 간혹 그는 스포츠가 아니라 정말 싸워야 했다.

"보통 내가 맡은 사건들의 경우, 그 사건 주모자들은 심하게 감기에 걸리면 잡히지."

콜러는 습관적으로 그렇게 말해왔다. 최근 그는 업무가 그리 많지 않아도, 살해범 검거실적이 좋아, 강력반 부서 반장이 기뻐할 정도로 언제나 수사 실적을 아름답게 한다. 그만큼 많은 실적을 쌓아야 '성공가도'에 도움이 된다. 하지만 콜러는 그와 비슷한 말을 싫어하고 보통 통계에 대해서도 무관심했다.

콜러는 지금 푹신한 안락의자에 누운 듯이 앉아 있다. 만약 그가 경찰청사 안에 있으면, 그를 제외하고 아무도 그 안락의자에 앉을 수 없다. 그는 이 안락의자를 자기 것으로 믿을 정도이다. 강력반에서 야간당직은 모두 싫어한다. 콜러도 마찬가지였다. 지난 2주간 근무 중 한 가지 사실만 당직자들의 기분을 낫게 해주었다. 즉, 새로 전입한 여형사 **리나 브렌트**가 그들과 함께 근무하게 된 것이다.

첫 주간에 리나는 평일 낮 근무조에 속했지만, 나중에 반장이 리나에게 물었다.

"여자도 야간 근무를 하면 어때요? 남녀가 동등한데. 빌어먹을, 왜 그녀라고 낮이나 밤이나 남자처럼 근무할 수 없겠는가!"

그 말에 바로 리나는 반대의견을 내지 않았다. 언제나 그녀는 남자와 비슷해지기를 원했다.

리나는 스물아홉 살의 이혼녀다. 지금 리나는 여자 화장실 거울 앞에 서서 자신의 모습을 보고 있다. 리나는 새벽 4시 반에 뭔가 이와 비슷한 행동을 간혹 했다는 생각을 했고, 왜 안되는지….

"나는 아직 이뻐."

리나는 객관적으로 그렇게 결론을 내리고는, 자신의 재킷을 살짝 아래로 당겨 내렸다. 리나가 마침내 밖으로 나왔을 때, 건물은 온통 어두웠다. 하지만 수많은 벽 뒤에는 누군가 무선으로 연락하고, 타자기를 요란하게 두들기고, 다른 기계들도 에어컨 소리인지, 아니면 엘리베이터가 위로 올라가는 소리인지 낮은 소리를 내는 걸 느낄 수 있었다.

카스 콜러는 바로 리나를 생각했다. 리나도 이혼녀다. 리나는 타 도시에서 이 도시로 전입해 온 경찰이다. 리나는 지금까지 타 도시에서 경위로 근무했다고 한다. 남편도 수사관이란다. 그럼 경찰 부부! 카스 콜러는 메스꺼운 생각이 들었다.

리나는 이혼하는 바람에, 이전 남편과 같은 직장에서 근무할 수 없게 됐다. 리나는 콜러보다 키가 좀 작은 편이고, 머리는 짧고, 몸은 스포츠형이다.

'그녀는 아름다워.'

콜러는 그런 생각을 품고 있었다. 의식적으로 그 남자 형사는 이번 주의 야간당직을 그 두 사람이 맡게 되자, 살짝 기뻐하기조차 했다. 여기서는 이전에 그런 일이 없었다.

'야간 근무에 남자와 여자가 한 조로!'

리나는 출입문을 지나 들어섰으나, 아무 말을 하지 않았다. 그 두 사람이 지금 무슨 생각을 서로 교환할 수 있겠는가. 이미 인사 투로 날씨나 다른 동료들의 행동거지, 일반적인 근무 성격, 지난해 가장 흥미로웠던 사건들은 말한 적이 있다. 콜러는 벽시계를 처다보았다. 4시 30분이 지났다. 이 시간에 사람들은 마침내 아침이 왔으니 집에 갈 수 있겠지 하는 것만 기대한다. 이젠 아무 일도 일어나지 않으면 더욱 좋다. 또 그들이 교대로 반장실 긴 소파에서 잘 수 있으면 금상첨화다. 그 '늙은이'가 야간근무자들 습관을 안다면 몹시 화를 낼 것이다. 그러나 아무도 그 사실을 반장에게 밀고하지 않는다.

2. 유명작가 테오 벨머의 죽음

그런데, 정말 며칠 전, 어느 날, 그 반장은 그 긴 소파를 만져 보고는 놀라서 말한 적이 있다. "이 소파가 이렇게 편평해져 있다니!"라고. 그 자신이 여기에 앉아 본 적이 없는데,

리나가, 화장실에서 돌아와, 자리에 앉았다. 그때 곧바로 전화가 울렸다. 그 남자 형사가 전화기 가까이 앉았기에 자신의 손을 뻗었다. 그는 중앙 당직자와 통화하더니, 곧 긴장했다. 리나는 그 형사 얼굴을 쳐다보고는 본능적으로 '뭔가 일어났구나' 하고 느꼈다. 만약 뭔가 일어났다면, 그들에겐 일거리가 주어지는 것이다. 이 사실이 그 남자 형사 얼굴에 확연히 드러나자, 리나는 일어났다. 콜러는 여형사의 몸매와 바지와 재킷을 보았다.

'리나는 가슴이 아름답군.'

그 남자 형사는 남자 방식으로 생각했으나, 딴 마음은 없었다. 그는 지금 전화로 듣는 일이 더 중요했다.

콜러가 수화기를 내려놓자, 리나는 무슨 소식을 전할지 기다렸다. 콜러는 자리에서 일어나 자신의 재킷을 찾았다.

"살인사건이 났어요! 더구나 그 희생자가 누군지 알아요?"

"아뇨, 어서 말해 봐요!"

"테오 벨머, 유명작가요."

그 빌라는 갑자기 그 두 사람 앞에 높다랗게 서 있다. 두 사람은 그 빌라가 대문에서 그리 가깝게 자리 잡고 있으리라고는 생각조차 하지 못했다. 희미한 어둠은 아주 이상한 형상을 띠게 했다. 간혹 아침처럼 느껴지지만, 빛은 아직 밤 같이 여겨지게

한다. 그림자들은 땅 위에 드리웠고, 나무들은 꼼짝 않는 조각처럼 열병을 한 채 늘어섰다. 경계석 뒤에 어린 꽃나무들이 서 있었다. 콜러는 분명히 진짜 공원 같은 정원이 그 건물 뒤에 자리하리라 추측했다.

'아마 그 건물 정면은 도로 편이 아니라, 뒤편 정원을 향해 있으리라.'

정말 이 지역의 많은 집은 그런 방식의 건축물이다.

리나는 말이 없다. 그들이 마당을 자동차로 지나가자 긴장감이 팽팽해졌다. 지금까지 리나는 살인사건에 간혹 투입됐지만, 한 번도 모든 걸 혼자서 해결한 적은 없었다. 그런 이유로 리나는 책임이 적었다. 하지만 지금 이 긴장은 책임감을 강하게 해서 위장이 뻐근해질 정도였다. 그녀 뇌 뒤편에서도 긴장감이 느껴졌다. 형사라는 직업이 얼마나 이상한 직업인가! 다른 사람들이 무슨 생각을 하는지 알아야 하고, 나중엔 한때 무슨 생각을 했는지 다시 검토해서 재구성해야 한다.

'왜 살인을 저질렀지, 무슨 원인으로?'

형사들은 그림자 같다는 생각을, 리나는 지금 주위의 집과 나무 그림자들을 바라보면서 하고 있다.

'우리는 무슨 실제적인, 확고한 사실이나 사건을 언제나 뒤따라 갈 뿐, 동시에 함께는 전적으로 하지 않는다! 우리는 그 사건 자체가 아니고, 그 사건이나 그 사실의 늦은 복사판이다. 우린 그것의 결과다. 더 힘센 권력, 복수로 하는 벌, 하지만 자주 실패하기도 한다.

리나는 콜러를 몰래 바라보며 자기 생각을 절대로 말하지 않을 것을 알고 있다. 그 남자 형사도 그 점을 생각하고 있음에도.

정말 카스 콜러는 어리석지 않다.

그런 예측은 실제가 됐다. 주요 출입구는 집 뒤편에 있지만 도로 쪽은 아니었다. 그곳에는 창문들만 보이고, 지금 모두 차양이 내려진 채 달혀 있다. 공원 옆으로 몇 개의 잘 다듬어진 울타리 열이 사람 높이 만큼 교차하여 있어도 미궁처럼 보이진 않았다. 중앙에 더 넓은 텅 빈 풀밭이 있고, 더 멀리 큰 수영장에는 물이 반짝였다. 풀밭에는 몇 그루 나무가 매우 오래된 것 같이 버티고 있다. 지금 그 정원엔 약간 차가우면서도 우아한 정적이 감돈다.

"정말 이 정원 크군요."

카스 콜러는 차에서 내리면서 말했다.

"아마 필시 정원사도 한 명은 고용해 두겠군요."

"집의 일꾼도 몇 사람은 되겠어요."

리나는 그 빌라를 쳐다보며 현실적으로 덧붙였다.

"여기서 청소해야 하는 방이 얼마나 많은지 알겠어요?"

"그런 건 여자만이 생각할 수 있어요. 확실히 당신 말이 맞아요."

콜러가 다시 확인했다. 그들은 계단과 넓은 테라스를 따라 위로 올라갔다. 출입문에는 경찰 한 명이 서 있는데, 혁대 버클이 동쪽 빛에 반사됐다. 하늘은 부분적으로 하얗게 되기 시작했다.

"안녕하세요, 형사님!"

그 경찰은 그때야 일행이 있는 걸 안 것 같았다.

"안녕하세요, 아가씨!"

리나는 뭔가를 대답으로 중얼거렸지만, 뭘 말했는지 의식하지 못했다. 리나는 그 '아가씨'라는 호칭을 고쳐 주었는가. 리나는 이혼녀다. 그렇지만 그 경찰의 목소리는 마치 찬사처럼 다정하게 들렸다. 콜러는 출입문을 열어 리나를 먼저 들어가게 해 주었는데, 리나는 그의 두 눈에서 뭔가 즐거운 빛을 보았다. 그러나 이 모든 것은 순간일 뿐이다.

홀 안에서 들어선 두 사람은 처음에는 아무도 못 만났다. 연한 갈색 인조석으로 된 바닥을 보자 처음에는 그 집이 아주 멋 없는 신흥 부잣집으로 느껴졌지만, 그들은 곧장 벽에 그림들을 발견했다. 그 그림들은 값싼 복제품이 아니었다. 벽 여기저기에는 몇 개의 작은 전등이 빛나고, 그 미술품들과 함께 그 홀은 더욱 가정 같은 분위기를 연출해 냈다. 나중에 두 사람은 왼편에서 발걸음 소리를 들었다. 그곳엔 출입문이 두 개 있고, 중앙에 실내계단이 위로 향해 나 있고, 아래로 향해 나 있는 계단이 옆에 또 있었다. 오른편에서도 출입문이 여럿 보였다. 다른 경찰 한 사람이 한쪽 문턱에 서 있었다.

"형사님, 그 시신은 여기 있습니다."

리나와 콜러는 알았다. 그 경찰은 희생자를 가리킨 것이었다. 리나가 서둘러 앞장을 섰다. 비슷한 사건이라면 리나는 언제나 서둘러, 남자 동료들이 리나가 죽은 사람을 보는 걸 무서워한다고 생각하기 전에, 그렇게 했다. 남자들은, 여자가 피로 물든 채 죽어 있는 사람을 보면 흔들린다고 일반적으로 믿고 있었다. 아니다. 리나는 그런 종류의 여자는 아니었다.

두 형사는 그 방이 -자신들이 가고 있는- **테오 벨머**의 집무실이었다는 점에 놀랐다. 가구는 많지 않지만 넓은 장소였고 벽 주변엔 어디든 서가가 널려 있었다. 서가는 바닥에서 천정까지 사방을 덮고 있다. 창가에는 구식으로, 아직도 수공으로 조각된 책상이 버티고 있다. 낮에는 큰 창문을 통해 확실히 많은 양의 햇빛을 받았다. 책상은 그 집 남향에 턱 하니 자리했다. 왼편에서 그 빛은 책상 위까지 온다. 아마 오래전부터 구식타자기는 사용하지 않았으리라고 리나는 추측했다. 리나가 그 타자기를 한 번 건드리자 손가락으로 인해 그 타자기에는 미세한 먼지층 위로 자국이 남았다. 그 점을 리나는 선명히 기억하기로 했다.

숨진 사람의 사체가 담배 색깔 양탄자에 누워 있었다. 가장 고개를 내젓게 하는 점은, 그건 정말로 머리가 통째로 날아가, 없어진 채 있다는 것이었다.

"필시 이 사람은 자기 입에 총을 넣어, 그 총알이 머리를 부숴버렸어. 그 총은 적어도 45구경일 거야."

"무기는 어디에 보이던가요?"

리나는 혼비백산한 채 물었다. 리나는 주위를 살펴보고는 나중에 가구 쪽으로 다가가 그 아래를 관찰했다.

하지만 헛일이었다.

"그럼, 이건 자살이 아니군."

콜러가 중얼거렸다.

"애석하게 됐군. 그런 경우엔 일이 정말 쉬운데. 그러면 이 일은 우리 경찰 담당이 아니고, 살인사건은 일어나지 않았다는 보고서만 작성하면 되니까….."

"유서는요?"

리나가 물었다. 콜러는 책상을 뒤적거렸다.

"아무것도 없네요. 이건 정말 살인사건이군요, 여형사님!"

그 경찰은 아직도 문턱에 서서, 아주 의미심장하게 기침을 했다. 그 시체는 총에 맞은 뒤, 엎드린 채로 있었다. 그 희생자는 자신이 마지막에 누워 있던 그 모습대로 쓰러져 있다. 발에는 양말이 신겨 있고, 슬리퍼 한 짝이 절반쯤 그 시체의 발에 걸려 있고, 다른 한 짝은 옆에 놓여 있다. 그 슬리퍼는 꽤 닳았다. 그 죽은 사람은 175~180㎝ 정도인 보통 키였다. 피살된 사람은 그렇게 근육질은 아니었지만, 힘은 셌던 것 같다. 이 사람의 나이는 마흔다섯이나 쉰 살가량 돼 보였다. 그러나 정말 없어진 머리 부분은…. 어느 시민이 보면 몹시 잔혹한 광경이다. 그 시체 아래 양탄자에는 커다란 핏자국이 서려 있고, 이제 사체의 상처에서는 더 피가 흐르지 않았다. 그러나 주변의 여러 가구에 수상한 붉은 무더기가 보였다. 리나가 콜러를 보고 있다. 그 둘 중 아무도 말을 하지 않지만, 그게 무엇인지 잘 알고 있다. 사람의 머리와 머릿속 뇌가 날아간 파편들이다. 리나는 여러 번 침을 삼키면서 불쾌한 기분을 억제하는 데 성공했다. 소녀 시절에 리나는 여의사가 되고 싶었다. 병원에서 근무했다면, 리나는 수많은 피를 보았을 것이다.

그러나 여기선 모든 것은 이젠 병원이 아니다.

"의심 가는 점을 발견했나요?"

리나는 물었다. 여기서는 불빛마저도 이상했다. 방에도 아주 노란 빛과 함께 벽의 작은 전등들이 빛나고 있다. 그 때문에 피 색깔이 더 어둡게 보였다.

"아뇨, 다른 경우에, 다른 곳에서 보는 것만큼만요. 위스키 냄새가 좀 나는군요."

콜러 코가 책장 사이에 보이는 벽장으로 향했다. 그곳의 작은 문은 전혀 열려 있지 않았지만, 틈새가 약간 벌려져 있었다. 꽉 채워져 있지 않은 병, 지저분한 글라스 그리고 그 아래에는 갈색

유체가 아직도 좀 남아 있었다. 리나는 무엇을 해야 할지 곧 알아차렸다.

"그걸 동료에게 알려야 하겠어요, 지문 채취하라고요."

"살해범이 글라스에 지문을 남길 만큼 그렇게 어리석진 않겠지요."

콜러는 생각에 잠겼다.

"요즘 텔레비전을 통해 너무 많은 범죄영화를 보니까요."

"이 작자가 만일 텔레비전을 싫어했다면요?"

리나는 살짝 웃었다.

한편 그 형사는 출입문으로 분주히 움직였다. 경찰은 이미 그 자리에 없었다. 콜러는 맨 마지막으로 남아, 다시 한번 현장을 훑어봤다. 어느 의자에는 셔츠가 던져진 채 놓여 있었다. 이 사건의 희생자는 중앙에 무겁게 누워 있다. 남 형사는 한 번 약한 신음을 내고는 그 출입문을 닫고 경찰을 불러 말했다.

"아무도 내 지시 없이 출입하게 하면 안 됩니다."

"예, 형사님."

홀 안에는 그 두 형사를 기다리고 있는 스무 살 남짓한 처녀가 있었다. 옷차림으로 보아 그녀는 이 집 청소부였다. 그 청소부는 치마 위로 아름답고 작은 하얀 앞치마를 입었다. 그 청소부는 아주 일찍 서둘러 그 하얀 블라우스를 입었을 것이다. 너무 이른 시간이었다. 먼저 그 아가씨는 더 신경질적으로 치마를 똑바르게 매만졌고, 나중에 머리를…. 그 청소부의 두 눈은 겁에 질려 있다. 그 아가씨는 무슨 말을 하고 싶어도 그 말은 그녀 목에 걸려 울리지 않았다. 리나는 그 청소부에게 동정이 갔다. 수사하면서 그런 감정을 가지면 안 된다는 걸 그 여형사는 알고 있지만, 신문은 곧장 시작됐다.

"안녕하세요, 아가씨!"

"안녕하세요. 두 분은 경찰에서 나오셨어요?"

"그렇소. 그런데 댁은 누구요?"

콜러는 얼른 엄숙한 진짜 마스크를 썼다. 리나는 업무를 보면서 그런 그를 이미 여러 번 보았다. 그 남자 형사는 자신을 엄한 사람으로 보여, 자신을 대하기 어렵게 하려는 의도였다. 리나는 그를 잠깐 관찰했다. 사람들은 이 남자 형사를 이혼남이라고 했다. '그의 아내는 어떤 사람이었을까? 그리고 이 사람은 어떤 사람인가?' 서른네 살이면 그의 현재 지위보다 높은 지위를 누릴 수 있다. 그래, 정말, 경찰에는 더 직급이 높은 경위가 많다. 이 남자의 얼굴 생김과 몸매는 나쁘지 않았다. 그런 생각이 리나의 정신을 관통했다. 한편 콜러는 이미 말을 건네고 있었다.

"이름은?"

"베티 베스, 청소부예요."

"좋아요. 저어, 베티, 우리에게 의자 몇 개하고, 탁자가 있는 방을 보여 줄 수 있어요? 종일 일할 수 있는 공동 장소 같은 곳을요."

"그건, 두 분이 우리를 추궁할 그런 곳요?"

추측해 보기를 좋아하는 그 아가씨가 물었다. 리나와 콜러는 서로 쳐다보았다. 베티는 스물여섯 살가량으로 몸매는 날씬했으나 발은 꽤 넓었다. 베티는 양말을 신었고, 신발은 푹신한 것을 신고 있었다. 그 아가씨 시선은 질식할 것 같기도 한 동시에 교활하기도 한 것 같았다.

두 형사는 그 청소부를 따라갔다.

"이 정도면 되겠어요?"

그 아가씨는 물었다. 리나는 곧 자리에 앉았고, 콜러는 베티에게 가서, 그 아가씨의 크고 밝은 갈색 두 눈을 쳐다보며 조용히 물었다.

"이 집에서 일한 지 얼마나 되어요?"

"8년 전부터요."

"그럼 전엔 어디서 일했어요?"

"더 이전엔 형사님, 저는 그때는 아직 소녀였어요!"

"그래, 그렇군."

콜러는 혼돈을 느꼈으나 계속했다.

"아직 이 집에 다른 사람들이 더 있어요?"

"저어, 작가 선생님을 제외하고는…. 아, 내가 지금 뭐라고 했지? 그 불행한 분은 이미 우리 사이에 안 계시고요. 하느님, 그분을 용서하십시오."

그리고 베티는 말이 없었다. 콜러는 인내심 있게 기다렸고, 베티는 이어 갔다.

"불쌍한 작가 선생님! 그분은 나쁜 사람이 아니고요. 그리고 그분 사모님이 계십니다. **클라라** 여사입니다. 또 여기엔 작가 선생님 책을 출간하는 출판업자 **아리노** 씨가 계십니다. 그분은 자주 주말에 다녀갑니다. **벨머** 선생님 부부의 친구인 **레에트** 씨가 여기에 사십니다. 그리고 **니콜** 양, 그분은 벨머 선생님 부부의 따님입니다. 그리고 그 따님의 약혼자인 **파울 로턴** 씨."

베티의 목소리에서 그 남자 이름을 말할 때 조금 변하는 점을 리나는 놓치지 않았다. 그 아가씨는 재빨리 계속했다.

"그리고 일단의 일꾼이 있습니다. **마틸다**, **정원사**, 그리고 물론 저도요. 저어, 그리고 **토마르**는 정원사이자 모든 걸 처리하는 사람입니다. 하지만 그 사람은 정원의 외딴 작은 집에 살고 있습니다."

"오늘 밤에 아가씨가 특별한 점을 발견했나요?"

"저요? 전혀요!"

베티는 확신시키려는 듯이 부정하고는 아직 그 사건의 영향 아래 있기에 흥분해서 더 말했다.

"뭔가 잔혹한 천둥 같은 소리를 들었습니다. 그게 무슨 일인지 모르지만, 전에 한 번도 총소리를 들어 본 적이 없습니다. 텔레비전에서 들은 것 말고는요. 이번엔 총소리와 비슷했습니다. 나중에 나는 누군가의 발걸음 소리를 들었어요."

"어디서, 어느 방향으로요?"

"저어…. 아래에서요. 제 방은 지붕 밑 다락방에 있습니다. 지붕 밑의 평평한 구멍입니다. 여름엔 그곳이 너무 더워요."

"다른 얘긴 말아요, 베티. 총소리, 발걸음 소리만 이야기해요. 누가 뛰어갔어요. 어느 방향으로?"

"그걸 어떻게 제가 알 수 있겠어요?"

그 아가씨는 놀라 말했다.

"아마도 아래에서요, 제가 말씀드린 대로. 위에선 다른 소리를 듣지 못했습니다. 나중에 누가 출입문에서 비명을 지르자 처음엔 클라라 마님이, 나중에 남자들이 신경질적으로 외쳤어요. 저도 뭘 챙겨 입고는 아래로 내려갔습니다."

"이젠 한 가지 질문만 더요, 베티. 그건 언제 일어났어요?"

"4시 30분 조금 전에요. 저는 그렇게 믿습니다. 시계를 보진 않았습니다."

그 순간 낮에 쓰는 방의 출입문이 갑자기 열렸다.

형사들은 그곳 문턱에 안주인 **클라라 벨머** 부인이 서 있는 걸 알아챘다. 그녀의 몸매가 그 점을 예측할 수 있게 해 주었다. 모두는 '안주인이 가정적이구나' 하는 걸 느낄 수 있었다. 아주 가정적으로 보였다. 그 집 안주인은 한 손으로 비단으로 된 샤넬 패션 의복을 살짝 잡고 있다. 그 긴 의복 아래로 안주인의 두 발이 보이지 않았지만, 리나와 콜러는 추측했다. 그 안주인 다리는 길고 날씬하다고. 클라라 벨머는 마흔넷 내지 마흔여섯 살로, 이전의 아름다움을 그대로 간직하고 있었다. 한때 사람들은 그런 안주인을 보고 성숙한 미인이라고 했겠다는 걸 콜러는 알아차렸다. 만약 두 형사가 살인혐의 조사차 그 안주인을 만나지 않았다면, 콜러는 확실히 그 집 안주인에게 찬사를 아끼지 않았을 것이다. 남 형사는 남자들이 보통 하는 정도만큼만 감탄을 말했는데도 그는 자신이 그런 일엔 전문가로 여겼다. 요즘 대부분 남자는 이런 예절을 잘 모른다.

클라라 벨머는 금발의 여자로, 곱슬머리다. 짧은 머리카락을 한 진짜 금발 여자였다. 그녀 코는 잘 생겼다. 그 안주인의 건강한 젖가슴은 샤넬 패션 옷 아래서 팽팽했다. 그 안주인은 에너지를 추측하게 하는 뭔가 여왕 같은 분위기를 내부에 지니고 있나 보다.

'이 집은 정말 이 여자가 다스리고 있군.'

리나는 재빨리 생각했다.

"베티!"

그 안주인 목소리는 불쾌하지는 않지만 시끄러운 소리를 냈다. 콜러는 그 안주인의 두 눈을 쳐다보았다. 그 안주인에게는 같은 집 안 벽 두 개를 지나면 이 순간에도 죽은 채 누워 있는 유명작가의 미망인인데도, 눈에 비치는 정도의 애석함도 찾아볼 수 없었다. 남편이 비극적인 종말을 맞은 지 한 시간이 채 지나지 않았는데도….

"마님, 이분들은 형사입니다!"

그리고 베티는 클라라 여사 뒤편으로 나갔다.

"리나 브렌트와 카스 콜러입니다, 둘 다 경위입니다."

그 남자 형사는 자신들을 소개하고는 덧붙였다.

"심심한 조의를 표합니다, 여사님."

클라라는 고개만 끄덕이고는 콜러를 마주 보고 앉았다. 그 안주인은 리나를 전혀 보지 않은 듯이 행동했다. 클라라는 이 두 사람 중 남자가 책임자일 거라고 확신했다. 클라라는 틀리지 않았다. 리나는 자신의 입술을 살짝 깨물었다. 물론 리나는 아무것도 말하지 않았다. 이 기회에 리나는 지금 이 순간에도 벽 몇 개를 지난 곳, 같은 집에 죽은 채 놓여 있는 유명작가의 미망인을 관찰했다.

"여사님."

콜러가 시작했다.

"이번 사건으로 인해 마음이 흔들렸을 겁니다만, 힘을 내시고 저희 수사에 협조해 주시기를 간청합니다. 저희로서는 지금 서둘러 정보를 수집하는 것이 아주 중요합니다. 부군께서는 언제 침실을 나가셨습니까?"

"그 점은 저도 모릅니다. 왜냐하면, 거의 10년간 우린 각방 쓰고 있어요."

클라라는 말했다. 그 침묵은 무거웠지만, 콜러의 표정에는 아무런 변화가 없었다.

"알겠습니다. 그럼 부군께서 왜 이른 아침에 침대에서 나와 1층에 가셨습니까?"

"그 점도 저는 전혀 모르죠. 모임은 자정이 지나 파했고, 늦게 저녁 식사를 했지요. 그리곤 모두 잠자리에 들었어요. 그때 총성이 들려 모두 깨어난 4시 반까지 남편을 보지 못했지요."

'어떻게 저렇게 무미건조하게 말할 수가 있나! 마치 자기 남편 이야기가 아닌 듯이 말하는구나. 저 여자는 사실만 차갑게 나열하네.'

경위 둘 다 같은 생각이었다. 그때 갑자기 출입문이 열렸다. 어느 다른 경찰이 문턱에 서 있었다. 콜러와 리나가 이미 잘 알고 있는 경찰이었다.

"안녕, 트렙스!"

"안녕하세요, 두 분 형사님."

그 경사는 친절과 문학적 어투로 이름이 나 있다. 트렙스는 경찰업무에는 전혀 맞지 않아도, 강력계에선 그를 좋아했다.

"무슨 지시하실 일이라도 있으십니까?"

"그럼, 물론이지, 트렙스. 자네 부하들과 함께 온 집을 수색해 주게. 정원을 포함해 이 집의 모든 곳을. 알았나? 하지만 정원엔 날이 새면 가 보게. 창문 아래로 놓고 간 물건이 있는지도 알아 봐 주게. 이것저것 살펴보게."

"알겠습니다. 형사님."

그리고 트렙스는 콧수염과 느린 동작과 교활한 표정으로 사라졌다.

"그럼, 여사님도 총소리에 깨셨나요?"

리나는 앞의 질문을 더 정확히 했다. 클라라는 마침내 자신이 처음 여형사를 보는 것 같은 표정으로 리나를 쳐다보았다. 그러나 대답은 기꺼이 했다.

"그렇죠. 저도요. 저는 아주 깊이 잠들었어요. 최근엔… 뭐랄까… 나는 잠들기 전에 자주 뭘 복용하지요. 물론, 수면제 같은 걸요. 하지만 홀에 갔을 때 전 아무도 못 봤어요. 내가 그곳에 맨 먼저 가게 됐어요. 더구나 이 집의 다른 사람들은 그런 소란이 무슨 소리인지 전혀 몰랐고요. 내 비명을 듣고서 상황을 이해하려고 모두 뛰쳐나왔어요."

"부군의 방 출입문은 열려 있었습니까?"

"하지만 조금요. 그리고 안에 불이 켜져 있었어요. 그때부터 그 전등을 끄지 않고 두었어요."

"여사님은 뭘 보셨습니까?"

"남편이 피를 흘린 채 쓰러져 있었어요."

"그분이 부군임은 확인했습니까?"

리나가 물었다.

"왜냐하면, 그의 머리 부분이…."

그리곤 리나는 계속하지 않았다. 콜러는 리나에게 화난 시선을 보냈다.

'이런 실수 했구나.'

그 여형사는 재빨리 상황을 파악했다.

"내 남편을 알아볼 수 있었지요!"

클라라 벨머는 냉담하게 말했다. 그때부터 그 안주인은 리나를 쳐다보지도 않았다. 물론 신문을 받는 사람 앞에서 그런 간격을 논평하지 않았다. 남 형사는 메모하던 수첩을 때때로 내려다보았다. 대화 전에는 한 번도 문장을 적지 않고, 이런저런 낱말만 메모해 뒀다. 잠시 후 남 형사는 고개를 들었다.

"여사님, 그 총소리가 난 직후 일에 대해 기억나시면, 저희에게 도움이 되겠습니다. 언제 깨셨고, 언제 그 소리를 들으셨는지를 말씀입니다."

남녀 형사는 클라라 벨머 얼굴에서 그녀가 긴장하고 있다는 걸 느꼈다. 나중에 그 안주인은 앞만 보고는 아주 생각에 잠긴 듯이 말했다.

"나는 복도에서 요란한 발걸음 소리 들을 들었어요. 물론 2층에서요. 집사람들과 손님들이 머무는 곳이에요. 일꾼은 말고요."

"남자 발걸음이었습니까, 아니면 여자?"

"나는 모르겠어요, 형사님. 난 지금 그런 정신이 아니고요…. 지금 말도 어렵게 하는 것이에요. 난 그 광경을 절대 잊지 못할 거에요. 그이는 바닥에 누워 있고, 머리 쪽엔 피가 가득했고요, 난 크게 고함을 질렀어요. 그런데도 아무도 오지 않았어요! 그들은 곧장 달려 나왔지만, 나에겐 그 순간이 아주 길게 느껴졌습니다. 내가 그 죽은 사람과 혼자 있게 됐을 때, 그 잔혹한 시체와. 그 사람이 내 남편인 걸 알았을 때는 마치 몇 분이 지난 것 같이 느껴지더군요."

"여사님이 우리에게 뭔가 다른 것을 말씀하실 수 없으시면, 일단…."

콜러는 일어서려고 했다. 클라라 벨머는 그 어정쩡한 동작을 이해하고는 천천히 출입문으로 걸어갔다. 리나가 그 안주인을 동행해 주었지만, 부축해줄 용기는 나지 않았다. 마지막 순간에 여형사는 그 미망인을 측은하게 생각했다. 벨머 여사는 리나를 쳐다 보지 않은 채 나갔다.

"다음엔 누구를 불러 볼까요?"

리나가 물었다.

"잠깐만요. 우선 기록보관소에 전화하고요. 그곳엔 일요일도 근무한다더군요."

그는 갑자기 전화 버튼을 눌렀다.

"**투너**야? 난 콜러야. 이 사람 한 번 점검해 줘. 이름은 테오 벨머. 그가 작가란 건 나도 알고 있어! 그가 20편의 소설을 썼다는 건 알고 있지만, 나는 그 때문에 전화하지는 않았어. 그 사람 지문 채취해놓은 적 있어? 그 화면에 한 번 투사해봐. 그건 일 초도 안 걸리지. 지문이 채취되지 않았다고? 빌어먹을! 물론 그에게 범법 기록이 없기 때문이군. 알겠네. 좋아, 좋아. 우리는 이렇게 낯선 집에서 일하고 있는데, 자넨 따뜻한 사무실에 앉아 쉽게 우릴 놀리는군. 그 자리 좀 지켜 줘, 오늘 몇 번 전화할 거니까. 그 점을 확실히 알아 둬. 자네도 지겨워하지 않으려면, 친구."

그리곤 콜러는 수화기를 놓고 리나를 쳐다보았다.

"이젠 식모를 부릅시다."

리나는 홀로 갔고, 베티라는 청소부가 트렙스 경사와 말을 주고받는 모습에 주목했다.

"트렙스, 그곳에서 뭘 해요?"

리나가 심하게 질책했다.

"아무것도요, 여형사님."

교활한 얼굴에는 불쾌한 인상이 스쳐 지나갔다.

"우리가 서로 알고 지내던 사이인 걸 확인하고 있었습니다.

한때 그녀와 같은 동네에 살았어요."

"그건 수사와는 전혀 무관하군요. 결론과도요, 트렙스?"

리나 목소리에는 모든 것이 비난과 질책이었다.

"경사, 수색할 방들을 조사하러 가요!"

그 점을 리나는 말하지 않아야 했지만, 이 모든 것은 그 목소리에 들어 있고, 그 경사는 그걸 바로 이해한 것 같았다. 그래서 트렙스는 자신의 습관대로 순식간에 사라졌다. 어디선가 출입문이 닫히고 그 경사는 더 보이지 않았다.

리나는 청소부에게 말했다.

"식모를 불러 줘요. 그리고 집 안 사람 모두를 조사할 거니까, 모두 준비하라고요."

"정원사도요?"

베티 얼굴엔 불신이 배여 있었다.

"그 사람은 어려우실건데요."

"왜죠?"

"그는 외국인이거든요. 인도에서 왔어요. 멀리서 온 그는 우리말을 거의 못 해요. 저 불행한 작가 선생님하고만 정원사는 대화가 된다고요. 왜냐하면, 선생님은 젊었을 때 인도에서 몇 년간 일했대요. 그분이 책을 저술하기 이전요."

"그것은 우리 문제라고요, 베티. 식모를 불러 줘요."

그리고 리나는 신문 장소로 되돌아 왔다. 콜러는 그동안 전혀 움직이지 않은 듯이 전화기 옆에 앉아 있었다. 바로 그때 일이 일어났다. 리나는 몇 번 그걸 알아차렸다. 만약 남 형사가 어떤 일을 생각하면, 아마 자신이 지금 어디에 있는지, 그곳에서 뭘 하는지조차도 알지 못할 정도로 골몰해 있는 것을.

"카스?"

"예?"

그 남 형사가 깨어났다.

"그 말 들었어요? 10년 전부터 그들은 침실을 따로 사용했다고."

"그러나 그건 형사님이 지금 생각하는 걸 배제하지 않습니다."

그 여형사는 재빨리 말했다.

"나는 서로 사랑하는 사이라도, 편리함 때문이 아니면 다른 이유로 다른 방을 사용하는 부부들을 알고 있어요. 만약 그들 중 한 사람이 잠이 고프거나, 동시에 다른 사람이 책을 읽고 싶거나, 아니면 두 사람 중에 누가 코를 골거나…."

"보통 남편이."

콜러는 약간 웃으면서 끼어들었다.

"보통 남편이지요."

리나는 같은 말투로 동의하고는 1분간 두 사람은 서로 쳐다보았다.

'이 여형사 남편도 코 골았을까?'

남 형사는 물어보고 싶었으나, 물론 그리하진 못했다. 리나는 아름다운 여자였다. 그리고 그 형사는 뭔가 끌림도 느꼈다. 남 형사는 아직도 자신에게 그런 감정이 있는지 자세히 몰랐다. 그런 그리움이…. 카스는 여형사의 입술을 보았다. 윗니 몇 개가 조금 앞으로 튀어나왔다. 콜러는 그 순간 갑자기 그리움에서 깨어났지만 그런 생각이 들기 전에 출입문이 갑자기 열렸다.

들어선 여자는 예쁘지도 유혹적이지도 않다. 그 여자 잠옷은 아주 단순했다. 하지만 그 여자는 자신에게서 무슨 동정 같은 것이 있었다. **마틸다**라는 이 식모는 몸집이 다소 크고, 어깨가 벌어지고, 다리는 짧은 아줌마였다. 지금 이 식모는 좀 흐트러진 곱슬머리였다. 아마 다른 때는 묶어 두는 것 같았다. 지금 이 아줌마는 이 '방문'을 위해 몸을 단정히 할 시간이 없었는가 보다. 그래, 지금 식모는 좀 무시를 당한 것 같고, 그 어두운 머리카락이 어깨까지 내려와 있었다.

리나는 자신에게 이 여인이 얼마나 효과적인지 비밀로 할 수는 없었다. 마틸다는 확실히 허세나 외식에 얽매인 여자는 아니었다. 곧 그 식모의 간편함이 보였다. 그 여자는 독자적이며 가정적 정신상태를 지니고 있었다. 옛날, 아주 옛날 같으면, 맙소사! 그런 유형의 여자는 대개 어린아이를 잘 대하는 유모였다. 아무도 막일꾼으로 대하지 않는 중요한 여자를, 그들은 거의 가족 일원처럼 여겼다. 마틸다의 너무 데데한 얼굴에는 엷은 웃음이 일었다. 그 아줌마는 두꺼운 재킷을 입었고, 쉰여덟에서 예순 살로 보였다.

이른 아침이라 날씨가 차가웠다. 그 식모는 양말 위로 편하고 푹신한 신발을 신고 있다. 식모를 보면 부엌 냄새가 풍기는 듯했다. 아니면 형사들만 그런 이미지를 가질지도 모른다. 그 '식모'라는 어감 탓일 것이다.

"반갑습니다. 저는 콜러 형사입니다."

그 남자는 그렇게 말했으나 리나를 소개해 주지는 않았다.

"안녕하세요, **마틸다 테르스텐**이랍니다. 마틸다로 불러 주십시오."

식모의 목소리는 그 외양에 걸맞게, 약간 걸걸하고 깊은 울림과 함께 다정함이 묻어났다.

"언제부터지요?"

콜러가 능숙하게 물었다.

"11년 전부터요. 베아트릭스 여왕께서 즉위하신 바로 그날 이 부엌에 들어왔어요."

"그렇군요."

콜러는 그 여왕 즉위식이 열리던 날의 텔레비전 프로그램을 기억했다. 화면에는 교회에서 왕궁으로 웅장한 축제행렬이 이이졌고, 외국 원수들의 차들에, 말 탄 근위병들까지! 그 웅장함이란 이루 말할 수 없었다. 한편 남 형사는 마틸다에게 앉으라고 권하지도 않고, 그 자신도 서 있었다. 그 남 형사는 수첩에 무슨 낱말을 적어갔다. 리나는 그 모습을 유심히 보았다.

'콜러는 지금 손님의 마지막 계산서를 적는 남자 종업원 같네.'

그 형사는 때때로 눈썹을 찡그렸다.

"말해 주십시오, 마틸다. 작가 선생님은 어떤 사람입니까?"

식모는 한 번은 남 형사를, 한 번은 여형사를 마치 그물에 걸린 것처럼 쳐다보았다.

"두 분 형사님, 왜 그걸 내게 물어요? 누군가 죽으면, 하느님이 그와 함께."

"당연하지요."

콜러는 고개를 끄덕였다.

"하지만, 우리 모두 그 슬픈 일에 대해 모든 걸 알려면, 우린 그 희생자에 대해서도 알아야 합니다. 그런 식으로 우리는 살해범을 잡을 수 있을 겁니다."

"나는 누가 작가 선생님께 위해를 가했는지 모릅니다. 그분은 많은 죄를 지으셨고, 또 죄 안지은 사람이 어디 있나요?"

"좀 더 자세히 말씀해 주시면요. 테오 벨머는 어떤 분이셨습니까?"

"죽은 사람에 대해선 좋은 말이 아니면 아무 말도 하지 않는 법인데."

마틸다는 의식적으로 갑자기 말했다. 그러자 리나는 지금이 바로 자신이 끼어들어야 할 순간인 줄을 알았다. 왜냐하면, 콜러의 코 옆의 살이 실룩거리고 있는 걸 보았다. 여형사는 그를 그 정도는 알고 있었다. 식모가 두 마디만 더 하면, 콜러는 폭발한다는 것을. 그로서는 모든 위험을 무릅쓸 것이기 때문이었다. 그래서 리나는 재빨리 물었다.

"마틸다, 무슨 말을 해야 하는지 알고 있지요? 예를 들어, 작가 선생님의 결혼 생활이 정상적이 아니다거나, 여기엔 다른 노력이 또 필요함도 추측할 수 있어요. 다른 사람들도 우리에게 많은 이야기를 할 거예요."

마틸다는 잠시 갈등하다가 말을 시작했다.

"좋아요, '아가씨'."

그 식모도 리나를 '결혼한 여자'로 보지 않은 건데, 지금 리나는 그런 의도되지 않은 찬사에 즐거워 틈이 없었다. 여형사는 스물아홉 이혼녀인데.

리나는 그 식모가 하는 말만 기다리고 있었다.

마틸다는 주위를 둘러본 뒤, 출입문만 줄곧 바라보았다. 콜러는 이유를 알아차리고는 그 출입문으로 가서 문을 열어 밖을 내다보고는 다시 문을 꼭 닫았다.

"이젠 아무도 듣지 못해요, 아주머니."

남 형사의 목소리는 이상하게도 온화하고 확신적이었다. 이젠 그 식모가 말문을 여는 찰라였다.

"저어, 형사님들! 작가 선생님은 늘 이상한 분이었어요. 대개 보면 예술가들이 그렇잖아요, 안 그런가요? 내가 여기서 일을 시작했을 때도, 그분은 완전히 정상인은 아니었어요, 난 그렇게 믿어요. 하지만 최근 우린 지난 반년간에 대해 말하자면, 저어."

"예를 들면요?"

콜러가 물었다.

"자주 여러 날을 그분은 문을 걸어 잠갔고 닫힌 출입문을 통해 모든 사람이 나오라, 나오라 설득해도 버티고 나오지 않았어요. 나중엔 아무도 그분에게 간청하지 않았어요. 그리고 그분은 야만스런 사람이 돼 버렸어요. 아무 이유 없이 우리 같은 일꾼을 비난했어요. 그 정원사와 나와 베티를요. 그분이 자기 방에서 나오거나 정원으로 갈 때면요. 그분은 많은 걸 마님과 상의했고, 나중엔 레에트와 했어요."

식모가 그 마지막 이름을 들먹였을 때, 그 얼굴을 찡그렸다. 리나는 기억 속 저장 장치를 돌렸다.

'마틸다는 레에트 씨를 싫어하는구나.'

"그리고 그분은 자주 비정상적인 사람처럼 자신에게 말했어요. 한 번도 나는 그분이 말하는 걸 듣지 못했어요. 왜냐하면, 그분은 그렇게 이해할 수 없게 행동했기 때문에요. 만약 그분이 우리를 비난하면 우린 놀라지도 않아요. 베티에게는 그렇게 머리가 텅 비어 있다고 하고, 정원사에게는 멍청하다고 해요. 그렇다면 저는 어쩐 줄 아세요? 내 요리 솜씨가 10년간 맞지 않았다면 왜

11년째에 가서 짜다느니 싱겁다느니 해요? 그 따님인 니콜 양과 부녀(父女) 사이가 좋았어요. 그 두 분은 언제나 서로 공감했고, 그분은 한 번도 그 따님에게는 비난하지 않았고, 언성을 높이지도 않았어요, 만약 니콜이 그분 옆에 있으면요. 지난달에도 여기서 큰 싸움이 벌어졌어요. 주말엔 아리노를 부르는 게 관례가 되어버렸어요. 식모는 그 이름을 경멸조로 들먹였다. 그래서 리나는 그 점도 기억해 두었다. 콜러도 물론 그 어조를 눈치챘다.

"아리노 씨는 벨머의 출판업자인데, 그 사람은 어떤 인물입니까?"

마틸다는 인상을 찌푸리며 손을 내젓고는 계속 말했다.

"그분도 레에트나 매한가지예요. 하지만 덧붙이면 최근에 셋째 인물이, 그 로턴, '작은 파울 씨' 그래요, 정말. 저어 그분은 일은 하지 않아요. 그분은 일이라면 죽을 만치 싫어했어요."

"그가 일을 싫어한다고요? 당신 의견이 그런가요?"

"의견이 아니라, '난 압니다', 형사님! 그가 무슨 직장에 다니고 있지만, 하지만."

다시 그녀는 한번 손을 내젓고는 계속했다.

"나는 그가 이런저런 범죄를 저질렀다 해도 놀라지 않겠어요. 그래 모든 손님은 매주 토요일에 공짜로 먹고 마시고, 주인마님과 니콜 양을 즐겁게 했어요. 작가 선생님은 동시에 그들에게 화를 내며 그들과 싸우고, 아니면 자기 방에 틀어박혀 있었어요. 그분은 직접 작품을 쓴다고 했어요. 하지만 내가 베티에게 들어보면, 그 아가씨는 때때로 작가 선생님이 정원으로 나가면 그 방을 청소하러 가거든요, 그 타자기는 먼지만 수북하대요. 그래요. 정말! 그분은 최근엔 한 낱말도 쓰지 않았어요. 그런 게 꽤 오래

됐어요."

콜러는 리나를 쳐다봤다. 그는 뭔가 말하고 싶었지만, 낯선 여자가 있어 말을 삼켰다. 리나 역시 그가 생각하는 바를 정확히 알고 있다. 벨머는 최근에도 자신의 새 소설을 펴내서 모두 그걸 알고 있다.

'그럼 그건 옛날에 써둔 소설들인가?'

"그분은 여러 번 그렇게 아리노 씨에게 고함쳤어요. 마치 아리노 씨가 하인이라도 되는 것처럼요. 난 그분이 그렇게 큰 소리로 말해 놀랐어요. 부엌에서도 들을 수 있을 정도니까요. 만약 내가 작가라면, 난 내 출판업자에게 그렇게 고함치지는 못할 겁니다."

'만약 내가 작가라면'이라는 말이 식모의 입에서 아주 자연스럽게 나와서 리나는 피식 웃었다. 그러나 곧 십 미터 떨어진 곳에 그 머리 없는 사체가 누워 있다는 생각을 하자, 리나의 위장이 약간 쓰렸다. 그 죽은 자가 바로 작가였었으니….

"아리노는 그래도 벨머 소설들을 출판했나요."

"그렇습니다. 출판했지요. 2년 전에도, 작년에도, 올해도. 매년 벨머는 그의 새 책자가 도착했을 그때만 우리를 진심으로 대해주셨어요. 그때는 그분이 다른 때라면 절대 오지 않는 우리 부엌까지 행차하십니다. 그분은 모든 집안 식구에게 책 한 권씩 선물하고는, 그 책에 몇 마디 적어주시기도 합니다."

그때 갑자기 식모는 눈물을 보이고, 호주머니에서 손수건을 찾아 자신의 두 눈에 가져가 대고는 말을 이었다.

"'요리사 중 진주 같은 존재인 마틸다에게' 가장 최근에 내게 주신 책에 그분이 그 글귀를 써 주셨어요, 형사님들! 그건 정말 아름다운 '헌장'이지요."

"헌정입니다."

콜러가 기계적으로 말을 고쳐 주었다.

"그럼요, 그게 맞습니다. 하지만 다른 때 그 작가 선생님은 아주 형편없이 행동하셨어요! 그분은 마님과 자주 싸우기도 하셨답니다. 레에트 씨와는 몇 주간 말을 하지 않으셨습니다."

"왜 그분은 그 사람들에게 화를 냅디까?"

"식모가 모든 걸 다 안다고 생각하십니까?"

마틸다는 갑자기 순진한 시선으로 물었다.

리나가 간여할 시간이었다.

"우리 의견은 어떤 식모들은 더 많이 안다는 겁니다."

"하지만 이 집안 비밀을 발설한다는 것은 추한 짓입니다."

그 식모는 반대했다.

"여기서 사람이 죽었다는 사실을 잊지 마시오."

콜러가 식모에게 그 점을 상기시켰다.

"그럼, 부인, 부인 주장은 돌아가신 분이 아무와도 좋은 관계를 지속하지 못하셨다는 말씀인가요?"

"자기 따님을 제외하고는요." 마틸다가 고개를 끄덕였다. "그분은 상대하기 어려운 사람이었습니다. 그랬어요, 정말. 그렇다고 다른 사람들도 더 좋지는 않지만요."

"어제는 벨머 선생이 어떤 행동을 하셨나요?"

"모릅니다. 일꾼은 다들 휴무였습니다."

"토요일에요?"

리나가 놀라서 물었다.

"손님들을 초대해 놓고요?"

"여느 때처럼 그렇게 일이 진행됐지요. 그게 바로 이 집이 얼마나 미친 곳인지를 보여주는 겁니다. 우리가 마침내 저녁준비를 해놓자, 벨머 선생님은 우리더러 나가서 놀다 오라고 명하셨어요. 그분 말씀은 우리가 어디 가고 싶은 데 갔다가 일요일 아침에 다시 제 위치에 와 있으면 된다고 하셨어요. 저는 시내에 남동생이 가족과 함께 살고 있기에."

"언제 돌아왔나요?"

리나가 물었다.

"저녁 11시 지나서요. 그 모임은 아직도 살롱에서 열리고 있었어요. 그 살롱은 바로 여기예요." 그리고 그녀는 주변을 가리켰다. 콜러는 다른 의도 없이 그 동작을 따라갔고, 그는 주변을 둘러보았다. 이곳이 '살롱'이라니? 한편 리나는 자신의 목표를 향해 갔다.

"아주머니, 총소리가 들렸을 때는 어디에 있었어요?"

"제 방에요. 그 청소부와 나만 다락 쪽 작은 방에서 살고 있습니다. 벨머 선생님께 여러 번 내가 늙고 계단이 너무 많아 오르내리기 힘들다고 불평을 했어요. 하지만 일꾼은 높은 곳에 살아야 한다는 말로 끝이었어요. 그런 일로 말꼬리 잡지 맙시다! 방이 작아도 내겐 충분해요. 베티는 내가 나갈 때 함께 시내로 갔습니다. 자정 즈음엔 우리는 각기 자기 방에 있었고, 손님들은 12시 반경에 살롱에서 나갔어요. 난 그 총소리에 깨진 않았어요. 그 소린 듣지도 못했어요. 여러분, 난 잠을 아주 깊이 든답니다. 아가씨들이 비명을 질러대는 바람에 깼어요. 베티와 니콜 양과 우리 주인마님이 제각기 비명을 질러서요. 그래, 그때 난 내 침대에서 뛰쳐나왔어요."

"아주머니 생각엔 누가 벨머 선생님을 죽인 것 같나요?"

콜러는 지금 아주 가까이서 마틸다 얼굴을 쳐다보고 있다. 그 여자는 심각한 표정을 지었으나, 이상한 찌푸림과 함께 그녀 얼굴에 나타나고는 잠시 신경질이 되더니 곧 말했다.

"그 사람들. 모두요."

"그래요?"

"잘 알아들었지요, 남 형사님. 이 모든 사람이 벌써 여러 해 전부터 그분을 괴롭혔습니다. 그분은 한 번은 그들에게 이런 말을 했어요. 그분으로서는 그들이 지긋지긋하다고요, 저는 그 말을 여러 번 들었습니다."

"하지만 총은 누가 쏘았지요?"

"그건 저도 잘 모르지요."

리나는 콜러가 이제 더 질문하지 않을 것을 알았다. 리나가 그만큼 그 남자를, 마치 그의 의도를 느끼는 듯이 그를 알게 된 것은 이상한 것이 아니었다. 그래서 리나는 그 식모에게 말했다.

"모든 게 다 됐어요, 아주머니. 이젠 가도 됩니다."

콜러는 식모가 서두르지 않음을 보았다. 마치 그녀가 더 할 말이 있는 듯. 하지만 식모는 이젠 더는 말이 없었다. 식모는 정확한 행동으로 자신의 손수건을 옷 속에 찔러 넣었다. 두 눈은 이미 말라 있었다. 그리곤 나갔다. 리나는 창가로 갔다.

"트렙스는 저기서 활동하고 있군요. 무슨 결과가 있는지 나가 보지 않을래요?"

"그럽시다. 그리고 정원이 어떤지도 한 번 보고요."

콜러는 마침내 사면이 벽으로 둘러싸인 답답한 실내에서 나가게 되자 기뻐했다.

3. 아름다운 정원

　정원은 아름다웠다.

　특히 풀밭은 푸른 우단같이 아름다웠다. 풀밭은 두 사람의 발 아래 복종하듯이 놓여 있고, 리나와 콜러 두 사람은 그 풀밭을 밟으며 가로질러 걷는 것이 무슨 신성모독 같이 느껴졌다. 그래도 그들은 그렇게 해서 정원에 난 꼬불꼬불한 길과 커브 길로 가지 않고 단축할 수 있었다. 길가에는 소나무와 측백나무가 서 있다. 울타리에는 -아름다운 하얀 벽과 하얀 철망에 대비해- 꽃나무 몇 그루가 열을 지어 있었다. 지금 여름이라 그 꽃나무들은 꽃을 피우진 않았지만, 그 모양만으로도 봄이나 초여름엔 얼마나 아름다운가를 볼 수 있었다. 키가 큰 나무 몇 그루가 한데 어우러져 작은 숲을 이루고 있다. 울타리 끝에는 -그 울타리 중에는- 많이도, 거의 모든 곳에 살아 있는 푸른 담장들이 서 있었다. 그 울타리들은 불규칙하게 굽어, 다른 곳은 마치 담장처럼 길고 똑바로 서 있다. 그 울타리들로 인해 정원이 여러 구획으로 나뉘었다. 하지만 그것을 누가 언젠가 즐겁게 조경해 놓은 것 같았다. 콜러는 바로 그 울타리로 다가갔고 리나가 그를 뒤따랐다. 높은 나무들 뒤에 태양이 높이 떠 두 사람의 얼굴을 비쳤다. 그 햇볕이 따가워 남 형사는 눈을 감았다. 하지만 하늘의 따뜻함은 아주 다정했다.

　어느 온화한 거인이 그의 얼굴을 애무해 주는 것 같다.

　'왜 나는 이런 이상한 생각을 하지?'

　그는 스스로 물어보았다. 그런데 어디선가, 남 형사 의식의 저 아래에선 리나와 사이가 가까워진 듯했다. 그 여형사가 어느 새 그의 뒤에 왔다. 콜러가 뒤로 한 번 눈길을 돌렸다면, 그는 리나를 흘깃 보았을 것이다. 리나, 리나. 그들은 지금 일을 잘 협력할 수 있다.

"어떤 종류의 울타리입니까?"

그 남자가 물었다. 그는 식물에 관한 지식이 얕아서, 식물 대부분은 구별을 못 했다. 리나는 남 형사에게 다가가 아름답게 손질해 놓은, 가슴높이까지 자란 푸른 담장을 바라보았다. 한두 곳에 가지가 뾰족하게 튀어나와 있는 것으로 보아, 손질한 지 얼마안 되는 것 같았다. 하지만 풀밭은 누군가 부지런한 손길이 어제또는 그제 손질한 가지나 잎을 치워 놓아 말끔했다. 콜러는 알겠다는 듯이 말했다.

"정원사 하나는 잘 두었네요. 하지만 나는 저런 멋진 울타리는 처음 봐요."

"아마도 외국산 울타리인가 봐요."

리나는 짐작하여 말했다. 울타리의 잎사귀는 아주 작고, 나뭇가지 색깔도 이 지역에서 많이 자라는 쥐똥나무 가지보다 더 짙다. 꽃도 하얗지 않다. 여기저기 이미 시들어버린 장밋빛 꽃이파리들이 남아있다. 그래서 이 나무는 이 지역에서 자라는 비슷한 종류보다 아주 늦게 꽃을 피우는 것 같다.

"저기 측백나무도 잘 자라네요."

리나가 주의 깊게 보며 말했다. 콜러는 그 울타리에 대해서는 곧 잊어버렸다. 그들은 측백나무들 사이로 만들어놓은 길을 따라서 새들이 물을 먹을 수 있는 작은 연못으로 갔다. 연못가에는 편평한 돌들이 놓여 있다. 산비둘기 한 마리가 구구거리며 물을 마시고 있었는데, 사람이 다가가도 놀라는 기색이 없었다. 그 산비둘기는 부리를 물속에 푹 집어넣었다 빼냈다 하면서 물을 마시고 있었다. 콜러가 보니 그 물에 하얗고 파란 하늘이 비쳤다.

그 산비둘기는 다시 부리를 물에 쏙 집어넣으려고 앞으로 몸을 숙였다.

"저거 보여요? 저 새는 두려워하지도 않네요!"

리나가 속삭였다.

"이곳에선 아무도 새에게 겁주지도 않고 쫓아버리지도 않기 때문이지요."

남 형사는 이미 알고 있다. 그는 다른 울타리 뒤에 갈색 돌담이 늘어선 걸 보고는 발걸음을 그쪽으로 향했다. 리나는 그게 정원사 집인 줄로 짐작했다. 유럽 나라들은 옛날부터 그렇게 해 왔고, 특히 부잣집에서 정원사를 위해 그들 제국같이 웅장한 정원의 외딴곳에 오두막 같은 작은 집을 만들어놓는다.

정말 작은 집이다. 좁은 방 칸에 더 작은 욕실이 딸린 게 전부였다. 전기로 난방을 하는 방에는 커다랗고 안락해 보이는 침대가 놓여 있었다. 그리고 무슨 강하고 특이한 냄새가 아니 여러 냄새가 섞인 악취가 풍겼다. 리나는 그 냄새 탓에 문턱도 넘지 못했다. 콜러는 코를 막으며 인상을 찌푸렸다. 정원사는 그 주위에 없는지 몇 번이나 불러도 코빼기도 보이지 않았다.

"정원사도 다른 일꾼처럼 빌라 안에서 우리를 기다리고 있겠군."

되돌아오는 길에서 두 형사는 트렙스 경사를 만났다.

"우린 아무것도 찾지 못했습니다. 형사님, 창문 아래엔 발자국이 없어요. 정원에도 없었어요."

콜러는 고개만 끄덕였다. 솔직히 그는 뭘 찾으리라고 기대하지 않았지만, 기분은 상했다. 한편 트렙스는 뭘 기다리는 듯이 섰다.

"지문을 채취하는 분들은 왔던가요?"

"그 사람들은 이미 일을 다 마쳤습니다. 형사님, 그들이 일을 다 마쳤으니 사체를 옮겨도 되겠어요?"

"그래요. '그는' 우리에게 더는 필요 없지요."

그들이 집 안으로 들어가기 전에 리나가 골똘히 생각하며 말했다.

"그의 손엔 칼자국이 몇 군데 있었어요."

"사체를 두고 하는 말입니까?"

"그럼요, 칼자국 몇 군데는 오래돼서 알아보기 힘들 정도입니다. 손톱을 아무렇게나 잘랐고, 보통 작가의 손이라곤 볼 수 없는 것 같아요."

"무슨 취미가 있겠지요, 아니면 그 집 주변에서 뭘 도왔거나. 그 점도 검토해 봅시다. 누구와 신문을 계속하지요?"

"아마 여자 일꾼들이 귀중한 정보들을 줄 수 있을 거예요." 리나가 제안했다.

"그럼 다시 베티를 부른다?"

"그리죠. 그 아가씨는 말하기를 좋아하니까 능숙하게 신문해야 합니다."

"그럼 그렇게 해봅시다."

콜러는 여동료 형사를 보며 슬쩍 웃고, 둘이서 홀을 지나가 '살롱'으로 다시 들어갔다. 홀에는 사람들이 서 있기도 하고 앉아 있기도 했다. 형사들은 그들을 보지 않은 것처럼 행동했다. 리나는 청소부에게 손짓하며 불렀다.

"들어 와요, 베티!"

살롱 안에는 콜러가 등을 창문에 기댄 채 서 있다. 햇빛이 집 안을 비춰 구석구석 환했다. 콜러 형사는 베테랑이라 신문 수사 때는 사람의 얼굴을 마주보면서 하는 편이 훨씬 낫다는 걸 숙지하고 있었다. 한편 리나는 생각했다.

'만약 이 홀 안에, 어젯밤에 이 집에 있던 사람이 모두 다 와 있다면, 그럼 그들 가운데 범인도 앉아 있거나 서 있을 것이다! 마치 영국 범죄소설처럼. 고립된 장소에 등장인물이 모두 함께있다. 희생자도, 살해범도, 증인들도. 그리고 형사도. 이번엔 형사가 둘이다. 이젠 뭐만 남았는가? 우리는 그 살해범을 찾기만 하면 되고, 그러면 모두 집으로 갈 수 있는데….

베티는 두려워하며 홀에 들어섰다. 혹시 그녀는 이젠 더 사람들이 자신의 말을 듣지 않을 것으로 여겼던가? 베티는 마치 옛날 시골뜨기 처녀처럼 그렇게 문 앞에 서서 손가락으로 자기 앞치마 자락을 구깃거리고 있었다. 베티는 시선을 어디에 두어야 할지 모르는 듯 두리번거렸다. 콜러는 이 모든 행동을 예리한 눈초리로 살피면서 베티에게 말을 걸었다.

"가까이 와요, 베티. 누군가 이 집에 8년간 일한다면, 그 사람은 확실히 이 집에 사는 사람들에 대해 많은 걸 알고 있어요. 그 사람이 의도적으로 알고 싶지 않아도. 무슨 비밀 같은 것을요. 집안사람들의 좋거나 나쁜 습관이나 여러 사건에 대해서 이것저것 보고 듣고 하지요."

"그건 뭘 암시하는가요, 형사님?"

그 아가씨는 주의 깊게 묻고는 골똘히 생각에 잠겼다.

"베티, 여기서 사람이 살해당했어요, 그것도 주인어른이요."

"베티에게 일을 맡긴 그 주인이요."

리나는 물음을 던졌다. 아마 그게 도움이 될까?

"누가 그런 행동을 했겠어요?"

콜러는 무관심한 듯 나른한 목소리로 물었다. 한때 콜러는 그런 식으로 신문하고 그런 식으로 증인을 다루기를 좋아하는 상사를 모신 적이 있었다. 콜러는 의식하지 못했지만, 그분 흉내를 자주 냈다.

"하지만, 형사님, 나는 아무것도 모릅니다."

상황으로 봐서 이번엔 방법을 바꿀 생각이었다.

"그럼 아가씨가 바로 살해범이오? 그러고 보니 아가씨는 밤새도록 이 집에 있었잖아요! 모두 의심을 받고 있어요!"

"형사님, 지금 나를 놀리는 겁니까?"

베티는 갑자기 물으면서 피식 웃으려고 했으나, 콜러의 두 눈을 힐끗 보더니 곧장 웃음을 멈췄다. 베티는 절망적인 어조로 말했다.

"알아주십시오, 두 분 형사님. 난 파리 한 마리도 죽일 줄 모릅니다! 부엌에 파리가 날아다니면, 난 언제나 마틸다에게 파리 좀 잡아 달라고 부탁한다고요."

"총소리를 어디에서 들었나요?"

리나가 끼어들었다.

"침대에서요."

베티 목소리가 뭔가 이상했지만, 경험이 많은 콜러 형사가 그걸 눈치채지 못했다. 하지만 리나는 여자를 신문해 본 경험이 풍부한 여형사였다. 이번에 베티의 목소리는 지금까지 대담한 어조와는 사뭇 달랐다. 리나가 그 점에 대해 주의 깊게 생각하고 있는 중에 콜러가 물었다.

"나는 그걸 한번 물었던 것을 알고 있어요. 아가씨는 사람들이 비명을 지르자 아래로 뛰어 내려갔다고 했어요. 도중에 무슨 수상한 점을 보지 않았어요? 사람들이 모두 홀에 있었나요? 아니면 그때 아직 오지 않은 사람이 있었던가요?"

베티는 앞만 처다보면서 무슨 심각한 생각을 하는 듯했다.

"그렇습니다. 그 불쌍하신 벨머 선생님과 정원사를 제외하고는요. 내가 이곳에서 산 이후로 여태 정원사는 바깥에 있는 작은 집에서 잠을 잡니다. 아마 이 집 안에서는 두어 번 정도 그를 봤어요."

"집안사람들은 어떤 행동을 했나요?"

"클라라 여사님은 비명을 지르면서 얼굴을 감싸더군요. 하지만 그분은 작가 선생님 방의 문턱에 서 있었어요. 아리노 씨는 아주 창백한 얼굴을 하고는 선 채로 '하느님 맙소사! 하느님 맙소사!'만 되풀이하셨어요. 니콜 아가씨는 창백하다못해 얼굴이 백지장처럼 하얗게 변했는데. 형사님, 그런데 니콜 양은 무슨 말을 하지는 않았어요. 시선이 아주 이상했어요. 레에트 씨는 웃고만 있었고요."

리나와 콜러는 동시에 분노한 목소리로 물었다.

"그가 웃었다고요?"

"신경 쓰이는 이상한 웃음이었어요, 여러분. 그리고 로턴 씨, 니콜 양의 약혼자는 그 일을 믿으려하지 않았어요. 몇 번이나 이건 사실이 아니야! 란 말만 되풀이했어요."

"그럼 아가씨가 아래로 내려갔을 때 모두 와 있었어요?"

"난 누가 있고, 누가 없었는지 모르겠어요. 마틸다가 왔을 때 그곳에 몇 명이 서 있었어요. 그 점은 확실해요. 잠시 후에 누군가 경찰에 신고하러 전화하러 갔어요. 마틸다가 정원사에게 도로 쪽 대문을 열어 두라고 해서 경찰이 차로 들어올 수 있도록 했습니다. 그 대문은 평소처럼 밤에는 닫아 두었거든요."

그녀는 지난밤 상황을 자세히 말해 주었으나 특별한 점은 전혀 없었다. 그녀 얼굴에는 신경질적인 표현이 자리 잡았다. 리나는 옆에서 그 청소부를 관찰했다.

"로턴 씨는 자살이라고 믿고 있어요. 그분은 이말 저말을 늘어놓으면서 '당신은 봤어? 그분은 더 견딜 수 없어 전쟁을 중단했어요'라는 그 비슷한 말을요."

"그럼 니콜 양은요?"

"정말로 그래요. 그분은 침착했다고 난 믿어요. 그분은 잠자코 있다가 어머니를 위로했어요. '소리치지 마세요, 엄마는 그다지 많이 잃지 않았어요' 그분은 어머니에게 그렇게 말했어요. 하지만, 두 분 형사님. 그분에게 제가 말씀드렸다고는 말하지 마시기를 부탁드립니다. 얼마나 많은 청소부가 일자리 없이 지내는지 아십니까? 나는 거리에 나앉고 싶진 않아요. 나는 이 집을 아주 사랑해요, 일을 많이 시키지도 않고요, 대우도 잘 해주고요. 그리고 지금부터 그 작가 선생님이 우리에게 잔소리하지 않으시면, 여기서 일한다는 건 더욱 반가운 일이고요. 하지만, 그 아가씨는 일주일 내내 화를 내고 있어요."

"도자기라도 깨뜨렸겠지요, 베티?"

"그런 말씀을 하실 수도 있겠지요. 뭔가 깨지긴 했습니다. 형사님들. 하지만 그건 작가 선생님의 죽음과는 무관해요. 토마르, 저 정원사와도 말을 해 보셨나요?"

"아직 아니오."

"그건 퍽 재미있을 거예요!"

베티는 갑자기 기를 띤 것이 마치 고인에 대해선 까마득히 잊고 있는 것 같았다.

"그이와는 선생님만 의사소통이 되거든요! 토마르는 인도에서 왔어요."

"이미 알고 있어요, 베티."

리나는 그 아가씨가 그 정원사에 대해 우연히 얘기를 꺼낸 게 아니라고 짐작했다.

'그녀는 다른 주제에 대해 말하고 싶지 않구나. 뭔가 깨졌다는 건지.'

리나는 지금 그 점도 물어보고 싶었다. 그러나 콜러는 이미 베티를 내보내고 정원사를 오라고 했다.

4. 파키스탄 발루치스탄 출신의 정원사 토마르

토마르는 이상한 인물이었다. 처음 보면 무슨 부랑자 같았고, 키는 크고, 머리카락은 뻣뻣했다. 몹시 남루한 의복에는 구멍이 송송 났는데 그런 옷을 잘도 입고 다니는 것 같았다. 머리는 마치 아프리카 원주민처럼 산발해 어깨까지 길게 늘어뜨렸다. 게다가 한술 더 떠서 이 남자는 실내에서 검은 밀짚모자를 쓰고 있었다. 기다란 턱수염에 길고 검은 머리칼 사이로 활발하고도 까만 두 눈에서는 외부로 광채를 발하고 있다. 고무신에 바지를 입었는데 손에는 흙이 묻은 채로였다. 걸음걸이도 특이했다. 보폭을 크게 하면서 발을 앞으로 옮길 때면 양어깨는 이리저리 흔들렸다.

"안녕하세요!"

그는 아주 낮은 톤으로 내깔리듯 말하고는 쭈뼛거리며 섰다.

"당신이 정원사요?"

콜러는 인사도 하지 않고 물었다.

"그렇다."

덥수룩한 머리카락을 한 그 남자가 중얼거렸는데 얼굴 생김은 거의 보이지 않았다. 그 남자의 등장과 함께 리나는 혼비백산해서 사자 코처럼 킁킁거리며 냄새를 맡았고 콜러는 계속 말했다.

"성명이 어떻게 되나요?"

"토마르 야와할 핀텐나라스."

그렇게 말하고 그 남자는 음울한 눈길로 그 형사를 기다리는 듯이 물끄러미 바라보았다. 콜러는 그의 이름을 수첩에 적으려 했지만, 손가락이 종이 위로 미끄러졌다.

"저어, 뭐라고요? 다시 한번 말해 보시오!"

"토마르 야와할 핀텐나라스."

정원사는 되풀이했다. 그제야 콜러도 냄새를 맡았는지 그 이름 적는 걸 포기했다. 리나는 동료 곁에 서서 속삭였다.

"마늘이군요!"

콜러는 고개를 끄덕이고는 두 걸음 물러섰다. 홀 안에서는 형사들과 신문 받는 사람 사이에 자리가 생겼다. 토마르는 한편 그동안 여기서도 잘 지내지 못했다. 그는 형사를 전부 잊은 듯 저만치 가서 벽에 걸린 그림을 세심하게 들여다보았다. 그 광경은 실로 감동적이었다. 하지만 형사들은 여기에 그런 일로 오지 않았다.

'드잡르미 예라흐!'

토마르는 불만족한 듯 무슨 말을 내뱉고는 고개를 저었다. 콜러는 자신이 조금 전 신문하고 있었던 걸 잊은 듯 말했다.

"지금 무슨 말을 했어요?"

"이것 나쁜 그림이다."

토마르는 등 뒤 벽을 가리켰지만, 몸을 돌리지는 않았다. 콜러는 그제야 그 그림을 볼 수 있었다. 어떤 소녀가 강가에서 물을 긷고 있고, 그 옆에는 양 한 마리가 서 있다. 그건 보통 수준의 작품이었다. 토마르는 턱수염 아래 목을 손으로 긁적거렸다.

"나쁜 그림! 양은 가파른 강가로 가지 않는다."

그때 베티가 출입문을 벌컥 열고 들어왔다.

"형사님, 토마르가 쉬지 않고 마늘을 씹어먹는다는 걸 알려드려야지 생각하고선 깜박했어요!"

"우리는 이미 알고 있어요! "

콜러는 대답하면서 한 걸음 물러섰다.

베티는 계속 말을 했다.

"저 사람은 언제나 그걸 먹고 있어요. 그 바람에 곁에 아무도 얼씬거리지 않아요. 마틸다는 그가 정원 외딴 방에서 안 나왔으면 해서 손수 저 사람의 점심을 날라주겠다고 자청했어요."

"그렇게 하는 게 맞겠네요."

리나는 동의했다.

"저 사람은 은둔자 같아요. 말수도 적고요."

마침내 베티가 고개를 빼고 사라지자 홀 문이 닫혔다.

"*파디마 모시미아라!*"

토마르는 강한 어조로 말했다. 아마도 베티를 향해 한 말인가? 형사들의 당황하는 표정을 보더니, 정원사는 자기가 한 말을 번역해 주었다.

"아가씨는 말이 아주 많다. 방금 한 말은 우리나라 말이다. 우리나라는 발루치스탄이다."

그는 자신을 가리켰다. 콜러는 놀랍게도 그가 다른 사람들이 하는 말을 엿들을 수 있다는 걸 알게 됐다.

"토마르, 당신은 내가 하는 말 이해하나요?"

"예!"

그 '야만인'은 고개를 끄덕이고는 주의 깊게 콜러 입을 쳐다보았다.

"여기에 언제부터 살고 있어요?"

대답이 즉각 나오지 않았다. 토마르는 형사 얼굴을 꼼짝하지 않고 보고 있었다. 리나가 거들었다.

"몇 년을 여기, 이 집에 있었어요?"

토마르는 손가락 아홉 개를 펼쳐 보였다.

콜러는 이제 마늘 냄새를 더는 참을 수 없을 지경이 되자 다른 방향에서 그에게 접근하려 했다. 하지만 그곳에도 이미 마늘의 독한 향이 퍼져 있었다. 홀 안도 마늘 냄새로 진동했다. 악취라는 높다란 벽이 정원사를 차단해 주었다.

"저녁에 뭘 했어요, 밤에요?"

"나 잠잔다."

그는 행동으로 보여주었다. 두 손바닥을 얼굴 즉 턱수염에 대고는 고개를 옆으로 숙이고 두 눈을 감았다. 리나는 그 동작에서 잠자는 시늉을 하는 어린이 모습을 연상했다. 토마르는 무학자(無學者) 같았는데 대여섯 살 먹은 어린아이나 그 아래 수준 같았다.

"총소리를 들었어요?"

토마르는 이해하지 못하는 듯이 그냥 서 있었다.

"총소리?"

"천둥 같은 소리! '땅-!'"

형사가 크게 소리쳤다.

"정말, 땅-!"

머리카락이 가리지 않은 얼굴의 일부분이 조금 밝아졌다.

"나는 잠잔다. 마틸다 온다. 문 두드린다. 땅-땅-! 나 일어난다. 나는 저기 산다. 저 멀리!"

갑자기 창문 너머 정원 쪽을 가리켰다.

"나는 그가 그렇게 외딴곳에 사는 게 전혀 놀랍지 않아요."

콜러는 속은 듯이 속삭였다. 그래, 여기엔 그가 믿는 것보다 더 적은 증인들이 단번에 찾아진다. 토마르는 누군가가 희생자를 죽일 때, 그 범행 장소에 없었다. 리나는 손수건을 꺼내 코를 문지르는 시늉을 하고는, 수건으로 코를 감싸 쥐더니 홀의 다른 쪽에서 그 정원사에게 다가갔다.

"당신은 벨머 선생을 좋아합니까?"

"누구를?"

토마르는 마치 지적장애인처럼 고개를 기울이며 말했다. 리나는 곧 한 발짝 뒤로 물러섰으나 포기하지 않고 물었다.

"그 선생님, 당신 주인님요!"

"그렇습니다, 그렇습니다!"

더벅머리 남자가 고개를 끄덕였고, 그 바람에 모자가 떨어지려고 하자 한 손으로 모자를 잡았다.

"그 선생님 착하다! 그분은 나와 말이 통한다. 말할 수 있다!"

잠깐 말을 멈추는가 싶더니 그는 슬프게 말을 이었다.

"그분은 말씀 간혹 한다, 간혹 말한다."

"이젠 그분은 다시는 말하지 못한다. 그는 죽었다!"

리나는 그 외국인의 단순화된 언어 사용을 흉내 내서 말했다. 이 방법이 도움이 되긴 했는지 토마르는 더욱 구슬프게 동의했다.

"그렇습니다. 불쌍한 선생님, 나는 그분을 좋아한다. 왜냐하면, 그분은 내게서 악취가 난다고 외치기도 하지만 나는 일하고, 그분은 돈 준다."

"간단한 생활철학이군요."

콜러는 여형사에게 나지막이 말하고는 정원사에게 몸을 돌렸다.

"그럼 앞으로 당신에게 무슨 일이 일어날 건가요?"

"나에게? 난 모른다. 나는 정원으로 간다. 풀밭을 더 자른다. 울타리를 자른다. 나는 땅 판다, 꽃 자른다. 주인마님은 내게 돈

준다."

"토마르, 당신은 지난밤에 아무도 보지 않았나요? 정원에서, 집 주위에서? 아니면 어디선가 무기를?"

"나는 잠잔다. 밤에 나는 잠잔다. 나는 그렇다."

그리고 토마르는 자신 있게 가슴을 드러냈다. 리나는 실망한 듯이 동료 형사에게로 몸을 돌렸다.

"이번엔 정말 아무 소득이 없어요, 카스."

"우리는 모두를 신문해야 해요, 그게 규칙이요."

"난 저 마늘 냄새 때문에 질식할 것 같아요. 어떤 규칙에도 마늘 냄새를 참으라고는 하지 않았어요!"

"창문을 열어요."

콜러의 시선은 다시 토마르에게로 향했다.

"우리에게 더 하고 싶은 말은 없어요, 토마르?"

"아무것도."

정원사는 결심한 듯 고개를 저었다.

"이제 정원으로 가도 좋아요."

"알겠다."

토마르는 느릿느릿 움직였다. 하지만 의자에 허벅지가 부딪치자 곧 쓰러질 뻔한 의자를 아슬아슬한 순간에 꽉 잡았다. 조심스레 의자를 바닥에 세워두고는, 마치 건드린 손자국을 없애려는 듯이 손가락으로 의자를 조금 쓰다듬어 주었다.

'의자야, 화내지 마, 내가 너와 부딪쳤다고.'

토마르는 온 동작으로 그걸 보여주었다. 그는 아무도 방해하지 않고, 이곳 사람들의 세계에서 거의 존재하고 있음을 보여주고자 했다. 그는 사람들이 자신을 주목하지 않을 때가 가장 좋았다. 리나는 동정 어린 눈빛으로 그를 처다보았다. 불쌍한 사람. 저 사람의 인생은 어떤가? 그는 여기, 다른 대륙에서 살아가면서, 다른 사람들과는 접촉이 없다. 이 집에서 오로지 한 사람 벨머와 의사소통이 됐다. 그 작가는 어린 시절에 발루치스탄에서 살아서 그곳 말을 할 줄 안다. 그럼 토마르에겐 아무도 남지 않았다. 그는 이곳에서 몇 년이나 더 풀을 벨 수 있을까.

"토마르!"

리나가 갑자기 큰 소리로 불렀다.

남자는 급히 몸을 돌렸다.

"당신은 말한다, 나에게?"

"그래요. 그 선생님 손에 왜 그렇게 작은 상처들이 있나요?"

"그분은 며칠 나를 돕는다."

정원사는 말했다. 이미 그는 문턱에 가 있었다.

"그분도 식물을 좋아한다. 그분이 자르겠다고 내게 허락을 구한다. 그리고 꽃나무들을 심으려고 구덩이를 판다. 나는 허락한다. 선생님은 판다, 자른다, 또 기쁘다."

마침내 그는 나갔다. 그가 문턱을 넘어서고 출입문이 닫히자 두 형사는 열린 창가로 달려가 신선한 공기를 깊이 들이마시고는 마늘 냄새를 떨쳐버리려 했다.

"아직 아무것도 없습니다. 형사님,"

트렙스 경사가 보고했다. 이른 아침부터 비상소집되어 그런지 그는 피곤하게 보였다. 어디 침대에 가서 눕기라도 하고 싶은 모양이었다. 콜러는 자신도 그런 상태란 걸 느꼈다. 조금 전 그는 경찰 기록보관소에 전화를 걸어 집안 모든 사람에 대한 정보를 빠짐없이 요청했다. 콜러는 동료에게 이 집 사람 중 누군가 경찰이나 법률에 저촉된 행위를 했는지 알아보도록 요청했다.

그래 정말. 일요일이지만 튜너와 그의 동료들은 당직 근무를 서고 있었다.

'내 일요일도 이렇게 망쳤는데, 그들이라고 놀면 되겠어.'

남자는 생각했다.

정원사가 떠나고 나자 그 살롱을 한참 환기했다. 리나는 베티에게 커피 한 잔 달라고 했고, 형사들은 수사를 계속하고 있다. 콜러가 출입문 쪽에 대고 외칠 때는 벌써 아침이 됐다.

5. 식모를 의심하는 출판업자

"아리노 씨를 들여보내요."

출판업자인 아리노는 오십 살쯤이고, 거의 대머리이며, 작은 키에 뚱뚱한 체격의 남자였다. 일찍 늙어 버린 사람 같다. 그러나 그의 시선은 활기를 띠고 그의 두뇌는 빨리 회전하는 듯했다. 만약 완전 경쟁의 출판 시장에서 그가 그렇게 오랫동안 버텨내며 출판사를 경영하고 벨머의 책 판권을 획득했다면, '그럼 그는 교활한 사람이구나' 하고 리나는 생각했다. 하지만 아리노의 두 눈엔 그 여형사가 좋아하지 않는 어떤 종류의 두려움이 감돌았다. 이제까지와 마찬가지로 콜러가 신문을 시작했다. 그들 중 남 형사가 책임자인 걸 드러낸 셈이었다. 물론 공식적으로 아무도 그걸 밖으로 드러내놓고 말하지 않았지만.

"안녕하세요. 그런데 이번 인사는 좀 이상하게 들리는군요."

출판업자는 철학적으로 말하고는 이어 갔다.

"청소부 말이 우리 모두를 부르실 거라고 하더군요. 나는 수많은 범죄소설을 읽은 터라 다음에 무슨 일이 일어날지 알지요."

그는 헛웃음 소리를 내려고 했지만, 형사들이 왜 여기에 있는지를 기억하자 다시 진지해졌다.

"앉으십시오, 선생."

형사들도 안락의자에 앉았다.

아리노는 자리에 앉았으나 신경질을 푹푹 냈다. 움직이려고 하는 그의 몸을 의자가 힘껏 잡아당기는 것 마냥. 형사들은 뭔가 눈치를 챘다.

"두렵습니까, 선생?"

콜러가 날카롭게 물었다. 그는 수첩 너머로 출판업자를 훔쳐보았다.

"나요? 아뇨, 전혀 아니오! 내가 두려워할 이유가 없어요."

아리노는 저항했다.

"좋아요."

콜러는 뭔가를 수첩에 계속 적어 내려갔다. 아리노의 신경은 더욱 날카로워졌다. 침묵이 길게 계속됐다. 리나는 알았다. 그것도 콜러의 신문 방법이란 걸. 그 형사의 의도를 방해하고 싶지 않았다. 수첩에는 여러 장째 낙서와 엉뚱한 그림으로 채워지고 있었다. 이 모든 것은 신문 받는 사람의 초조한 기다림을 더해주려는 목적이었다. 만약 신문 받는 이가 범인이라면, 이 순간엔 자신감이나 태연자약함을 잃어버릴 것이다.

"정말 선생도 총소리에 깼나요?"

"그렇습니다."

아리노는 순순히 대답했다.

"처음에 내가 꿈속에서 무슨 소란을 듣고 있나 했지요. 반쯤 깨고 나서는 어느 자동차 모터 소린가 생각했지요. 그러나 누군가 고함을 치고, 비명을 질렀어요. 아마 그게 클라라인가 봅니다. 나는 자리에서 일어나 복도로 나갔어요. 나머지는 이미 아실 테고요."

"출판업을 하신다고요?"

"그럼요, 형사님. 크게 하지는 않지만 1년에 10권 정도 책을 출판하지요. 더는 못합니다만. 하지만 그건 전반적으로 성공하고 있어요. 나는 출판환경을 잘 압니다."

잠시 그는 출판업계 전문가와 대화를 하는 것 같은 착각에 빠졌나 보았다. 그는 가슴 깊숙이 숨을 한 번 크게 들이마시고는 자신의 신체를 실제보다 더 크게 보이도록 자세를 취했다. 하지만 곧바로 현재 자신의 처지를 인식하고는 숨을 내쉬었다. 마치 공기가 쏘옥 빠져나간 공처럼 그렇게 그는 점점 작아졌고 고개를 숙였다.

"불쌍한 테오! 그분 죽음은 나로서는 끔찍합니다, 여러분. 그분이 우리 저자이자 친구이기에 두 배의 안타까움을…. 그분이 다시는 책을 저술할 수 없으니 우리 출판사는 어떤 운명을 맞이하게 되겠어요?"

"그럼 그분의 죽음은 당신에겐 재정적 손실이겠군요?"

리나가 물었다. 그녀로서는 희생자의 죽음으로 인해 무슨 손실을 보게 될지 이렇게 곧장 말한다는 것이 의심스러웠다.

그것은 아주 옛날 방식의 속임수다.

아무 형사도 그걸 믿지 않는다.

"당연하지요, 여러분. 그렇게 돼 애석합니다. 정말 불쌍한 테오는 더는 소설을 쓸 수 없어요. 독자들도, 그리고 솔직히 말해 출판업자인 나도 매년 벨머의 새 작품을 입수하는 습관이 배였어요."

"그런데 신생은 그리 슬퍼하는 기색은 아니군요?"

콜러는 그렇게 강조하고는 출판업자를 유심히 관찰했다. 아리노는 양탄자를 보듯이 오랫동안 바닥을 내려다보면서 한편으론 신경 쓰이게 손가락으로 딱딱 소리 냈다.

"살인사건은 벌써 몇 시간 전에 일어나서 나는 이 사실을 받아들이려 노력하고 있어요. 테오를 잃는다는 것은 나로서는 큰 타격입니다. 사업가로서 나는 그 죽음을 받아들이기 시작했습니다만, 친구로서는….”

“지금에야 선생은 벨머가 친구란 걸 두 번 언급하는군요.”

콜러는 그 출판업자를 아이러니하게 찔러 볼 기회를 잡았다. 그게 그의 스타일이었다.

그러나 아리노는 그 말을 듣지 않은 양 행동했다.

“그렇게 됐어요, 형사님. 나는 동시에 이 가족의 친구입니다. 클라라 부인과 니콜 양도 뭐라고 해야 할지….”

콜러는 자신의 습관대로 뭔가 예기치 않은 신문 방법을 한 번 시도해볼 때가 왔다고 믿었다.

그는 단도직입으로 질문을 던졌다.

“선생 의견으로는 누가 범인입니까?”

아리노는 황급히 고개를 들었다. 잠시 놀란 그는 형사를 쳐다보며 침을 삼키고 나서야 말을 꺼냈다.

“저어 내 의견이라뇨? 하지만 선생이 형사이니 선생 의무가 그 범행을 저지른 사람을 찾는 것이고요.”

“당연한 말씀이지요. 하지만 그 의무를 선생의 도움을 받아 마무리하고 싶어요. 선생은 여기서 모든 걸 알고 있고, 나는 그분들을 난생처음으로 보고요. 그래서 선생은 그들에 대해선 나보다 더 많이 알고 계십니다. 누구에게 의심이 갑니까?”

아리노는 여형사 리나를 한 번 쳐다보고는, 마치 그녀의 도움을 기다리는 것 같았다. 그들은 그의 얼굴에서 내부적 갈등을 보았고, 마침내 아리노는 말을 했다.

“이 집에 사는 누구도 그렇게 벨머의 적으로 보이진 않습니다. 하지만 나는 의심이 가요.”

“말해 보시오.”

콜러는 온몸을 앞으로 향했다. 마침내 그가 이 사람의 도움을 받을 것인가?

"만약 내가 형사라면 나는 살인의 순간에 식모가 어디에 있었는지 알아볼 겁니다."

리나는 놀랐다.

"마틸다요?"

"그래요, 마틸다."

출판업자는 그렇게 대답하고는

"식모가 신문을 받으면서 무슨 말을 했는지 모릅니다만, 내가 계단으로 내려올 때, 다른 집안사람들은 불쌍한 테오의 방문에 서 있었어요. 그런데 식모는 집 밖에서 홀 안으로 들어왔어요!"

"정원에서요?"

"그래요. 홀의 유리 출입문은 작은 테라스로 향해 나 있고, 또 정원으로도요. 물론, 지금 만약 내가 그 순간을 기억하면, 그래요, 모두 그 죽은 사람만 보고 있었어요. 그때 마틸다는 '그 출입문을' 닫고는 홀로 지나갔어요. 그때야 식모는 그 집안사람들이 모인 곳에 도착해, 두 손을 모은 채 다른 사람들과 함께 공포에 질려, 아마 비명을 질렀을 겁니다. 물론 그 점은 내가 보지 않았지만요. 왜냐하면, 나는 그때 온몸이 떨려 '테오에게 무슨 나쁜 일이 일어났구나' 추측했고, 그의 집무실 앞에 사람들이 서 있었어요."

"귀중한 정보군요."

콜러와 리나는 서로 바라보다 잠시 후 여형사가 먼저 말했다.

"다른 사람들은 어때요? 모든 사람에 대해 한 마디씩이라도."

"레에트부터 시작하면요, 그는 아주 냉소적인 사람입니다. 인생에서 아무것도 성공한 적이 없는 씁쓸한 사람이지요. 그에겐 이 집이 구원의 장소이지만, 동시에 물에 잠겨 있는 암초이지요. 레에트는 20년 전에 이 집으로 받아들인 테오의 적이지요."

"그자가 여기에 손님으로 있다는 걸 말하려는가요, 벌써 20년간을요?"

콜러는 깜짝 놀랐다.

"그렇고말고요 꼬박 19년을 여기서 지냈어요, 내 기억이 정확하다면요. 그리고 다른 한 사람은, 소위 니콜 양의 약혼자라는 로턴. 내가 보기엔 그자는 죄를 저지르는 인물이라고요. 테오는 그 점을 암시했지만, 그땐 내가 그 일에 관심이 없었어요. 그러나 지금, 그 잔혹한 일 뒤엔…."

그는 중단했다. 그는 일꾼에 대해서는 말을 않으려고 했다.

"더 할 말씀은 없어요, 선생?"

"난 내가 얼마나 오래 여기 있어야 하는지 알고 싶어요. 그걸 묻고 싶어요."

"다른 사람들과 마찬가지로요. 오늘은 일요일이니, 나도 이 신문을 빨리 끝내고 싶어요."

아리노는 두 팔을 뻗어, 더 할 말이 없다는 듯한 자세를 취하고는 자리를 떴다. 그의 뒤로 출입문이 닫히자, 바로 그 순간에 전화가 울렸다. 반장이 그들을 찾고 있었다. 이미 옛날에 퇴직시켰어야 하는 그 마른 체격의 역겨운 늙은이가. 시내에서 근무하는 경찰들은 이곳에서보다 훨씬 편하게 지내고 있을 텐데….

"콜러인가?"

익히 들어 온 늙은이 목소리가 전화로 딱딱거렸다.

"벨머에게 무슨 일이 있었어? 600명의 취재진이 내 출입문 앞에 죽치고 있어. 그리고 내가 그 작가의 죽음에 대해 말해 줄 거로 알고 있어!"

"아직 그 사람들을 붙들고 있어야 합니다, 반장님."

콜러는 공식적인 일에 있어선 아주 재빨리 계속해서 거짓말을 하는 법을 알고 있었다.

지금도 그는 다른 통수가 보이지 않았다.

"신문은 빠르게 진행되고 있습니다, 반장님! 이젠 중요한 단서도 잡았고요. 우린 뜨거운 발자국에 놓여 있다고 말할 수 있겠어요. 범인은 이 집 안에 있어요, 가면을 벗기려면 시간이 좀 더 필요합니다."

"그래, 알았어. 시간을, 콜러? 그 시간이 얼마면 되겠나?"

"이젠 앞으로 몇 시간요, 반장님."

남 형사는 위험을 무릅썼다. 한편 통화 중에 그 반장이 누군가와 전화하는 소리를 들을 수 있었다. 아마도 내무부 장관하고 전화를 한 것 같았다. '이 사건이 얼마나 큰 파문을 일으키는가!' 그새 콜러는 잠깐의 휴식을 즐겼다. 그는 리나에게 작은 소리로 말했다.

"트렙스를 불러서 빌라 철책에 경찰들을 배치하도록 해요! 취재진이 들이닥치는 걸 막으려면요!"

리나는 자리를 떴다. 반장은 작가 벨머의 죽음과 콜러의 지체된 신문으로 야기되는 나쁜 사태에 대해 불평을 여전히 늘어놓았다. 마침내 그는 수화기를 내려놓았다.

바로 그때 리나가 돌아왔다.

"저어, 반장님. 전화를 받고 나서도 살아 있군요?"

"죽을 지경이오. 하지만 우린 몇 시간 정도는 조용히 신문할 수 있을 것 같아요. 하지만 오후에 그분은 다시 전화할 거요. 확실하다고요! 그때 그는 정말 진짜 결론을 요구할 텐데, 몇 마디만, 지금처럼. 레에트를 불러 줘요."

레에트는 재빨리 움직이는 인물이 아니었다. 최근 몇 년 동안 레에트는 그런 속도에 익숙해 있었다. 그는 편안한 남자였다. 그는 마흔 남짓한 나이였지만, 머리는 좀 하얗다. 사람들은 그의 냉소적인 모습을 알아차렸다. 마치 그는 끝없이 세계를 비웃는 것 같았다. 그것은 정말이었다.

리나와 콜러는 이유를 알지 못했다.

레에트가 그 방으로 들어와 마치 자기 집에서처럼 행동하는 것을 두 형사는 보고 있었다. 가구들과 사물들이 그의 손안에 들어오는 것 같았고, 그의 두 발은 양탄자를 잘 알고 있는 것 같고, 어느 가구까지 몇 걸음이면 도달하는지 알고 느끼는 것 같았다. 그는 아무 근심 없이 우쭐대는 그런 사람이란 걸 형사들은 무의식적으로 느꼈다. 리나는 그 남자가 요청하지 않았음에도 안락의자 하나에 앉았지만, 그곳에 의자가 있는지 뒤로 바라보지도 않는 걸 보고 있다. 그는 그 의자가 그 지점에 있다는 걸 분명 '알고 있었다'. 그는 여기에서 자기 집 같은 편안함을 느끼는 것 같았다.

'그는 어느 여자의 연인이지?'

리나는 속으로 물었다.

"안녕하십니까, 여형사님, 남 형사님."

레에트는 고개만 약간 숙이며 인사했다. 그것도 그가 자리에 앉고 난 뒤에 마치 지금에야 그가 이 방에 혼자 있지 않다는 걸 알아차린 듯한 태도였다.

"레에트 씨, 최근에는 무슨 일을 하십니까?"

콜러는 친절을 가장한 방법으로 신문을 시작했다. 리나는 즉시 그걸 알아챘다. 리나는 그런 그가 좋았다. 여형사는 콜러가 업무 시에만 그런다는 걸 알고 있었다. 콜러는 마치 천진한 아이 같았다.

"여러 가지 일을 해요. 어떤 때는 백화점 광고 노래를 준비하기도 했고요. 하지만 최근에는 앉아서 작품 구상을 했어요."

"작품을 구상하고 있다고요. 벨머 선생이 하신 그런 일인가요?"

레에트는 피식 웃고는 조용히 대답했다.

"그렇지요. 이런저런 일을."

"그걸로 먹고 살 수 있어요?"

갑자기 콜러가 물었다. 레에트는 어깨를 으쓱했다.

"물론 가난하지요, 하지만 난 큰 허풍을 치지는 않지요."

"선생은 몇 살이죠?"

"마흔넷이요."

"언제부터 이곳에 살았어요?"

"18년 아니면 19년 전부터. 기억을 자세히는 못 하겠군요,"

레에트 씨가 리나를 냉소적으로 바라보자, 콜러는 화가 부글거렸다. 콜러는 그걸 참지 못했다.

"내가 이런 말씀 드리면, 선생은 마음이 상하겠지요? 선생은 식객이군요. 벌써 20년간 선생은 친구댁에서 살고 있고, 식사나 숙소의 대가로 돈을 지급하지도 않고. 선생은 아주 간단히 이곳으로 왔고, 한 번도 이 집에서 떠난 적이 없으니까요."

"한 번도 그런 적이 없었지요. 여기서 나는 잘 지내고 있어요."

레에트는 콜러의 두 눈을 바로 바라보았다. 그 형사는 침을 삼켰다. 갑자기 콜러는 생각했다.

'이 사람은 뭔가 정말 알고 있구나. 아마 그는 20년 동안 뭔가를 알고 있었기에 그 가족이 이 집에 그를 살게 했고, 아무도 그를 쫓아낼 용기를 내지 못했어! 그게 무엇일까? 아마 그건 살인과 무관할 거야. 누가 알 수 있다 해도.'

레에트가 리나를 바라봤을 때 그 여형사는 아무 말을 안 했지만, 그는 그 여형사에게 말했다.

"이 집엔 여형사님도 놀랄 일이 아직 많습니다."

콜러는 뭘 적느라고 그 말을 듣지 못했다. 잠시 후에 콜러가 뭔가를 다시 물었으나, 레에트는 고개를 들고는 말을 하지 않았다. 레에트는 그 안락의자에 거의 눕다시피 했고, 두 눈을 아예 감아 버렸다.

"지루하십니까, 선생? 아니면 잠이 와요?"

레에트는 두 눈을 감은 채 말했다.

"물어보시오, 형사님. 듣고 있습니다."

"하지만 난 선생을 보면서 물으면 더 좋겠어요."

콜러는 이 자가 특히 신경 쓰이게 한다고 느꼈다.

"선생이 살인의 그 순간 어디 계셨는지 말씀해 주시면 고맙겠어요."

레에트는 그의 말과 비슷한 스타일에 인상을 쓰며 대항하려 했지만 싸우지는 않았다. 레에트는 자신의 계획대로 행동했다.

"내 침대요. 그게 형사님을 놀라게 할 것으로 압니다만, 새벽 4시경엔 나는 보통 잠을 자고 있어요."

"재치있군요."

콜러는 화를 숨긴 채 인상을 찌푸렸다.

"그럼, 자연히 선생도 총소리에 깼겠군요?"

"어디서 그걸 알았어요? 바로 그렇게 됐지요."

"좀 특이한 점을 보진 못했어요? 지난 저녁이나, 밤에 뭘 들었어요?"

"그건."

레에트는 대답을 늦추면서 자신의 넓은 입술을 깨물고는, 깊이 생각에 잠기는 듯했다.

"간혹 나는 잠을 자다 깨기도 해요. 그때는 보통 시계를 봅니다. 내 시계에는 야광 숫자판이 있어요. 2시 10분이었어요. 난 곧장 잠이 들지 않아 소설을 구상했어요."

"선생이 소설도 씁니까?"

콜러의 목소리에는 비웃음이 스며 있었다. 레에트는 강조해서 말했다.

"그렇지요. 나도 쓰지요. 다시 그 화제로 돌아가면, 나는 복도에서 이상한 소리를 들었어요. 내 방은 다른 사람들이 거처하는 같은 층에 있어요. 누군가 복도 양탄자 위를 가벼운 발걸음으로 걸어갔습니다. 아마 이렇게 말할 수 있을 겁니다. '모르는 사람이 몰래 지나간다'고요. 하지만 이 말로는 뭔가를 잘못 추측할 수도 있어요."

레에트는 큰소리로 생각을 말하고는 형사들의 긴장된 눈초리를 보더니 계속했다.

"나는 소리 없이 자리에서 일어나 출입문으로 다가갔어요. 그래, 나도 몰래 갔어요. 내가 출입문을 조금 열었는데, 다행히 그 출입문은 소리가 나지 않았어요. 그러나 밖은 아주 어두웠고, 무슨 이유인지 복도 끝의 작은 전등도 꺼져 있었어요. 그건 밤에도 언제나 켜져 있었거든요. 난 아무것도 못 봤어요. 하지만 나는 다른 방에서 나는 작은 시끄러운 소리를 들을 수 있었어요. 그 문이 삐걱거리더니, 한 여자가 말했어요.

'이렇게 늦게'

그 여자는 마치 문턱에서 그 들어온 사람을 기다렸던 것처럼. 문이 동시에 열리자 그 여자는 말을 시작했는데 잠자다 깬 목소리는 아니었어요. 그 대답은 듣지 못했지만, 그 방문객이 누구인지도 알 수 없었어요. 그리곤 그 문이 닫혔어요.”

리나는 자신이 이제 그 일에 끼어들어야 하는 시간이 도래했다는 걸 직감했다.

“그럼 이 모든 일은 2시 10분에서 15분 사이에 일어났겠군요.”

“그 점은 매우 확실해요.”

레에트가 고개를 끄덕였다. 그는 두 눈을 떠서 여형사를 쳐다보았다. 콜러는 그 때문에도 화가 치밀었다. 그가 왜 저 여형사를 보고 있는가.

“레에트 씨. 선생은 우리에게 뭐 도움이 될만한 정보를 줄 수 있어요?”

“아뇨.”

그 남자는 대답하고 일어났지만, 나가려다 몸을 돌려 말했다.

“내가 식객처럼 보일진 몰라도 그렇지 않다는 걸 알게 될 거요.”

“고맙군요. 선생. 니콜 양을 불러 주시오.”

출입문이 닫히자 두 형사는 약간 짬이 났다. 눈썹을 치켜든 콜러가 물었다.

"그게 무슨 말인지 알겠어요?"

"2층엔 여자 둘이 있는데, 클라라와 니콜이고, 그 둘 중 한 사람이 밤손님을 받았어요. 하지만 그 밤손님이 누구지?"

"바로 그 점을 나도 모르겠어요."

콜러가 속삭였다. 그는 덧붙여 말하고 싶었다. 그건 남자일 거라고. 그때 출입문이 열렸다. 노크도 없이 들어선 이는 테오 벨머의 딸이었다.

니콜은 큰 키에 날씬하고 예쁜 아가씨였다. 니콜은 정확히 스물한 살이다. 어머니에게서 금발 머리를 물려받았다.

'저 아가씨는 얼굴이 퍽 깨끗하구나.'

리나는 감탄했고, 또 사실이 그러했다. 그 아가씨의 앳된 얼굴엔 신경이 곤두서고 혼돈된 마음이 그대로 드러났다. 니콜의 큰 눈은 놀란 채로 세상을 보고 있었으나, 그 두 눈에는 '살인이라니, 그런 일이 정말 일어날 수 있을까?' 하는 의혹도 서려 있었다. 리나는 니콜이 무슨 슬픈 기분을, 장례를 치르는 사람의 애통함을 찾아보려고 했다. 그러나 니콜 얼굴은 그런 면에서도 '깨끗했다'. 그 비극적 사건이 니콜 벨머의 영혼에 단순히 놀람과 긴장을 가져다준 것처럼. 하지만 니콜은 절망하지 않았고, 울지도 않았다. 콜러는 니콜이 숨기려고 하는 어떤 신경 쓰이는 일만 볼 수 있었다.

콜러는 자신과 동료 형사 리나를 소개했다. 니콜은 시선을 한 번 주는 것으로 응대하고는 자리에 앉았다.

'아마 이 딸은 어머니의 다리도 물려받았구나' 하고 남 형사는 재빨리 생각했다. 니콜은 마치 사진모델처럼 다리가 길고 예뻤다.

"아가씨, 우리가 쓸데없는 것 같은 질문을 해도 양해해주기를 먼저 당부합니다."

"뭐든 준비가 돼 있습니다."

니콜의 목소리는 낮고 온화하고 친절했다. 리나는 동정을 느꼈지만, 자신의 마음속에 직업의식이라는 작은 악마가 즉시 움직였다.

'리나, 넌 수많은 살해범을 봤어! 천사 같은 모습은 악마 같은 내부를 숨기고 있다고!'

"지난밤 2시 15분에 누가 아가씨 방에 들어왔어요?"

콜러가 먼저 말했다. 그게 그가 좋아하는 신문방식이다. 그는 이 상대방이 깜짝 놀라 혼돈이 돼 진실을 곧장 말할 것으로 믿었다.

니콜은 두 눈을 크게 뜨고 말했다.

"형사님, 정말입니다! 제 방엔 아무도 들어오지 않았어요. 밤엔!"

"그게 확실해요?"

"정말이라고요!"

니콜의 두 눈에 불꽃이 튀었다. 콜러는 첫 설전에서 얻은 것이 없었고, 이젠 후퇴해야 했다. 잠시 후 그는 다시 접근할 태세였다. 니콜이 솔직히 깜짝 놀라자, 콜러는 곧 말했다.

"아버님이 돌아가셔도 아가씨는 별로 슬퍼하지 않는 것 같군요. 아가씨 혀는 면도날 같군요!"

"제 혀는 언제나 같아요. 이 집에 관해 뭐든 물어보세요!"

니콜은 조금 뒤 평온을 회복했다.

"그리고 아버지에 관해 무슨 생각을 하는지는 제 문제예요."

"그분을 사랑하지 않는가요?"

"저는 그분을 사랑해요!"

니콜은 즉시 대답했는데 그녀 목소리는 바로 그때만 순간적으로 변했다. 그러나 그 순간은 곧 지나갔고, 니콜은 다시 종전의 상태로 돌아갔다. 겉으로는 온화했지만, 내부에는 형사들과 말싸움을 벌일 만반의 준비가 돼 있는 것 같았다.

"제가 누구 다른 사람을 어떻게 생각하든 그건 제 일이지요."

"하지만 이번 경우는 아닙니다. 살인 사건이 일어났어요."

"어느 부랑자나 날강도가 그렇게 했을 겁니다. 아버지는 단숨에 그자를 붙잡으셨겠지만, 그 낯선 자가 그분을 죽였어요."

니콜은 침을 삼켰다.

"아버지께서는 보통 주무시면서도 신경을 곤두세웁니까? 누가 방안에 들어온다면 그분은 들을 수 있겠어요?"

리나는 물었다. 리나는 그 대화에 정상적인 신문으로 되돌아가도록 노력했다.

"모르지만 그럴 거예요."

"어머니는 알겠지요?"

"난 그렇게 믿지 않아요. 정말 그분들은 벌써 10년을 각방 생활을 했어요."

콜러는 레에트의 어투를 흉내 내고는 아이러니하게 뒤섞어 말했다.

"그 때문에 그분들은 때때로 아직 만날 수 있을지도요."

"그분들은 만나지 않았어요! "

그 아가씨는 단정적으로 말하고는 콜러의 두 눈을 빤히 쳐다보았다. 그 남자는 그렇댔고, 그 시선은 수첩 속으로 가 있다. 리나도 듣고 있다. 콜러는 여전히 자신이 써 놓은 것만 보고 있고, 니콜은 그 모습에 주목했다.

"정말 질문들은 분별력이 없군요, 형사님."

"아가씨 약혼자는 어떤 인물입니까?"

"그건 누군가 파울 얘기를 전했군요. 그이를 이미 검게 색칠해 놓은 것 같군요. 난 분명히 말하고자 합니다. 약혼은 아직 확정되지 않았다는 걸요. 그이는 저를 갖고 놀았을 뿐이고, 그 이상은 아무것도 아닙니다."

콜러가 손을 들었다.

"아가씨, 우리는 로턴 씨에 대해 아는 것이 아직 아무것도 없어요. 지금 우린 바로 아가씨를 신문하고 있어요. 아가씨는 살인 사건에 대해 뭘 알고 있어요? 어디 있었어요, 그때 아버지가 살해당했을 때요?"

"저는 자고 있었어요."

"그럼 밤에 아무도 당신을 방문하지 않았겠군요?"

"아무도 없었다고 이미 말씀드린 거로 아는데요."

"누구 의심이 가는 사람이라도?"

"모두 의심할 수도 있고, 의심을 해봐야 한다고 봐요. 하지만 범인은 부랑자 같아요."

니콜은 침묵했으나, 나중에 리나를 바라보고는 뭔가 놀란 목소리로 말했다.

"간밤에 저는 제 방에 있었어요. 한번은, 1시경에 복도에서 누군가의 인기척을 들었어요. 발걸음을요. 아마 남자였을 겁니다.

그가 계단을 따라 아래로 내려가더라고요. 소리를 죽인 채로요. 그는 특별히 조용히 걸었어요. 제 말은 몰래 살며시 걸어갔다는 거예요. 제가 그를 뒤쫓아 갔지만 1층에 도착했을 때는 아무도 보이지 않았어요."

"그때 복도 끝 계단 입구에 작은 전등이 켜져 있었어요?"

"예, 마당으로 향하는 홀 출입문이 잘 보였어요. 그 문은 닫혀 있었어요. 아무도 계단엔 없는 것 같았어요. 저는 제방으로 돌아와 잠자리에 들었어요. 어젯밤 일은 그 정도예요. 총소리와 비명에 저는 다시 깼어요. 그리고… 그리고 저는 다른 사람들과 함께 아래로 내려왔어요."

"고맙군요, 아가씨."

콜러의 목소리는 어느 순간보다도 온화해졌다. 리나는 그를 놀라서 쳐다보고는 불쾌한 생각이 들었다.

'저런! 니콜 벨머가 저렇게도 카스 콜러 형사의 맘에 드는가?'

니콜은 그 방을 나갔다. 두 형사는 잠시 말이 없었다.

"무슨 의견이 있나요?"

여형사가 물었다. 콜러는 어깨를 으쓱했다.

"다시 한번 기록보관소에 전화를 해봐야겠어요. 아마 그들은 뭘 좀 알고 있을 거요. 난 그 사람들에게 이곳 전화번호를 알려주는 걸 잊었어요. 그 기록보관소장 튜너는 당연히 전화번호부에 나와 있지 않은 벨머 씨 전화번호를 찾느라고 시간을 보낼 정도로 어리석지요. 빌어먹을! 몇 시간이 지났지만, 우린 용의자를 한 사람도 찾지 못했어! 그분을 누가, 왜 죽였을까?"

"우린 바로 그 두 가지 해답만 찾으면 집에 갈 수 있겠네요."

리나가 씁쓸하게 놀렸다.

"집에요?"

그는 낮은 소리로 물었다. 그는 몹시 어렵게 움직였다. 그가 자리에서 일어났어도 몸은 약간 구부리고 있었다. 리나는 그 모습이 측은했다.

'불쌍한 카스! 그도 올바른 가정이 없구나.'

하지만 잠시 뒤, 그 남 형사는 몸을 바로 세워 전화기를 향해 가서 힘껏 버튼을 눌렀다.

"튜너? 그래 나야, 콜러. 뭐 새로운 거 좀 있어?

여덟 명의 명단을 내가 불러 줬지. 그래, 팔 명, 남자 넷, 여자 넷."

그러면서 리나에게도 말했다.

6. 의심받는 로턴

"다음은 누구지요? 로턴? 그를 좀 불러 줘요."

그는 계속 수화기에 대고 말했다.

"토너, 신경 쓰이게 하지 말게. 거의 아무것도 찾지 못했다니 그게 무슨 말인가? 그래, 벨머 지문은 필요하지 않아. 전에 한 번도 채록해 두지 않았다고. 그래 알았어. 그리고 여자들에겐 뭐 없어? 그래, 여느 때처럼 남자들이. 바로 그야? 그건 믿기 어려운데! 알겠네. 고맙네."

"형사님!"

"이 집을 수색해보니 뭐 새로운 거라도 있나. 경사?"

"제 부하들이 일을 마쳤습니다. 형사님. 두 명이 한 조를 이뤄 방마다 아주 신중하게, 명령하신 대로요, 형사님."

"알았네, 집 안 사람들은 저항하지 않았지요?"

"아무도 반대하지 않았습니다. 형사님. 정말 그들은 잘 알고 있습니다. 누가 반대하면 그 사람이 바로 의심을 받게 된다는 걸요."

그 경사의 얼굴에 미소 같은 것이 나타났다. 하지만 콜러는 아무런 대답이 없었다. 콜러가 창문에서 몸을 돌리자, 리나는 이미 다음 신문할 사람을 데리고 들어섰다.

파울 로턴은 덩치가 큰 근육질의 남자로, 서른 살가량이며, 유행 복장에 갈색 머리를 한 젊은이였다. 그는 콜러가 그렇게 알고 있는 세대에 속해 있다. 콜러는 천천히 그런 세대를 만난다. '파머' 상표의 청바지, 흰 운동화, 디스코텍에서의 밤. 때때로 즐기려고, 때로는 뽕 가서, 부모 차량이나 훔친 차량으로 운전하다 어떤 사건에 연루된다. 그런 작자들은 진짜 범죄자들은 아니고, 검은 일에 이래저래 얽혀 있다. 그들 스스로 훔치거나 남이 훔친 비디오기기를, 좋은 카 오디오를, 그와 비슷한 것을 사기도 한다. 물론 일반적으로 로턴보다 더 젊은 세대들이라고 콜러는 생각했다.

더구나 이 자는 얼굴도 곱상하게 생겼고, 적당히 태양에 그을린 얼굴이다. 리나는 그를 깊이 관찰했다. 콜러는 그 점을 주목하고는 곧 그는 젊은이에게 반감이 생겼다. 만약 그런 사람이 리나의 맘에 든다면?

"안녕하세요."

"안녕하세요, 앉아요."

로턴은 자신의 신경이 곤두선 걸 숨기려 했다. 그걸 리나는 주목했다. 그 남자는 가벼운가, 아니면 몹시 고통스러워하는가? 그는 어떤 모습을 그 형사들에게 보여 줄 수 있는가? 한편, 그는 정말 고통받고 있었고, 두 손도 떨었다.

"직업이 무엇입니까?"

"보험회사 직원입니다."

"당신 자신이나 당신의 생계에 만족하십니까?"

그 도착한 사람은 억지로 옅은 웃음을 지었다. 그의 치열은 그리 규칙적이지 못하고 예쁘지도 않아 리나는 다소 애석해했다.

"지금까지는 제가 만족할 수 없을 정도로 수입이 적었어요. 하지만 난 아직 젊으니 앞으로 성공하리라 봅니다."

"아마 당신의 예정된 니콜 양과의 결혼도 도움이 되겠군요."

콜러는 다시 잔인해지기 시작했다. 로턴은 이 남 형사가 비우호적이라고 느껴지자, 곧 신경이 날카로워졌다.

"모르겠어요."

그는 그렇게 짧게 말하고는 혼돈에 빠졌다. 리나는 그에게 동정이 갔지만, 콜러 얼굴을 보고는 '남 형사가 뭔가 알고 있구나' 하고 추측할 수 있었다. 그 남 형사는 아무런 이유 없이 그러지 않는다. 콜러는 갑자기 리나를 보며 말했다.

"최근에 나는 살모사들의 행동에 대해 어디선가 들은 적이 있어요. 그 뱀의 많은 아류가 여러 대륙에 살고 있다더군요. 그들은 대부분 소위 말하는 둥지에 살아요. 공동의 은신처지요. 누군가 그들에게 다가서거나 그들을 괴롭히면 그 둥지 자체가 곧장 움직인다고 하더군요. 어떤 살모사는 사람들을 죽일 수도 있대요. 아주 재빨리 물어버린다고 해요."

"이번 살해범도 그런가요?"

리나가 물었다.

"아마 그럴 겁니다. 하지만 지금 나는 그자를 생각하는 것이 아니라, 나에 대해서요. 난 오늘 그런 살모사가 될 거요. 난 오랫동안 먹이를 기다리다가 그 먹이가 다가오면 곧장 그자를 잡아버릴 거요! 그 살해범을요!"

그런 위협적인 서두를 꺼낸 뒤에 그는 재빨리 로턴에게 다가가 고함쳤다.

"왜 당신은 그 살인사건이 일어난 뒤에, '벨머는 전투를 더 지탱할 수 없었다', 또 '그가 벌써 포기했다'라고 말했어요?"

"제가 그런 말을 했어요?"

"그렇소, 증언한 사람이 있어요."

"그건 벨머가 자살했을 거로 믿어서 그랬어요. 자살하는 사람은 인생의 계속되는 싸움을 일반적으로 포기하지요. 나로서는 그런 암시입니다."

"벨머 씨는, 유명작가이자 끊임없이 축제를 열어온 작가인데 그분에게 무슨 문제가 있어요?"

"그럼 그분이라고 문제가 없을 거라고 진지하게 말하는 건가요?"

로턴은 아직도 신경질적이었으나 전보다 평온을 되찾은 듯 말했다.

"이 집에 온 지는 얼마 되지 않았습니다. 또 저는 이곳에 자주 드나들지도 않았습니다. 그런데도 저는 이것저것 보게 됐어요. 난 눈먼 봉사가 아니에요! 이 휘황찬란한 집에서 모든 게 정상적으로 보입니까? 벨머 선생의 소설에서처럼요? 이 사람들은 기꺼이 서로 죽일 수 있을 사람들입니다!"

"누가 누구를?"

"레에트는 벨머를 증오하고, 또 반 대로도요. 니콜은 레에트를 미워하고요. 클라라 여사는 부군을 미워하고요. 니콜은 그 청소부를 미워하고요. 베티가 내게 관심을 두는 걸 알고 나서는요. 그 식모는 아리노 씨를 대놓고 미워하고요. 물론 그 출판업자도 식모를 미워하지요. 믿어 주세요. 이 집은 그런 집입니다!"

그의 말은 그리 확신에 차 있지 않았지만, 그가 이 모든 걸 지금 생각해서 말하는 것이 아님은 분명했다. 리나는 여기를 행복한 사람들만 사는 곳으로 추측했었다. 얼마 전에 누군가 텔레비전에서 말한 적이 있다. '안에 사는 사람들이 행복한 그런 빌라가 있으면 보여 달라'고. 혹시 여기도 그런 곳은 아닌가?

콜러는 더 집요하게 파고들면서 로턴 개인의 야심을 부각해 보려고 애썼다.

"집 안 사람들은 모두 서로 미워하고 있군. 하지만 모두를 당신은 사랑하겠지요?"

하지만 그 청년은 그 포위망에 걸려들지 않았다.

"전혀요! 클라라 여사는 나를 정말 미워했어요. 왜냐하면, 제 의견입니다만, 제가 그분의 딸과 맞지 않는 청년으로 보이기 때문이지요. 그분은 부유하고 유명한 사람을 꿈꾸어 왔고, 그런 사람들에 대해서만 말했어요. 우리가 모두 모였을 때면요. 심지어 제가 있어도요. 그분은 딸에게 그런 사람들과 알고 지내라며, 다른 더 '높은' 사교계에 있어야 한다고 했어요. **아리노**는 나에 대해선 별 관심이 없었어요. 나는 여기서 네댓 번의 주말을 보냈지만, 그 사람은 아직 제게 한마디도 하지 않았어요. 레에트는 내 얼굴을 보며 드러내놓고 비웃고, 이해할 수 없는 말들만 해댔어요. 하지만 아무도 그를 진지하게 대해주지 않았어요. 언제나 느꼈어요. 모두 그를 싫어하는 이유를. 그가 모든 사람의 불쾌한 일을 알고 있기 때문이란 걸요."

"벨머 선생과 당신 관계는 어땠습니까?"

"난 그분을 좋아하지 않았습니다. 저어, 그리고 그분도 저를 호의적으로 대하지 않았어요. 그래도 한 달 내내, 매주 목요일이나 금요일이 되면 그분이 직접 전화를 한 점은 놀라웠어요! 이해가 됩니까? 벨머, 그 작가분이 제게 전화로 주말 초대를 했다는 걸요. 그분은 '니콜이 아주 좋아할걸세'라고 말했어요."

"왜 그렇게 생각합니까, 왜 그런 행동을 했지요?"

리나도 놀랐지만, 그녀는 그걸 내색하지 않았다. 아마 바로 그렇게 됐고, 아마 그렇지 않았다. 벨머는 그 젊은이의 말을 부정하지 않았거나 확인해 주지 못할 것이다.

"아마 그 때문일 거예요. 니콜이 혼자 있게 되는 걸 느끼지 않게 해 주려고요. 왜냐하면, 그녀는 어머니 조언도 듣지 않고, '더 높은 사교모임'에도 가지 않았어요. 이 지역엔 은행가나 신출내기 부자들이 많고, 또 비슷한 사람이 많이 있는데도 말입니다."

콜러는 말이 없었다. 리나는 그가 다음 질문 준비를 하는 걸 알았다. 리나는 그의 두 손을 쏘아 보았다. 콜러는 수첩을 내려놓고는 더 가까이 다가왔다. 로턴 앞에 앉아, 그의 두 눈을 보는 걸 노력했다. 지금 그는 진짜로 살모사 같아 보였다. 이젠 그 뱀은 자신의 다음 먹이만 곧장 쳐다보는 마술에 걸린 것 같았다. 아니면 니콜이야말로 이 집에서 물어대는 살모사가 아닐까? 그 살해범은 정말 여기, 벽들 사이에 있는가? 아니면 살모사들의 둥지 전체인가?

그 형사는 그렁대며 물었다.

"저어, 파울 로턴 씨. 당신이 벨머 선생을 죽였지요?"

콜러를 바라보는 로턴의 두 손은 정말 떨리고 말을 더듬기조차 했다.

"하지만 형-형-형사님! 왜 농담을 하시죠?"

"난 농담하지 않아요. 정말 당신은 강탈에 있어선 아마추어가 아니지 않소."

"그럼 제 옛일을 말하는 건가요?"

콜러는 곧 리나에게 설명해 주었다.

"19세 때 로턴 씨는 살인 사건에 연루됐어요. 경찰 기록보관소는 아주 잘 작동되지요, 안 그래요? 그곳에 모든 사람의 뭔가가 있어요. 당신에 대한 기록도."

그러면서 남 형사는 로턴을 쳐다보았다. 그 사람은 신경질적으로 움직였다.

"난 바로 그 점을 두려워했어요. 그 때문에 나는 지금까지 그렇게 흥분했어요. 만약 누군가 그 옛일을 알면 나를 곧장 의심할 테니까요!"

"당신의 추측이 현실화됐군요."

콜러는 자신의 만족을 숨기지 않았다.

"이 집에 살해범이 있다고 누가 믿겠어요? 딸에게 사랑 행각을 벌일 남자를 직접 초대한 그 희생자인 그 사람을요!"

"잠깐, 멈춰요!"

로턴은 이미 외쳤지만, 자신을 억제하지 못하고

"그 한때의 사건은 술집에서 벌어진 싸움이었어요. 저 말고도 그 싸움엔 다른 다섯 명이 더 있었어요! 그 당시 저와 비슷한 다섯 사람요. 제가 그 희생자를 밀친 게 아니라 서로 치고받고 하던 중에 누군가가! 우린 무슨 일이 일어났는지 알지도 못했어요. 그는 불행히도 넘어지면서, 자기 머리를 바닥에 부딪혔어요. 그러나 응급구조사가 왔을 땐, 그는 이미 숨을 거두었습니다."

"당신들 모두는 법정에서 유죄를 인정받았지만, 일정한 기간 그 판결을 유예했어요."

콜러가 말했다.

"그래요, 삼 년을 받았고, 다른 다섯 명도 다 같이요. 그게 전부예요! 저는 벨머 씨 죽음과는 아무 관련이 없다고요!"

"그리고 보석은 어떻게 훔쳤어요?"

로턴의 손은 주먹이 쥐어졌고, 그는 나지막이 욕을 내뱉었다.

"빌어먹을! 그 말은 도대체 뭘 의미하나요? 몇 년간 내가 거우 잊고 사는 일조차 언급하는 이유는 뭔가요?"

"보관소엔 컴퓨터를 사용하고 있지요."

콜러는 비웃듯이 말했다.

"알다시피, 전자기억이란 절대 지워지지 않아요, 로턴 선생!"

파울 로턴은 자신이 압박당하는 걸 느꼈다. 로턴은 숨을 깊이 들이쉬고는 스스로 평정을 회복할 때까지 기다렸다. 리나는 그를 바라보며 생각했다.

'남 형사에게 쓸데없이 말했군. 정말 콜러는 로턴의 죄를 확신하는구나!'

"그건 술집에서 싸움하기 훨씬 전에 일어났어요. 그땐 난 어린아이였어요. 이해가 되나요? 나는 이웃집의 목걸이를 훔쳤어요. 어떤 방식으로든지 돈이 필요했기 때문이오. 나를 소년 감옥에 보내려고 했지만, 그 이웃 사람은 목걸이를 되찾자, 나를 동정해 주었어요. 그는 자청해서 나를 석방해 주도록 했고, 고소도 취하했어요."

"그럼 이번 계획은 지금 완전히 실패했군요. 미래의 재판에선 벨머 선생은 그 고소를 취하하지 않을 거거든요."

콜러가 말했다.

"저는 그분을 죽이지 않았어요, 이해 못 하겠어요? 아니요, 저는 아니오! 저는 그 일과 전혀 무관하오!"

로턴은 갑자기 침착해졌다.

"좀 전에 형사님은 제가 이 부잣집에 불순한 의도로 들어왔다고 했지요? 그렇다면, 왜 이 집에서 가장 부자인 사람을 죽입니까?"

"로턴, 당신은 아주 아름답게 말하는군요. 모든 것은 그렇게 이루어지지 않았다고? 만약 밤에 당신이 이 집에서 출발하면 뭘 훔치려고? 아마 예금된 돈이나 아니면 어느 보석을? 그리고 우리는 벨머가 잠을 잘 자지 못하였고, 당신이 하는 걸 들었다고 생각해 봅시다."

"그런 상황에도 저는 그분을 죽일 수 없어요. 난 총을 쏠 줄도 몰라요. 난 한 번도 총을 들어 본 적이 없어요. 한 번도 나는 총이나 다른 거로 쏜 적이 없었어요."

"그 총은 아마 벨머 것이겠지요? 그분은 그걸 아래로 두었어요. 왜냐하면, 강도가 아래서 다니까요. 당신은 그의 집무실에 이미 있고, 벨머가 당신 뒤에 살금살금 다가와, 갑자기 전원을 켜자 그분은 당신을 알아봤어요!"

콜러는 이젠 일어나 마치 배우처럼 무대를 종횡무진 누비며 연극을 하는 것 같았다.

"아마 그리됐소, 벨머는 혼비백산했고 물론 당신도 마찬가지. 아마 당신네 두 사람은 서로 낮은 소리로 뭔가 말했고, 물론 난 그렇게 믿지 않지만, 나중에 그 작가가 놀라는 틈을 타서 당신이 그에게 달려들어 그의 손에서 총을 뺏고 서로 싸웠지. 그 무기 총구가 그의 얼굴이나 턱으로 향하자 방아쇠가 당겨지고."

콜러는 벨머가 어떻게 바닥으로 쓰러졌는지 보여주기조차 했다.

로턴은 이미 침착해졌다.

'로턴이 아직 한가지 논쟁거리가 더 남아 있구나'하고 리나는 느꼈고, '왜 그는 그걸 지금 당장 쓰지 않나?'하는 의구심도 들었다. 로턴은 마침내 자신이 그 점에 대해 전혀 말하지 않아야 하겠다고 마음먹었다. 콜러 스스로 그런 고발이 비현실적인 걸 알아차리도록. 로턴은 평온을 되찾고 말했다.

"진짜 범인을 찾으시오! 다른 사람들이 마지막으로 벨머 씨를 보았을 때 저도 그때 함께 그분을 보았어요. 그 뒤론 전혀요. 그 밖에도 제겐 알리바이가 있어요."

"좀 전에 당신은 손님방에서 잤고 총소리에 놀라 깼다고 말했지요?"

"그건 그렇게 되지 않았어요. 하지만 그걸 지금까지 말할 수 없었어요."

그는 마치 깊은 물 속으로 다이빙하기 직전인 것처럼 그렇게 숨을 들이쉬고는 말했다.

"밤에 저는 그 청소부 베티에게 가 있었어요. 그녀 방에, 그녀 침대에요."

갑자기 출입문이 열렸다. 트렙스 경사가 황급히 뛰어들어 왔고, 아무 망설임 없이 주위를 경계하지 않고 말했다.

"형사님!"

"난 지금 이 방의 중앙에 서 있어요. 내가 보이지 않아요?"

콜러는 기분이 좋아졌고, 이젠 손안에 살해범을 쥐고 있는 것 같았다.

"우리가 탄피를 찾았어요!"

"보여 줘요. 그래, 구경이 똑같군. 확실히 그걸로 벨머 머리를 쐈어."

그는 냄새를 맡아 보았다.

"이걸로 총을 쏜 지 얼마 안 되는군. 어디서 그걸 찾았지?"

"베티 방에서요, 그녀 침대 아래서요."

콜러는 로턴을 향해 자신 있게 몸을 돌렸다.

"좀 전에 뭐라 하셨지요, 로턴 선생님? 어디서 밤을 지냈다고요?"

그 토요일 저녁에는 인근 다른 빌라들에서도 주말 모임이 열렸다. 당시 날씨가 쌀쌀해 손님 대부분은 집 안에 머물렀다. 밤 11시가 지날 때쯤엔 정원마다 조용했다. 벨머 저택에서는 아무도 수영장에 가지 않았다. 공원 같은 정원에는 밤인데도 대낮처럼 환했다. 그 밤은 불 켜진 저택엔 다가서지 못했다.

　집 안의 사람들과 손님들은 유리 출입문이 달린 방에 모여 있었다. 테라스엔 전등들이 켜져 있고, 내부에서도 전력사용이 급증했다. 클라라 벨머는 처음에 쟁반을 들고 돌아다녔다. 나중엔 참석자들이 로턴만 제외하고는 서로 아주 잘, 너무 잘 아는 사이라, 접대는 따로 안 해도 될 것 같았다. 모든 사람이 서로 잘 아니 자신들이 손수 서빙을 할 거라고 그 집 안주인은 생각했다. 로턴도 여기에 서너 번 참석했기에 술이 어디 있는지 알 터였다. 클라라 벨머는 니콜을 로턴에게서 보호해 주고 싶었다. 그러나 클라라는 알고 있다. 딸도 자기같이 강한 성격의 여자라는 걸. 하지만 그 순간 클라라는 그 때문에 자신만만해야 할지, 그러지 말아야 할지 몰랐다.

　벨머는 악마처럼 능숙하게 술을 잘 섞었다. 단번에 벨머는 술병마개를 따고는, 다양한 술을 그 안에 부었다. 벨머 앞의 작은 테이블에는 많은 술병이 놓였다. 벨머는 술잔마다 얼음 조각을 넣었다. 그의 잘생긴 얼굴에는 미소가 흘렀다. 그러나 벨머는 많은 사람을 동정하지는 않았다. 그의 두 눈에는 사람들이 마음을 사지 못하는 뭔가가 있다. 벨머 자신은 그 점을 알고 있다. 클라라도 남편이 어떤 인물인지 알고 있었다. 때때로 벨머는 스스로 경계하고 자신의 시선을 바꾸기도 했다. 그때 그의 두 눈엔 클라라가 지난 몇 년간 알아차린 낯선 느낌은 사라졌다. 다른 사람들은 그것을 처음부터 보고 있었다. 그녀는 남편이 사진 찍을 땐 특히 그런 속임수를 썼다는 걸 알았다. 그가 조금씩 두 눈을 찡그리면 시선이 갑자기 바뀌고 눈가엔 작고도 동정적인 잔주름이 생겼다. 그는 이제 마흔다섯 살이고, 관자놀이까지 새치로 하얗게 됐다.

'만약 소설책 표지에 실린 사진을 본 여자들이 그이를 더 잘 알았다면….'

클라라는 한 번도 그런 생각을 버리지 않았고, 거의 발설할 정도였다. 일반적으로 최근 클라라는 더욱더 그런 생각을 자주 했다. 클라라의 입엔 언젠가 그 음료수가 씁쓸해졌다. 그리고 오늘 저녁뿐만 아니었다. 하지만 클라라는 그리 많이 마시진 않았다. 남편이 관심을 두고 지켜봐서 그런 게 아니라, 다른 사람들 때문이었다. 벨머는 별로 중요하지 않았다.

그 날 밤, 그 작가는 모든 사람을 익살스럽게 대했다. 작가가 다른 때도 그랬기에 그들은 별로 놀라지도 않았다. 그러나 그는 지금까지는 니콜에겐 관대했다. 보통 니콜에게만. 그러나 오늘 저녁 그는 니콜에게도 농을 걸었다. 그것도 한두 번 아니게. 자연히 다른 집 안 사람들에게도 그랬다. 술이 그 작가에게 어떤 효과를 드러냈는지는 알 수 없었다.

물론 모두 술을 마셨다. 아리노는 이미 보는 것처럼 '약해' 있었다. 로턴은 아직 자신을 잘 지키고 있었다. 니콜은 어느 약한 술을 홀짝거리고 있었다. 나중에 클라라 부인은, 로턴이 짓궂게 굴자 딸이 신경질적으로 술을 마셔대는 모습을 지켜보고 있었다. 일꾼들은 저녁 시간을 자유롭게 보내고 있었다. 클라라는 그 점 때문에 좀 놀랐지만, 정말 벨머는 그날 저녁에 일꾼들이 시내에서 놀다 오도록 허락해 주었다. 클라라라면 토요일에 일꾼에게 절대로 자유시간을 주지 않을 터였다! 특히 식모와 베티에겐! 정원사에게만은 클라라 부인은 관심이 전혀 없었다. 그 사람은 있어도 없는 듯한 것이 벌써 여러 해다.

"술 더 마실 분이 계십니까?"

벨머는 곡마장 프로그램안내자 같은 목소리로 물었다.

"신사 숙녀 여러분, 말씀만 하시면 제가 즉각 대령하겠어요!"

"저요, 저는 마시고 싶어요!"

아리노는 큰 안락의자 뒤에서 춤추는 듯한 보폭으로 다가왔다. 아리노는 직접 벨머에게로 가지 않았지만, 술잔을 거머쥐었다. 벨머는 웃으면서 그에게 술을 따라 주었다.

"자, 이 작은 녀석아!"

"나도요"

클라라가 말했다.

"당신이라면 기꺼이, 여보."

벨머는 낮은 소리로 말했다.

그러나 그때 벨머는 웃지 않았다.

'마치 그이가 나에게 독배를 부어주는 것 같구먼.'

불쾌한 생각이 클라라 머리를 스쳤다.

"지금 이 순간엔 자러 가는 편이 낫겠군."

레에트가 주목했다. 사람들은 그에 관심을 두지 않았다. 레에트는 이 사교 모임의 착한 일원이 아니었고, 농담이나 재미나는 이야기를 잘 하지도 않고, 대화도 거의 하지 않았다. 하지만 사람들은 언제나 레에트의 존재를 의식하고 있었다. 그의 개성에는 무게가 실렸다.

"난 자네가 의심스러워!"

벨머는 손가락으로 레에트를 위협했다.

"오늘 밤에도 너는 어느 여자와 함께 지내겠지?"

"테오, 그건 심한 놀림이에요."

클라라가 말했다.

"테오, 그건 심한 놀림이에요."

벨머는 마치 앵무새처럼 아주 비슷한 목소리로 흉내 내며 말했다.

"전혀 놀림감은 아니지? 레에트, 뭔가 말해 봐!"

"화제를 바꾸지."

레에트는 중얼거리고는 손에 술잔을 쥐고 다른 모퉁이로 갔다. 니콜은 로턴에겐 별 관심을 두지 않고 벨머를 쳐다보았다. 아리노는 클라라가 그녀 남편의 비웃는 말에 대한 일반의 관심을 어떤 식으로든지 없애 주었으면 했다. 아리노가 클라라 옆에 서자 그 여인은 말했다.

"아리노, 내게 의자를 좀 주세요."

아리노는 조심스럽게 그녀를 의자에 앉도록 했다. 테오 벨머는 자신이 니콜과 함께라면 더 잘 지내는데도 로턴 씨가 표시하는 불쾌한 암시를 말했다. 아마 로턴이 다음 목표였기에, 벨머는 중단하지 않았다. 벨머는 모든 사람의 기분을 특별히 나쁘게 하려는 듯이 모두를 조금씩 놀려댔다. 클라라는 그런 상황에서 벗어나려고 아리노에게 물었다.

"아리노, 새 책 출판에 뭐 소식이라도?"

아리노는 마침내 사람들이 그의 말을 경청하게 되고 그가 알고 있는 유일한 화제를 말할 수 있어 즐거워했다.

"그 책 『마지막 놀음』은 다음 달 중순에 시장에 내놓을 겁니다. 그때까지 우린 효과적이면서도 조심스럽게 광고하고, 몇 명의 비평가를 고용하고, 물론 신문들도 잊진 않을 겁니다. 그 출판에 바로 앞서 우리는 관례대로 사진과 함께 인터뷰를 기획하고 있습니다."

"관례대로!"

클라라가 고개를 끄덕였다.

"관례대로."

아리노도 강조했다.

레에트가 갑자기 방의 중앙으로 뛰어나와 술잔도 들지 않고 두 손으로 사진기 모양을 흉내 냈고, 여기저기 뛰어다니며 그 작가를 촬영했다.

"첫 장면은 작가 선생님이 자신의 정원을 거닐고 있어요. 작가 선생님, 이젠 생각에 잠긴 듯한 표정을 지어 주십시오. 작가 선생님, 여길, 아주 좋습니다. 저자는 신작 구상에 몰두하고 있다는 서명과 함께. 이젠 큰 서재 앞 책상에서 우리가 사진을 찍어요. 한 번도 읽지 않은 외국 서적으로 가득 찬 서재에서요."

"난 내버려 둬! 내가 유명한 걸 자네가 샘내는가?"

그 작가는 신경질을 부렸다. 손에서 술을 섞는 기구 사용을 멈추고 그것을 식탁에 내려놓았다.

"오호, 절대로 그렇지 않지요, 사랑하는 주인님!"

레에트가 광대같이 몸을 숙이자 그 주름진 얼굴 때문에 그는 실제 나이보다 훨씬 늙게 보였다.

"정말 선생님은 그런 주목을 받을만한 가치가 있어요, 안 그런가요?"

클라라는 남편의 목소리에서 다시 피 끓는 비웃음이 들리자, 아리노에게 시선을 던졌다. 그 출판업자는 자신의 가득 찬 술잔을 보고 그 안에서 뭔가를 알아내려는 듯했다. 미래를? 아니면 과거를?

"서로 괴롭히지 마세요."

니콜이 끼어들었다.

"우린 그걸 20년간 해 온걸."

레에트가 주목했다.

"정말, 그리 오랜가?"

벨머는 한숨을 쉬고는 술을 섞는 기구를 다시 손에 들고 이리저리 돌아다녔다.

"누구에게 더 부어줄까?"

하지만 이젠 아무도 그 술을 마시려고 하지 않았다. 클라라는 아리노에게 말을 걸면서 그 주제를 계속 붙잡고 늘어졌다.

"그 소설도 성공이 확실한가요?"

"그 점은 확실하지요."

레에트가 말했다. 출판업자 앞에서 말할 수 있게 된 것처럼. 그 때문에 고개를 끄덕임이 아리노에겐 남아 있을 뿐이었다.

"최대 수입이 얼마쯤 될지 계산해 봤어요?"

클라라가 더 물었다.

그때 뭔가 놀라운 일이 벌어졌다. 테오 벨머는 아내 뒤에 서서 큰 소리로 대답했다.

"당신 두 사람이 하는 이야기는 뭐요? 이번엔 내가 전부 내 몫으로 챙기겠어. 나, 테오 벨머 혼자. 아리노, 내 말 듣고 있어요?"

"듣고 있지요."

아리노는 술이 좀 깨는 것 같았다. 아리노는 나중에 벨머의 등 뒤에서 고개를 들어 클라라에게 물었다.

"저분에게 무슨 문제가 있어요?"

"그리고 그런 거액으로 뭘 계획하고 있어요?"

레에트가 천천히 자신의 술잔을 들었다.

"머지않아 알게 될 거야."

작가는 침통한 표정으로 대답했다. 아니면 불길한 징조로? 그들은 그 점을 추측해 볼 수 없었으나, 정말 무슨 위협이 허공에 떠다니는 것 같았다. 전체적인 일은 불확실했다. 한편 흥미로운 변화가 그 참석자들의 얼굴에 나타났다. 니콜은 자신을 억제했지만, 생각에 잠겨 있었다. 파울 로턴은 그 토론을 들으며 흥분했고, 특히 거액이라는 말이 그를 즐겁게 해 주었다. 아리노는 몸을 숙이더니 한 번은 클라라를, 한 번은 벨머를 쳐다보았다. 레에트 얼굴에는 아직 비웃음이 남았지만, 그에게도 마지막 말은 효과가 있었다. 벨머의 결심은 모든 사람을 놀라게 했다.

마침내 레에트가 무관심한 듯 말했다.

"자네가 그만한 돈을 받을 가치가 있다고 느낀다면!"

"자네들의 유치한 암시엔 그만 질렸어!"

작가는 즉시 말했다. 마치 이런 토론을 준비해 둔 것처럼 그 문장은 아주 빨리, 너무도 쉽게 그 작가의 입에서 튀어나왔다. 클라라는 도움을 요청하듯이 주변을 둘러보았다. 그러나 로턴 혼자 클라라가 뭘 원하는지를 이해했다. 그 젊은이는 셔츠 깃을 풀고 넥타이도 비뚤게 한 채 가까이 왔다. 그의 이마는 반짝이며 땀을 흘리고 있었다.

"저희 계획을 이젠 말씀하시죠, 니콜과 저!"

"난 아직 예스라고 말하지 않았네요."

니콜이 재빨리 강조했다. 벨머는 먼저 니콜을, 나중에 그 '약혼자'를 쳐다보았다. 벨머는 갑자기 크게 웃어댔다. 마치 벨머는 그들이 무슨 이유로 다른 화제에 대해 말하게 된 걸 아는 것처럼. 한편 클라라는 그걸 진지하게 인식하여, 그래 정말로, 너무 열심히는 하지 않고서도.

"자네가 로턴 씨와 잘 지내면, 내 딸은…."

"저는 앞으로 잘 지내게 될지 잘 모르겠어요."

그러자 니콜이 자신의 눈을 들었다. 니콜은 아버지를 보고 있었다. 레에트는 기뻤다.

"그럼, 정말 집 안의 아름다운 스캔들이 시작되겠군!"

"그래, 그러면 그것 때문에 기쁜가?"

벨머는 레에트를 향해 중얼거리고는 자신도 그 '젊은 한 쌍'을 훑어보고는 낮은 소리로 말했다. "자네들이 원하는 대로 하게."

그의 손이 떨고 있는 걸 클라라는 주목했다.

"당신도 딸의 미래에 관심을 좀 가졌으면 해요."

그 아내가 말했다.

벨머의 머릿속에서 뭔가 부글부글 끓었다. 그를 알고 있었던 사람들은 여기에 있는 사람들, 그를 이 세상 누구보다도 잘 알고 있는 그들은 그가 지금 자신을 아주 잘 제어하려고, 실패하지 않을 것을 알고 있었다. 그런데, 왜냐하면, 10초 뒤에 그만 그의 화가 폭발했기 때문이었다.

"니콜은 자기 일을 걱정하고 있어. 그리고 당신도 알겠어? 지금부터는 운명이 당신을 그렇게 할 거요! 난 당신들, 불행한 사람들을 비웃어 주겠어! 내가 당신들 영혼 속에 무엇이 들었는지 모르는 줄 알아? 만약 여러분이 다 영혼이 있으면.”

“무슨?”

아리노는 의자에서 일어나려고 했지만, 클라라가 그를 작은 움직임으로 제지했다. 벨머는 그를 업신여기며 내려다보았다.

“당신, 내 말 잘 들었지. 게으른 코끼리 같으니라고. 난 당신도 비웃고 싶어! 나는 당신이 어떤 사람인지 보고 있어. 멍청이 같으니라고. 이 집은 휘황찬란한 수족관 같아.”

“작가의 비유는 가치가 있지요.”

레에트는 어둡게 말했다.

“당신들은 물고기야!”

벨머는 모든 사람의 익살스러운 모습을 차례대로 큰 동작으로 흉내 내고는, 더 다가서서 그들을 보고 말했다.

“자넨 눈이 튀어나온 붉은 금붕어 같군. 자네도! 당신도! 자넨 먼지보다 못해! 자넨 내가 덥혀주는 물에서 아주 잘 지내는 물고기 같아. 안 그런가? 자네가 숨 쉬는 산소는 돈이야. 그 돈은 내게서 나오지, 그렇지? 어느 날 이 모든 게 끝날 것이라고는 한 번도 생각지 못했던가? 그럼 이제 그 날이 왔어, 물고기들!”

로턴은 그의 장래 장인이 니콜을 제외한 모든 이에게 말하고 있다는 걸 눈치챘다. 그는 자기 딸에겐 비웃지 않았다. 니콜은 고개를 들고 앉았지만, 아버지를 쳐다보진 않았다. 마치 그녀가 이 수족관엔 살지 않는 듯이.

“취하셨네요.”

클라라가 말했다.

"조용해! 한 가지 일은 아직 생각 안 했지, 물고기들. 내가 언젠가 반발할 것을 말이야!"

벨머는 자신의 술잔을 끝까지 비웠다. 몇 방울이 그의 턱에 흘러내리자 그는 화난 동작으로 그걸 쓸어버렸다. 침묵은 잠시 계속됐지만, 나중엔 거의 동시에 모두 말을 시작했다. 클라라는 자기 말에 전혀 개의치 않는 남편을 진정시켰다. 아리노는 만약 사람들이 평소 주량보다 더 많이 마시면 누구에게나 똑같은 일이 일어날 수 있다고 말하곤 했다. 그러나 그런 그조차도 그의 친구가 지금 알코올로 인해서만 그렇게 말하는지 확신이 서지 않았다. 로턴은 더 가까이 다가왔다.

"하지만 선생님….."

"조용해, 자네도 한통속이군."

그 작가는 곧장 외쳤다. 로턴은 놀라며 잠자코 있었다. 그는 도무지 이해할 수 없었다. 그가 한통속이라니?

"당신께서 이 수족관에 '따뜻함'과 '산소'를 준다고?"

레에트가 날카롭게 물었다.

벨머는 불확실해졌다.

"저어 난 다만 그게 머지않아 끝난다는 걸 말하고자 했어."

"수족관업자가 반란하다니 하-하-하!"

레에트는 웃었지만, 그의 얼굴은 진지했다. 아리노는 고개를 내저었다. 로턴은 뭘 해야 할지 몰랐다. 클라라는 알고 있었지만, 더 기다릴 수 없었다. 그녀는 테오에게 뭐라고 말해야 했다.

클라라가 남편에게 다가갔다. 벨머는 이미 의자에 쓰러졌다. 클라라의 얼굴은 벨머의 두 눈에 가까이 왔고, 그 여인은 뱀처럼 쉭 하듯이 말했다.

"잘 듣고 잠자코 조용해 있어요. 그렇지 않으면… 어떤 운명이 당신을 기다릴지 알아야 해요!"

"그럼, 그런 일이 있었군."

콜러가 중얼거렸다.

리나는 조용히 그를 도왔다.

"그만하면 충분해요. 이젠 그들을 가라고 해도 되겠지요."

리나는 다른 사람들이 그 '책임자'를 조언하는 걸 듣지 않았으면 했다. 리나는 콜러의 명성을 없애버리려 하지 않았지만 걱정스러웠다. 만약 그가 지금 혐의자들을 신문하는 걸 잊는다면 후에 죄책감이 들 것이다. 그러나 콜러는 과감히 결정했다.

"자, 신사 숙녀 여러분, 여기에 남아 주십시오. 조금 전에 여러분은 어제저녁 11시에서 12시 사이 이곳에서 일어난 이야기를 해 주셨습니다."

그 '신사 숙녀 여러분'은 조용했다. 지난 30분 동안은 그들에겐 약간 지겨웠다. 억지로 기억을 되살리려 했으니. 어제부터 모든 게 비극적이었다. 그들 중에 한 사람은 오늘 아침까지 살아있지도 못했다. 클라라 벨머의 얼굴에는 주름이 약간 펴졌지만, 지금은 어젯밤 일을 잊고 싶었다. 파울 로턴과 니콜은 서로 나란히 앉았으나 그 두 사람은 서로에게 아무 말도 걸지 않았다. 아리노의 얼굴엔 그 사건의 기억을 되살리는 일로 인한 피곤을 엿볼 수 있었다. 걱정스럽게 주변을 둘러본 그는 마치 벨머를 찾는 것 같았다. 벨머는 정말 영원히 떠났는가? 정말 어제 여전히 이곳에 있었고, 그의 '영혼'은 -낱말의 의미에 있어선 똑같지만- 마치 지금도 그들 틈에 있는 듯했다. 사람들은 어제는 벨머로부터 자유롭지 못했고 오늘도 형사들이 벨머에 대해 계속 질문을 받았다.

레에트가 리나를 쳐다보자 리나도 그 남자를 쳐다보았다. 그러나 두 사람의 시선은 아무것도 말하지 않은 채 공허했다.

"내가 보기론,"

콜러가 계속했다.

"여러분 모두가 뭐랄까 싸웠지요, 그런가요? 여러분 모두가 작가 선생님을 위협했군요!"

"그래요, 그렇게 됐습니다."

아리노가 고개를 끄덕였다.

"그러나 나는 형사님께 요청합니다. 뭔가 극단적인 일을 생각하지 마시라고요."

"다른 때도 우린 매우 자주 싸웁니다!"

클라라 벨머가 곧 말했다.

"거의 매 주말에 우린 뭔가 때문에 싸워요. 우린 그런 강한 표현을 쓰지 말아야 합니다만."

"어제는 다른 어느 때보다 더 많이 싸웠지요."

갑자기 레에트가 고백했다.

"저녁에 우리는 정말 그렇게 싸웠지만, 지금은 그걸 이야기하고 있어요. 우린 기억에만 의존해서 언급하고 있어요."

"하지만 충분히 '상세했어요!' 로턴이 강조했다.

"조용히 있는 게 낫겠군요."

이번엔 니콜이었다. 니콜은 가슴에 팔짱을 끼고는 콜러에게만 주목하고 있었다. 그녀는 그 모임에서 빠지려고 애쓰는 것 같았다. 콜러는 그때 결심했다.

"로턴 씨를 제외하고는 나가서도 좋습니다."

"우리는 시내로 가도 됩니까?"

아리노가 희망 섞인 질문을 했다. 그는 콜러 앞에 조금 몸을 숙인 채 서서 겸손한 태도를 보였다. 니콜은 그걸 쳐다보고는 급히 몸을 돌렸다. 리나는 그녀가 역겨운 표정을 얼굴에 짓는 걸 보았다.

"아직은 안됩니다."

남 형사는 시계를 한 번 보고는, 애태우는 모습으로 뭔가 속으로 재보고는 갑자기 계속 말했다.

"지금 아침 9시가 지났습니다. 어디선가 경찰 전문가들이 일할 겁니다. 그리고 우리는 결론을 갖고 있습니다. 만약 이 모든 것이 제대로 진행된다면, 이것은 올해 가장 빠르고도 가장 '성공한' 수사가 될 것입니다."

그 집안사람들은 행진하듯 나갔다. 클라라 벨머가 당당하게 고개를 치켜든 채 맨 먼저 떠났다. 니콜은 '전문가'라는 언급에 이상한 반응을 보였다. 니콜 얼굴에 한 번은 걱정이, 한 번은 슬쩍 비웃음이 나타났다. 리나는 그 점도 기억해 두었다. 콜러가 그 점을 눈치채지 못한 것이 분명했다.

파울 로턴은 안락의자 중앙에 앉아 한 번은 콜러를, 한 번은 리나를 쳐다보았다. 그는 기분이 썩 좋지 않았지만, 자신에게 확실한 알리바이가 있었다.

"뭘 더 알고 싶습니까? 그동안 형사님은 청소부를 다시 신문한 거로 알고 있습니다."

"그렇습니다. 베티는 선생의 고백을 확인해 주었습니다. 그 총소리가 났을 때 선생은 그 청소부 방에 있었는데 그 점을 어떻게 말해야 할지…."

"나는 바로 '액션' 중이었습니다."

로턴은 거들고는 곧 자신은 안전하다고 생각했다.

"고맙군요."

콜러는 그 점을 솔직히 말했다. 그는 사람들이 새로운 낱말들이나 새로운 표현을 가르쳐주면 좋아했다.

"그 순간에 당신은 베티와 함께 있었다고요. 둘이서. 그럼 당신은 동시에 1층에 있을 수 없겠고, 바로 그 작가를 죽일 순 없었겠군요. 하지만 그게 우리가 당신을 그 혐의자 명단에서 뺀다는 걸 의미하지 않습니다. 선생, 아마 베티가 거짓말을 하고 있을 수도 있어요. 무슨 이유인지 우리로선 아직 모릅니다. 예를 들어, 그 때문에 당신이 그 청소부에게 돈을 주기로 했다거나…."

로턴은 말없이 웃었다. 구멍 난 창문에서 바람이 일 듯이 그렇게 조용히.

"히-히, 그건 재미있군요. 내가 돈을요? 무슨 근거가 있다는 듯이 말하는군요. 난 정말 가난한데도요."

"우린 그 점을 알아요. 하지만 만약 당신이 더 일찍 청소부에게 갔다면 어떻게 됐겠어요? 총소리 나기 10분 전에? 계단을 통해 아래로 내려가면서 당신은 집 안 다른 사람들이 듣지 않도록, 스캔들을 만들지 않으려고 조용히 했어요. 당신은 일층 불빛을 보았어요. 그래 당신은 호기심이나 다른 이유로 그곳까지 몰래 가 그 문틈으로 들여다보았어요."

이번엔 리나도 신문을 거들었다.

"그밖에도 베티가 당신을 사랑하면 가능해요. 사랑에 빠진 여자는 기꺼이 당신에게 알리바이를 제공해 줄 수 있어요, 로턴 씨."

로턴은 화가 나서 강하게 의자를 붙잡고서는 가까스로 침착을 유지했다.

"난 여형사님의 기우를 없애 드리겠어요. 여기선 사랑이 전혀 화제가 될 수 없습니다. 그날 밤 그 방에 있었던 것은 젊은 손님과 아름답고 젊은 청소부 사이에 일어날 수 있는 아주 정상적인 일입니다. 특히 그때 만약 니콜이."

그리곤 그는 계속하지 않았다. 콜러는 그에게 익살스럽게 다가가, 그 젊은이 가까이에서 고개를 숙였다. 마치 그 젊은이가 한 말을 못 들은 듯. 그러자 그 젊은이는 계속 말해야 했다. 로턴은 화를 내며 콜러를 쳐다보았고, 침을 한 번 삼키고는 계속 말했다.

"저런, 왜 내가 비밀을 만들겠어요? 니콜은 아직 나와 함께 자 본 적이 없어요. 니콜에게 간청했지만, 그때도 니콜은 허락지 않습니다. 백 년 전의 여백작인 듯이 말이죠. 때때로 니콜은 그렇게 냉담해서 내가 니콜을 뭔가 의심할 정도였습니다."

"성적 불감증요."

리나는 무심하게 말했다. 리나는 자신의 말에 비웃음이 들어 있지 않도록 아주 조심했다. 이 집에서는 어제 모두 서로를 여러 번 괴롭혔다. 이상한 사람들! 만약 그들 중 누군가 여기서 피를 흘려 죽지 않았다면, 그들은 앞으로도 수년 동안 여전히 똑같을 것이다.

"하지만 그 탄피 때문에 나는 침착하지 못하겠어요."

콜러는 고백했다. 그리고 끊임없이 로턴 얼굴을 쳐다보았다.

"몇 시간 전에 전화가 왔어요. 전문가들이 확인해 주기를, 그 탄피에서 총알이 나와 작가 선생의 머리를 부쉈어요."

"그 범인은 여기, 우리 사이에 있다고 말씀하셨죠? 그럼 이른 아침에도 그 범인은 이 집 안에 있었습니다. 모두 돌아가신 분에게 관심이 있던 그 첫 순간에 그 범인은 쉽게 베티 방에 탄피를 던져 놓을 수 있습니다. 내게 그 혐의의 그림자를 덮어씌우려고요. 정말 나는 이미 벌을 받고 있는데요."

리나와 콜러는 서로 바라보고는 그 순간 두 사람은 말없이 결정했다.

"로턴 씨, 이 빌라를 떠나시면 안 됩니다. 이젠 식모를 데려다주십시오."

그러나 로턴이 떠난 뒤, 마틸다가 아니라 트렙스가 나타났다.

7. 현장에 들이닥친 신문 기자들

"형사님! 시내의 취재기자들이 무더기로 와 있습니다. 대문에 모여 있습니다, 도로 쪽에."

"지금까지 그 하이에나들만 없었어! 임시로 내가 그들에게 알려줄 일이 없다고 해줘요."

그 경사는 씁쓸히 입맛을 다셨다. 콜러가 몸을 돌려, 리나가 그 모습을 보았다. 트렙스는 입을 뽀로통하게 했다. 리나는 그 경사에게 다가갔다.

"무슨 일이 있었어요, 경사? 당신도 물고기 흉내를 내고 있어요?"

"아뇨, 리나 형사님. 하지만 기자들의 대부분은 형사님과는 대화를 '하지 않으려고' 합니다. 대신 미망인과 출판업자인 아리노 씨와 하고 싶어 해요."

리나는 창문으로 다가갔다. 콜러는 그곳에 서 있었다. 측백나무 사이에 어디선가 울타리에 번쩍거리는 안테나들을 보고 있었다. 무선 전화기, 그래 정말, 그 '하이에나'들은 모든 걸 진지하게 만든다. '그들도' 자신들의 일을 하고 있었다. 콜러는 머리를 긁적거렸다.

"트렙스."

콜러는 외치지 않았다. 그 경사는 그의 등 뒤에 섰다. 그들은 열린 문을 통해 소란스러움을 들었다. 그 기자들은 한 번도 조용히 있지 않는다. 독일 여행자들이 외국에서, 이탈리아 사람들이 집에서 하듯이. 모두 그의 일을 어렵게 하려고 음모를 꾸미는 것 같았다. 콜러는 한숨을 쉬었다.

"그들이 미망인과 대화하고 싶어 하는 건 이해가 가요. 그런데 아리노 씨와는 돼요?"

"형사님, 허락해 주신다면."

트랩스는 기쁜 표정으로 교활하게 말했다.

"난 그 하이에나들이 서로 말하는 걸 들어 봤어요. 그 작가가 죽은 건 그 출판사를 위해 큰 광고를 한 거래요. 방금 죽은 작가의 책이 언제나 잘 팔린다고 그 '하이에나' 중 누군가가 말했어요."

"그렇군, 그것도 하나의 관점이 되겠군요."

콜러가 중얼거렸다. 그는 발아래 양탄자를 내려 보았다.

"좋아, 트랩스, 자넨 가도 좋아요. 그 식모를 오라고 하시오."

리나는 아직도 창가에 서 있었다. 태양은 그녀의 얼굴을 따사롭게 비추었다. 그녀는 허벅지를 문틀에 기대어 보았다. 이상한 외로움이 그녀에게 내려앉았다. 아마 태양의 따뜻함 때문이리라. 반년 동안 그녀는 남자와 함께 살지 않았다. 이혼과 그로 인해 빚어진 일들이 그녀에게 남자에 대한 그리움을 없애버렸다. 바로 그 순간 그녀는 두 눈을 뜨고 금속성 소리에 귀를 기울였다.

왼편 수영장 한편에서 누군가 울타리를 자르고 있었다. 커다란 전지가위가 찰칵찰칵했다. 리나는 그 정원사인 걸 알았다.

토마르, 그의 전체 이름이 어떻게 되더라?

긴 이름의 정원사가 울타리를 손질하고 있었다. 리나는 그의 움직임을 주시했다. 그 검고 기다란 머리카락과 덮어쓴 넓은 챙모자 덕에 그 얼굴에는 빛이 조금도 들어오지 않았다. 고개를 숙여 열심히 일하고 있었다. 그러나 그의 리듬은 일정하지는 않았다. 한 번은 길고, 한 번은 조금 짧게 잘린 나뭇가지들이 땅에 떨어졌다. 한번은 토마르가 전지가위를 떨어뜨렸다. 확실히 그의 동작은 피곤해 보였다. 그 노동이 그를 피곤하게 한 것이다.

'아마 그도 술을 끝없이 마셔댔나?'

여형사는 자신에게 물었다. 리나는 가위를 놔둔 채 갈퀴를 가지러 가는 토마르를 물끄러미 보고 있었다. 그는 땅에 떨어진 나뭇가지들을 오래 놔두지 않았다. 그 빌라 주인이 죽은 사실에 토마르는 별 관심이 없는 듯했다. 지금부터는 미망인이 그에게 급여를 지급할 것이다. 변한 건 그것뿐이다.

트렙스는 나갔고, 마틸다가 들어 왔다. 그녀 얼굴에는 흥미로움이 감돌았다.

"제게 더 할 말이 있어서 왔어요. 괜찮나요, 형사님?"

"앉아요."

콜러는 자신의 이미 유명해진 수첩을 꺼냈다.

"이른 아침에 벨머 선생님이 이 집에서 로턴 씨를 거의 집어던졌다고 했지요. 니콜이 처음으로 그를 이곳으로 데려왔을 때 말입니다."

"그런 말씀을 드렸습니다만. 그런 일이 정말 벌어졌기 때문에요."

그 식모는 오전에 앉았던 그 안락의자에 앉았지만 동시에 그녀는 그 살롱에 신경을 썼다. 정말 그녀는 낮에 한 번도 여기에 앉아 본 적이 없었다. 이곳은 일꾼을 위한 자리가 아니었다. 그런 작은 신호들을 보더라도 마틸다는 벨머 가(家)의 빌라에서 자신의 위치가 어디인지 아주 잘 알고 있었다.

"하지만 로턴 씨는 강조하기를, 벨머가 최근 그를 주말마다 초청했다고 했어요!"

"아마 그럴 겁니다."

어깨를 으쓱한 마틸다는 침착한 표정이었다.

"불쌍한 작가 선생님은 언제나 변덕스러웠습니다. 한번은 이렇게, 또 한번은 저렇게, 그러고 세 번째는 전혀 다르게 했어요. 그분 스스로 자신이 원하는 바를 느끼고 있어요."

그녀의 손동작이 커서 바람이 일어 그 형사에게 불어갈 정도였다.

"나는 그렇게 느꼈어요, 형사님. 우리 불쌍한 작가 선생님은 최근 그의 곁에 더 많은 사람이 있었으면 하고 바랐다고요."

콜러는 인정한 듯 고개를 숙였다.

"아주머니 말대로라면 그분은 두려워했나요?"

"아마 그럴 겁니다."

마틸다는 대답했다. 그때 리나가 끼어들어 구체적인 걸 알고 싶어 했다.

"마틸다, 아주머니 말대로라면 총소리가 났을 때, 아주머니는 침대에 있었어요. 하지만 다른 사람들이 벨머 방 문 앞에 모이는 그 순간에도 아주머니는 그곳에 도착하지 않았어요."

"난 젊은 사람이 아니지요, 여형사님. 난 층계에서 두 계단씩 뛰어다닐 수는 없습니다. 내가 침대에서 나와 옷을 입고…."

"하지만 뭔가 순서가 안 맞아요, 마틸다."

리나는 가차 없이 말했다. 만약 리나가 무슨 냄새를 맡았을 때면 언제나.

"사람들이 아주머니를 보았어요. 총소리가 난 뒤 오래되지 않아 마당에서 들어서는 것을요. 테라스 옆으로 난 출입문을 지나서요!"

"세상에 저를 훔쳐본 사람이 있었어요?"

마틸다는 손뼉을 치고는 지방말로 투덜댔다.

"누구는 목 뒤에도 눈이 달렸구먼!"

"이제야 고백하는군요. 그래, 무슨 일이 있었어요?"

"절대 아무 일도 없었어요, 여러분! 내가 아래로 내려왔을 때, 서너 명이 그곳에 있었어요. 나는 그 출입문이 테라스로 향한 채로 조금 열려 있는 걸 보았어요. 차가운 공기가 들어오더군요. 여자들은 죽은 사람을 보고 비명을 질렀지만 나는 몰랐어요. 뭔가 잘못된 눈치를 채고 그 출입문을 닫아 두어야겠다고 생각했어요. 저녁에 그 문이 열려 있으면 좋을 일이 하나도 없기에. 추위 때문만 아니라 강도나 부랑자가 들어오기라도 한다면 끔찍하잖아요. 그래요. 정말! 그 작자는 내가 그 문을 닫았고, 내가 테라스에서 곧장 들어온 거로 믿었을 겁니다. 그때 그 불쌍한 클라라 부인은 비명만 질러 댔어요."

콜러가 말을 받았다.

"이 모든 것이 일어나기 전에, 총소리가 나기 전에 아주머니는 무슨 소란 같은 걸 듣지 않았나요? 예를 들어, 베티 방에서요?"

"하하, 당신들은 정말 탐정들이군요, 그래요. 정말!"

식모는 웃고는 손을 입에 가져갔다.

"난 그런 소리를 들었지만 아주 더 일찍이었어요. 어느 남자가 그 청소부 방으로 들어갔어요. 하지만 형사님, 그 사람이 누구인지 내겐 묻지 마십시오. 난 몰라요."

"괜찮아요, 알겠어요."

마틸다는 진정 흥미로운지 곧장 물었다.

"정말인가요? 그게 누구예요?"

"그자가 누군지는 지금 의미가 없어요."

콜러는 대답을 하지 않으려고 애썼지만, 그 요리사는 끊임없이 알아내려고 했다.

"정말 의미가 있어요. 만약 그 사람이 아리노 씨면 우리 주인마님이 그를 산 채로 잡아 죽일 거라고요. 그와 베티를요!"

"주인마님이라고요?"

리나에게서 뭔가 촉이 왔다.

"용서하십시오!"

마틸다는 자신의 입을 몇 번 손으로 쳤다.

"다시 내가 쓸데없는 말을 했군요!"

콜러는 숨을 들이쉬었다.

"여보세요, 마틸다 님! 아주머니는 지식인 여성입니다. 지난 몇 년 동안 아주머니는 이 집에 대해 많은 걸 들었어요. 그걸 듣고 싶지 않아도 말이죠."

마틸다는 그가 말하는 동안 고개를 움직였지만, 그 형사가 기다리는 듯이 말을 그치자, 식모는 갑자기 거부했다.

"형사님들, 저는 한 번도 비방하지 않았습니다!"

"아주머니더러 비방하라고는 하지 않아요."

리나가 말했다.

"우리에게 조그만 정보라도 준다면 좋겠어요."

"무슨?"

"알고 있는 것요."

이젠 콜러도 거들었다.

"아주머니 말로 미루어 클라라 부인과 아리노 씨 사이에 무슨 만남이 있는 걸 우린 이해가 돼요.”

“제가 방금 말한 대로 난 비방하고 싶지 않아요.”

마틸다는 손가락으로 딱딱 소리 냈다. 아마 그녀는 그 위엄성과 흥미로운 비방을 ‘정보를’ 경찰에게 말하고 싶은 마음 사이에서 갈등하는 것 같았다. 마침내 그녀는 말을 꺼냈다.

“주인마님의 비밀을 말한다면, 우리 주인마님은 절대로 저를 용서하시지 않을 겁니다. 하지만 당신 두 분이 아주 흥미로워하시니. 그래, 말해 드리지요. 형사님, 그분에게서 무슨 비밀을 들춰내시려면, 클라라 부인더러 주인어른과 잠을 같이 자는지, 주인님의 아이를 낳았는지를 물어보십시오.”

“하지만, 니콜이 있는 걸요.”

리나가 깜짝 놀랐다.

“그 말은 진지하게 하는 건가요?”

콜러가 물었다.

“두 분은 아직도 이해를 못 하시는군요!”

마틸다는 자리에서 일어났다.

“제가 말씀드린 것만 물어보세요. 그러면서 그분의 얼굴을 한 번 보세요! 하지만 정말 그건 두 분의 관심사이니 내가 끼어들고 싶진 않아요. 정말 나는 더 많이 말할 수 없어요. 나는 가야 해요. 벌써 아홉 시가 지났으니 이 시간엔 물을 끓여야 해요. 나는 채소를 깨끗이 다듬어야 하고 반죽도 해야 해요.”

콜러는 마틸다에게 가도 좋다고 손짓만 했다. 그러나 마틸다는 그걸 보지 않았다. 왜냐하면, 그녀는 자신의 고개를 높이 들어 마치 여왕처럼 그렇게 걸어 나갔다. 콜러와 리나는 서로를 쳐다보았다. 실제 가정주부이기도 한 여형사 리나는 아직 물 끓일 시간이 아닌 줄 안다. 마틸다는 다만 자신이 더 많은 걸 말하지 않으려고 구실을 찾다가 그런 핑곗거리를 얻은 셈이었다. 콜러는 잠깐 리나 뒤에 서서 그녀의 팔을 잡아 보았다. 순간, 리나는 '이렇게 1년만 함께 지내면 얼마나 좋을까?' 생각했다. 빌라 건물 바깥 울타리에는 공기가 떨고 있는 것 같았다. 저 멀리 산은 푸르다. 기금 그 빌라는 아침과도 다르고, 냉기가 풍경을 누르던 새벽과도 전혀 달랐다. 지난 몇 시간 동안. 그만큼 많은 사람의 운명이 두 형사의 의식 속에 들어왔다. 여명은 이젠 그들로부터 저 멀리 가 있었다.

"그럼 이젠 우린 무엇을 하지요?"

콜러가 물었다. 리나는 그 남자가 자신에게 조언을 구하자 감동했다. 그런 물음은 콜러가 리나 자신의 수사 방향이 틀리지 않았다고 고백하는 것 같았다. 만약 제삼자가 있었다면 콜러는 리나가 그 업무에 관여하는 걸 허락지 않았을 것이다. 지금은 잠깐 상황이 달랐다.

"범인은 그들 사이에 있어요."

리나는 결정적으로 말했다.

"물론 마틸다가 그 출입문이 열려 있었다고 했지만, 난 그 살해범이 범행 뒤 이곳을 나갔다고 믿지 않아요. 그자가 범행 이전이나 직후에 직접 출입문을 열어 놓음이, 그 총 쏜 자가 정원으로 나가, 다른 인물임을 알리려는 것일 수도 있어요. 나중에 그도 다른 사람들과 마찬가지로 현장에 '달려와' 똑같이 그 살인현장을 봤어요. 여기에 보이지 않아도 적개심이 서려 있다는 걸 느낄 수 있어요. 옛말대로 재 밑엔 아직 불씨가 남아 있어요. 그 불씨는 오늘도 여전히 강력한 불이 될 수 있어요!"

"나도 그런 살인 사건에 대해 들어본 적 있어요."

콜러는 존경 어린 태도로 말했다. 리나는 그런 콜러에 별 관심을 두지 않고 자기 생각에 잠겨 있었다.

"우린 어둠에서 길을 잃지 않았어요, 카스! 우린 로턴과 베티가 한방에서 밤을 지낸 것을 알게 됐고요. 적어도 총 쏠 때까지 클라라 부인과 아리노 씨 사이에도 뭔가 이상한 점이 있다는 걸 알게 됐어요. 우린 니콜이 소문대로 약혼자 로턴을 아주 좋아하지 않는다는 점도 알게 됐어요. 그리고 레에트는…."

"레에트는 배신을 좋아하는 교활한 자입니다. 난 그자가 우리에게 지금까지 말한 것보다 더 많이 알고 있다는 의심이 가요. 그리고 그자는 벨머를 싫어합니다."

"그뿐만 아니에요. 그 안주인도 남편을 싫어하고요."

그때 갑자기 전화가 오자 콜러는 수화기를 들며 생각했다.

'이 집에 수화기가 여러 대 있지 않을까. 누군가 우리 대화를 엿들을 수도 있지 않은가.'

해부학 연구소 박사가 전화했다.

"머리가 총알에 산산조각이 나 버렸어요."

"저도 직접 보았습니다, 박사님. 다른 정보는요?"

"알았소. 우린 아직 분석을 끝내지 않았어요. 하지만 수년간 경험으로 보아 자네에게 말할 수 있는 건 그 살해된 사람 위장에 뭐가 많이 있는 거네."

"말해보세요."

"짧게 말해서 다량의 알코올과 강력한 수면제 이 두 가지 물질이 동시에 들어 있는 경우는 드물어. 난 알지. 하지만 이번엔 그렇게 되어 있어. 징후로 보자면, 그 희생자는 자신이 죽기 얼마 전에 면도했고 목욕도 했어요. 아무 말 말게, 콜러. 이 모든 것이 자살 가능성도 보여주고 있다는 걸 난 알겠어."

"그게 전부입니까?"

"임시로 그 정도는 말할 수 있지. 수사에 도움이 될까 해서. 그쪽 일은 어떤가?"

"저희도 진전이 있습니다."

콜러는 내키지 않는 듯 말하고 수화기를 내려놓고는 생각에 잠겼다.

'이 말을 진전이 있다는 그가 불쾌한 늙은이인 수사반장에게 말하면, 반장이 오후에 다시 전화할 것이다.' 왜냐하면, 이 순간에도 그가 전화할 가능성을 배제하지 않았다.

"우리 다시 그 안주인을 불러 봐요."

리나는 속삭였다. 두 형사의 시선이 마주치자 콜러는 출입문으로 갔다.

1분 뒤 클라라 벨머가 다시 살롱으로 들어섰다. 지금 그 형사들은 안주인의 신경이 날카롭다는 걸 알고 있었다. 그리고 클라라가 그걸 숨기려고 하는 것도. 그녀는 자신의 손이 떨리는 걸 보이지 않으려고 두 손을 꼭 잡고 있다. 그 여인은 편치 않은 걸음으로 경직되게 요청이 없는데도 안락의자에 앉아 버렸다. 그녀는 여기가 자기 집인 걸 알리려는 것 같았다. 리나는 클라라 얼굴을 흥미롭게 쳐다보았다. 여자 나이 마흔다섯 살쯤 되면 여인들은 아름답게 살 줄을 안다. 만약 그들이 그리되기를 무척 원하고 영혼의 훈련이 되어 있다면. 클라라는 징후로 보아 그런 양쪽을 모두 가진 것 같다. 세월은 아직 아름다운 콧날을 지나가지 않았다.

'아마 목만, 그러나 알려진 대로.'

리나는 생각했다. 물고기들은 머리부터 나빠지고 여자는 목부터 늙는다는 말대로. 세월은 먼저 목을 찾아간다. 그런데도 클라라 벨머는 아직 아름다운 여자였다. 클라라는 안락의자에 똑바로 앉아 마치 피아노 앞에 앉아 지휘자의 신호를 기다리고 있는 연주자 같았다. 그 콘서트는 흥분을 자아낼 것이다. 리나는 지금도 콜러에게 '지휘자' 역할을 남겨 두었다.

"여사님, 우린 아직 물어볼 것이 더 있습니다."

"이젠 두 분이 더 불쾌하지 않기를 바랐는데요."

클라라는 우아하게 주목했다. 그녀는 형사를 쳐다보려고 하지 않았지만, 콜러 음성에는 그 남자가 클라라에게 해야만 하는 걸 알려주는 뭔가 있었다. 마침내 그들 시선이 서로 부딪혔다.

"여사님, 댁에서 살인사건이 났습니다. 그 범행을 저지른 자는 이 집 안에 있습니다."

"나는 못 믿겠어요."

클라라는 고개를 내저었다. 그녀는 아마, 다시 나중엔 물론 사라진, 그 집 외부에서 들어온 자의 소행이라고 늘어놓으려고 했다. 그러나 콜러 시선에 그녀는 침묵해야만 했다.

"부군은 어떤 분입니까?"

그 형사는 온화하게 물었다.

그는 형사들에게 그런 정보가 왜 필요한지 말해 주려 했다가 그 여인의 여왕 같은 동작에 중단했다.

"형사님, 알겠어요. 희생자의 인품을 통해 궁극적으로 그 살해범의 개성도 파악해보려고 하는 것이지요? 아니면 살인 동기에 대해서? 그럼, 대답하지요. 남편은 뭐든 진지하게 하지 않았습니다. 그이가 한 일이라곤 자세를 취하는 게 전부였습니다. 내가 틀리지 않는다면, 난 그이를 20년 이상 알아 왔습니다. 성인으로 사는 삶 동안 나는 그이를 알고 지냈습니다. 그이는 놀이를 퍽 좋아했습니다. 예를 들어 다른 사람들과 놀기를요. 그건 작은 일이었고, 동시에 크고 중요했어요."

"예를 든다면?"

"그이는 승리를, 명성을 정말 숭배했어요. 독자들이 그이를 숭배하도록 하는 것을요."

"하지만 그건 정당하다고요. 왜냐하면, 그분은 우리가 알다시피 소설가이시니."

"두 분이 아시다뇨?"

클라라는 침을 삼켰다. 리나는 보았다. 이제 그녀가 뭔가를 발설하려고 한다는 것을. 하지만 마지막 순간에야 그렇게 결심을 했나 보았다. 콜러가 다시 다그쳤다.

8. 딸의 아버지는 누구

"여사님은 부군과 함께 사시지 않는다고 하던데요."

"지난 몇 년은요. 우리 사이에 뭔가 거리가 생겼어요. 하지만 오래전에 그 일은 정상적으로 돼 있었어요."

클라라는 가까워져 오는 위험을 느꼈지만, 그것의 중요성을 아직 예측하지 못했다. 콜러는 놀음을 멈추고 더 세게 다그쳤다.

"좀 전에 여사님은 부군이 여러 가지 놀음을 좋아한다고 하셨지요? 그분은 '아버지 역할'도 했나요?"

"무슨?"

"여사님, 내가 묻는 것은 여사님이 벨머 선생의 아이를 낳으셨는가 하는 겁니다."

"하지만 형사님! 두 분은 내 딸 니콜을 만났지요!"

"우린 그 아가씨가 여사님 딸인 것은 의심하지 않습니다. 하지만 벨머 선생이 그 아가씨의 아버지입니까?"

클라라는 그의 얼굴을 멍하니 쳐다보다 안락의자 쪽으로 시선을 떨구고는, 자신의 얼굴을 숨겼다. 리나는 지금 클라라 벨머가 놀음을 즐긴다고는 생각지 않았다. 다른 관측자들로서도 그 동작은 연극인 것 같지만 클라라 벨머에게는 정말 절망적이었다. 그녀는 울먹이지 않았지만, 그 질문에 대답하지 않았다. 그렇게 몇 분이 지났다. 콜러가 그 혐의자에게 뭔가 다른 것을 요구하려고 입을 벌써 열었으나 리나는 지시 손가락을 아주 미묘하게 들어올려 좀 기다려 보라는 신호를 보냈다. 그 신호를 본 형사는 입을 닫았다. 클라라는 천천히 숨을 내쉬고는 자신의 두 손을 따로 떼어 놓고는 바닥을 내려다보았다.

그러고 나서 조용히 속삭였다.

"여러분은 이미 많은 것을 알고 계시는군요."

"우린 급히 성공에 도달하려고 애썼습니다, 여사님. 우린 뜨거운 흔적을 따라가고 있습니다."

"이 집엔 절대 비밀이 있을 수 없다는 걸 알았어야 했지요."

"우리도 그렇게 희망합니다."

콜러는 재빨리 덧붙였다.

"형사님들은 이 일이 이 살인 사건과 관련 있다고 확신하십니까?"

클라라는 그렁대며 말했다. 벌써 그녀는 정신을 가다듬고 신경도 제어했다. 형사들이 마침내 자신의 비밀을 알았다는 사실을 알자 그녀는 오히려 정신이 평온해진 것 같았다.

"사람은 결코 알 수 없습니다."

콜러가 철학적으로 말했다.

"그럼?"

"그 세월을 난 비밀로 해 두었어요. 모든 사람 앞에서요. 그러나 지금은 그 점에 대해서도 말할 수 있습니다."

"그래요, 부군이 돌아가셨으니까요."

"그 때문은 아니고요. 테오도 그 일을 알고 있었어요."

"그래요?"

그 점은 리나도 계산에 넣어 두지 않았다. 콜러도 갑자기 머리를 들었다.

"6개월 전에 그이는 니콜이 자신의 딸이 아닌 걸 알았어요."

"누가 그에게 말해 줬나요?"

콜러는 무슨 혐의를 두었지만, 그가 틀렸다.

"내가 직접요."

클라라 벨머는 그렇게 말을 마치고는 한숨을 내쉬었다.

"나는 그걸 말해야 할 일이 생겼어요. 왜냐하면, 레에트가 언제나 그 점에 대해 계속 암시를 했기 때문이었어요. 그때 나는 레에트가 이미 옛날에 그 비밀을 눈치챈 걸 알게 됐어요. 나는 다른 사람도 그 사실을 알까 걱정했고, 그러면 테오가 다른 사람으로부터 그 말을 듣게 될 것으로 봤어요. 그건 잔인해요. 이젠, 아리노의 경우에도 난 확실하게 해 두지 않을 수 없었어요. 만약 그가 술을 마시면서 뭔가 말을 하게 되면…, 만약 레에트가 어느 날 저녁에 **아더**에게 너무 많은 술을 마시게 하고, 테오가 있을 때 아더를 변호하기 시작하면요."

"그럼 아더 아리노 씨가 니콜의 아버지인가요?"

"그렇습니다."

클라라는 용기 있게 콜러 얼굴을 살폈다.

"그건 22년 전에 일어났어요. 처음에 나는 아리노와 약혼한 사이였으나 내 아버지는 그 결혼을 승낙하지 않았어요. 아더 아리노는 당시 가난했거든요. 책 출판은 진정한 직업도, 덜 진지한 상거래도 될 수 없다고 아버지는 말했어요. 아버지는 그가 절대로 부자가 될 수 없다고 말했어요. 아더 아리노는 바로 그때 출판사를 창업했으나 비서조차 채용할 수 없을 정도로 가난했어요. 당시 부모님들은 자기 자식들에게 명령을 내릴 수 있었죠. 특히 혼사의 경우는요. 요즘과는 다르지요. 그러다 갑자기 일이 생겨 버렸어요. 내가 임신을 했어요. 아무도 그 사실을 몰랐고, 아더도 몰랐어요. 한편 아버지는 내게 테오 벨머 씨를 소개했어요. 그이는 당시 상인의 아들로, 인도에서 귀국한 지 얼마 되지 않았고

어느 정도 재산이 있었어요. '그 사람이면 너에게 이상적인 남편
이 될 거야, 얘야.' 내 어머니는 말했어요. 나보다 두 살 더 많은
테오는 곧 나를 사랑하게 됐어요. 몇 주 뒤 우린 결혼을 했어요.
니콜은 그래서 '일찍 태어난 아이'가 되어버렸어요. 그 아이는 결
혼한 지 일곱 달 만에 태어났어요."

　　그녀는 씁쓸하게 웃었다. 그 웃음도 그녀 얼굴에서 곧장 사라
졌다. 리나는 지금 그녀에게 동정이 갔다. 여자의 운명! 한때 그
녀는 그런 부유한 빌라에 살지 않았고, 지금처럼 돈도 많지 않았
다. 자신의 몸에 아이를 밴 채 그녀는 자신이 사랑하지 않는 남
자와 결혼했다. 그래, 그건 여자의 운명이다.

　　"그리고 벨머 선생님은 나중에 작가가 됐나요?"

　　"그래요. 그때 나는 그이가 상업을 싫어하고 사업에 아주 관
심도 두지 않는다는 걸 알았어요."

　　"그래서 당시 그분은 니콜이 자기 아이가 아니라는 걸 알고는
아주 놀랐나요?"

　　"그것은 그에게 아무 영향을 주지 않지요. 뭐랄지 극적인 힘
을 가지고서요."

　　리나는 물었다. 그 당시 상황이 아주 그녀를 놀라게 했다. 클
라라 벨머 얼굴엔 지옥 같은 찌푸림이 보였다. 그곳엔 아름다움
과 경멸이 섞여 있었다.

　　그녀는 자신의 여왕 같은 말투를 회복했다.

　　"테오를 너무 연민하지 마십시오! 그이는 그 점도 이용할 줄
알았어요."

　　"어떻게요?"

　　콜러가 곧장 물었다.

"상세한 이야기는 하지 않겠어요. 며칠간 그이는 미치광이처럼 이리저리 왔다 갔다 하더니, 자기 방에 틀어 박혀 있었어요. 하지만 나중에 그이는 더 태평해졌어요. 그이는 니콜과 대화를 했어요."

"아리노 씨는 언제 어떻게 이 집에 오게 됐어요?"

"아마 레에트가 그 일을 꾸몄을 거예요. 아더 아리노와 레에트는 자주 만났어요. 왜냐하면, 레에트도 작품을 쓰고 있었어요. 그 당시 내 남편도 레에트를 이겨 보려고 작품을 쓰고 있고요. 남편은 여러 번 그런 이유로 뭔가를 했어요. 난 믿어요. 레에트와 그이는 어릴 때부터 서로 잘 알고 지냈고, 언제나 그 두 사람이 각자 저술을 했어요. 테오는 소설을 썼고, 출판사를 찾고 있었어요. 나도 출판사를 찾는 일에 그이를 도왔어요. 아더 아리노는 내가 몇 년간 만나지 않았던 사이에 유명 출판업자가 된 걸 알고서 나는 깜짝 놀랐지요. 상류사회에서 부자이고 유명인사로 알려져서요. 예술가들을 돕는 후원자이자 그와 비슷한 일을 했어요. 그는 그때까지 결혼하지 않았고요."

"그리고 당신네의 사랑은 계속됐고요?"

"그렇습니다."

클라라는 대답하고는 고개를 돌리지 않았다. 그녀는 그런 행동에 전혀 부끄러워하는 기색을 보이지 않았다. 리나는 그런 그녀 태도를 존경했다. 하지만 리나 마음에는 의심스러운 부분이 남아 있다. 확실히 콜러도 같은 생각이었다. 그는 곧장 물었다.

"지금까지 부군과 그렇게 살아왔다면 그럼 여사님도 의심스럽군요."

"그건 놀랄 일이 아닙니다."

클라라 목소리는 떨리지도 않았다.

"오늘 새벽부터 우린 모두 의심을 받고 있어요."

"아리노 씨는 니콜이 자신의 딸인 것을 알고 있어요?"

"알고 있어요. 하지만 처음엔 아니었어요. 그 운명이 다시 우리를 합쳐 주었을 그때 나는 그에게 말했어요."

"아리노 씨가 아직도 결혼하지 않고 있는 이유를 알겠군요."

클라라는 대답하지 않았지만, 두 형사는 그녀 얼굴에서 만족스러운 자긍심을 엿볼 수 있었다.

'두 남자가 내 인생에 거의 동시에, 같은 세월 동안 함께 있었어!'라는. 하지만 리나는 그렇게 살 수는 없었다. 여느 여성처럼 그녀는 한 남자와만 특별한 인생을 찾길 희망했다.

"그게 벨머 씨의 죽음에도 슬퍼하지 않은 이유이군요."

콜러는 말했다.

"그러나 그게 나를 뒤흔들어 놓았어요. 정말 테오는 내게 가까운 사람이었어요. 22년간 우리는 한 지붕 아래서 살아왔어요. 하지만 형사님들, 이 점도 고려해 주십시오. 벌써 수년 전부터 우리 사이엔 무슨 접촉도 없었어요. 그이가 나의 유일한 아이의 아버지가 아닌 것 외에는. 좀 과장해서 말하자면 나는 이렇게 말할 수 있습니다. 그이는 가까운 지인이지만 그 이상은 아니라고요. 그런데 그의 죽음이 그런 과거와 무슨 관련이 있나요?"

"우린 바로 그 점을 수사하고 있습니다. 아마 살해범은 아리노 씨일 수도 있습니다. 예를 들어, 벨머 자리를 차지하려고요. 만약 테오 벨머가 사라진다면 아리노 씨가 곧장 여사와 이 집과 자신의 딸과 함께 그 작가의 전 재산을 챙기게 되거든요. 그건 정말 많아요. 그건 살인 동기가 충분해요."

"나는 그 점에 곧장 반박하고 싶은데요."

클라라는 자신의 손가락으로 나열했다.

"첫째, 아리노는 옛날에 나를 가졌고, 오늘도 나는 그이 연인이고요. 둘째, 딸도 그의 딸이긴 하지만 그 두 사람은 더 가까이서 살 수는 없어요. 셋째, 테오 재산은 내가 상속받게 돼 있고요. 집, 이 빌라는? 형사님들, 아리노는 자신의 집도 거의 이만큼 큰 게 있는 걸요. 내가 이미 말했듯이 그는 가난한 사람이 아닙니다. 그리고 형사님은 잊고 계시군요. 아리노가 운영하는 출판사는 남편 벨머의 책 수입이 대부분을 차지하고 있다는 걸요. 자신을 먹여 살려 주는 사람을 왜 죽이겠어요?"

"우린 부인이 아리노 씨를 변호하리라고 생각했어요."

"아리노는 나의 변호가 필요치 않아요. 이 모든 것은 내가 당신들께 이야기하는 것처럼 명확해요. 그이는 범인이 아니라고 난 확신합니다."

콜러는 일어나 문으로 갔다.

"트렙스 경사, 어디 있나?"

"예, 형사님."

트렙스는 재빨리 나타나 교활하지만 봉사하는 눈으로 형사를 바라보았다.

"아리노 씨를 불러와. 아직도 기자들이 있어?"

"예, 형사님. 그동안 그 수가 늘어났어요. 이젠 텔레비전 기자들도 와 있어요. 그런 작자들은 한 번 문 고기는 쉽게 포기하지 않아요!"

트렙스가 나갔다. 콜러는 클라라 부인에게 되돌아 왔다.

"여사님, 여사님도 혐의를 받는 걸 아시죠?"

"물론이죠. 하지만 그건 웃기는 일이고요."

콜러는 클라라와 마찬가지로 손가락으로 자신의 논점을 짚어 갔다.

"첫째, 여사는 부군을 사랑하지 않습니다. 둘째, 정말 여사가 모든 걸 유산으로 갖게 되겠지요. 만약 우리가 벨머 작품의 저작권도 계산에 넣는다면 여사의 유산도 적지 않을 거고요. 여사는 돌아가실 때까지 부자겠지요. 이 살인 사건의 여파로 말입니다. 셋째, 여사 딸의 아버지이자 동시에 여사의 연인은 당신, 여사님과 결혼할 준비가 돼 있습니다."

"바보 같은 말씀을 하시는군요, 형사님."

클라라는 주목하고는 다시 여왕처럼 근엄하게 일어섰다. 클라라는 콜러보다 키가 크지 않지만, 이번엔 그녀가 그 형사를 위에서 아래로 내려다보는 듯했다.

"이 모든 것은 형사가 생각하는 바와는 전혀 다릅니다."

노크한 아리노가 모든 준비가 된 듯이 겸손한 태도로 들어섰다. 클라라는 이제 이 자리에서 나가고 싶었지만 콜러가 그녀를 제지했다.

"여사님, 여사님도 계십시오."

클라라는 자리에 앉고 나서 아리노에게 말했다.

"아리노 씨, 난 이분들에게 이야기했어요."

출판업자는 잠깐 자신이 잘못 들은 게 아닌가 해서 불쾌한 표정을 지었다. 하지만 두 형사의 얼굴을 번갈아 보고는 상황을 파악하고 고개를 떨구었다.

"난 이해하오. 당신은 올바르게 행동했어요."

"이분들은 그걸 다른 사람을 통해 이미 알고 있었어요."

클라라가 설명처럼 말해 주었지만 길지 않게 했다. 아리노는 한숨을 쉬었다.

"이 저주받을 집에서는 아무것도 비밀이 될 수 없군요."

"범인이 누구인가 하는 비밀을 제외하고는요, 임시로요."

리나가 재빨리 말했다.

콜리가 아리노 쪽으로 몸을 돌려 말했다.

"바깥에 신문 기자들과 방송 기자들이 많이도 와 있습니다. 그들은 선생과 인터뷰를 하고자 합니다."

출판업자는 금세 얼굴이 기쁨으로 빛나더니 살짝 웃으면서 넥타이를 바로 하고는 일어서려 했다.

"그럼 그들을 만나러 가지요."

"가시면 안 됩니다. 나는 허락하지 않습니다."

"형사님이 허락하지 않는다고요? 내가 구속됐나요? 형사님은 내 사업을 망치고 있군요! 이번 광고는 나를 아주 많이 도와줄 수 있어요!"

"아더 아리노!"

클라라가 주의를 시키듯이 외쳤다. 아리노는 점잖게 클라라에게 고개를 숙였다.

"내가 바보 같은 소리를 했나요?"

"당신은 이분들이 예상하는 대로 바로 그렇게 말했어요. 당신은 투망에 스스로 걸려들었어요, 바보같이!"

클라라는 동시에 알겠다는 듯이 형사를 쳐다보았다. 아리노는 그때야 모든 걸 이해하고는 풀이 죽어 자기 앞만 바라보았다. 콜러는 말을 했다.

"얼마 전부터 나는 선생에게도 벨머 씨를 죽일 동기가 있다고 봤습니다. 아더 씨! 좀 전에 이런 기회를 이용해 무슨 광고를 해 보려고 말씀하셨습니다."

"하지만 형사님들, 내가 살해범으로 보입니까?"

그 남자가 물었다. 리나는 기꺼이 그에게 대답했다.

"지난달 우린 붉은 머리카락의 홉킨스를 검거했어요. 인상으로 보면 그는 선의의 화신으로, 하얀 관자놀이와 아름다운 눈과 동정 어린 얼굴을 가졌어요. 그와 비슷한 용모의 사람이 텔레비전 광고에서 가장 값비싼 냉장고를 칭찬하고 있었어요. 몇몇 전문가 말씀에 따르면, 홉킨스는 부처님과 아주 많이 닮았대요."

그녀는 말을 끝내기 전에 손가락 넷을 보였다.

"그자는 여자 네 명을 목 졸라 죽였고, 나중에 그 시체들을 암매장했어요."

콜러도 지금 이 출판업자를 겁주려고 했다.

"도끼로 범행을 한 도버라는 자도 아시지요? 그자는 전혀 용기가 없는 것처럼 보였고, 숫자 둘도 못 세는 작자인데 그자는 도끼로 사람을 셋이나 죽였습니다."

"그 사람들과 비교하다니 마음이 상하는군요."

아리노는 벌써 자신의 두려움에서 벗어났다.

"우리 실제 상황에서 이야기합시다! 난 내 절친한 친구인 테오 벨머가 죽었다고 해서 이익을 볼 게 전혀 없어요."

"하지만 지금 선생은 광고까지 하려고 하지 않았나요?"

"형사님은 출판 일을 잘 모르십니다."

클라라가 말을 끊었다.

"우리는 테오를 죽이지 않았지만, 만약 그이가 별세했다면, 오늘 비교해 보세요. '오늘'을, 그리고 내일은 말고요. 그이의 죽음은 텔레비전과 신문 기자들에겐 큰 화제가 될 거예요. 그럼 이젠 우리가 이 기회를 이용해야 해요! 우리가 그이의 새 책이나 어느 옛날 책이라도 재빨리 발간하려면요. 더구나 이런 광고는 돈 한 푼 들지 않습니다."

여전히 아더가 말했다.

리나는 역겨움을 느꼈으나 콜러는 깊이 이해하고 있었다.

"당신 두 분이 사업하는 사람으로서 똑같은 생각으로 서로 잘 어울린다는 점은 의심의 여지가 없군요."

그들은 콜러가 진지하게 말하는지 아니면 놀리는지 알 수 없었다. 클라라는 굳은 입술로 말이 없었다. 콜러가 계속했다.

"아리노 씨, 선생은 친구를 잃었지만, 저자는 잃지 않았지 않습니까? 선생은 이 이해되지 않는 비밀스러운 죽음 때문에 지금 바로, 선생은 그분의 옛날 출간된 여러 소설을 팔 수 있을 겁니다. 경제 위기인 이 시대에 어느 출판업자도 이보다 더 아름다운 기회를 꿈꿀 수는 없습니다. 유가가 치솟고 모든 분야가 가장 어려운 이 시절에 말입니다. 나중에 출판계가 벨머에 대해 많이 쓰려면 법원 절차가 아주 오래 걸릴 겁니다. 그러면 그의 책들을 사람들이 다시 많이 사갈 겁니다! 또 아리노 씨는 모든 출판권을 갖고 있습니다. 안 그런가요?"

"그렇습니다. 나는."

아리노는 클라라의 시선을 좇았다. 그는 그녀 도움을 기대했으나 그 여인은 아무도 보고 있지 않았다. 하지만 그녀는 말을 꺼냈다.

"아더 아리노 씨는 사업법칙에 따라 행동할 분이에요. 만약 이번 기회를 이용하지 않는다면 그게 바로 정신병자겠지요."

9. 안주인과 출판업자를 동시에 신문하다

리나가 말을 시작했다.

"그렇군요. 늘 사업이 관심이네요. 그게 범행동기도 될 수 있지요? 벨머 씨는 지난 몇 년간 언제나 술만 많이 마셨고, 지난 반년간은 특히요. 우린 그렇게 들었어요. 지금 우리는 왜 바로 그 반년 전부터인가 하는 점에 관심을 둬야겠어요."

그리고 시선을 한번 콜러에게 보내 주고는 계속했다.

"우린 이런 추측을 해요. 최근 선생은 그로부터 새 소설을 빼내는데 언제나 더 큰 어려움을 겪었어요. 정말 기계라면 어떤 식이든지 쉼 없이 일할 수 있지만…. 독자들은 벨머 씨의 새 작품을 기다리고 있고요. 벨머가 더 저술 활동을 할 수 없다고 선생께서 보셨다면 그땐 선생이 그를 죽일 수도 있어요. 죽으면 그가 살아서 활동하는 것보다 더 많은 돈을 벌 수 있겠지요!"

"그건 비방입니다, 난 반대요!"

아리노는 놀랄 정도로 큰소리로 외쳤다. 지금 그는 정말 화를 냈고, 얼굴은 붉어졌다. 그는 자신을 참지 못할 것 같았다. 클라라는 콜러를 향해 몸을 돌려 말했다.

"형사님, 우리가 이런 혐의를 받고 있어야만 합니까?"

콜러는 대답하지 않고 아직도 완전히 열려 있는 창으로 갔다. 밖에는 여름날 정오가 가까웠다. 어디선가 음식 냄새가 풍겼다. 마틸다가 일하고 있었다.

'우리는 여기 있는 사람들로부터 점심을 대접받지 않을 거야. 그런 접대를 받는 건 허락되지도 않고.'

그래, 그것은 수사의 이익에 반하기 때문이다.

클라라는 아더 아리노에게 조용히 하라고 했다.

"흥분하지 말아요! 이분들은 당신뿐만 아니라 나도 의심하고 있어요."

"웃기는 일이야! 20년간 당신이 그의 아내였는데도?"

"21년."

그 여인은 기분 나쁜 어조로 정정해 주었다.

리나가 옆에 섰다.

"부부 사이에 자주 살인 사건이 일어나요. 가장 최근 통계에 따르면 전체 살인 사건의 60%는 가정에서 일어납니다. 부부 사이에서 일어나는 비율은…."

"그만 해요!"

콜러가 끼어들었다.

"아직은 통계를 운운할 시간이 아니오. 두 분은 죄가 없다고 강조하는군요. 그럼 누가 벨머를 죽였는가요?"

"정원사요!"

클라라가 말했다.

"로턴이요!"

동시에 아리노가 외쳤다.

"그리 빠르진 않았군!"

콜러가 그들을 제지했다.

"우리는 정원사부터 시작해봅시다. 무슨 의도로 그자가 그리 했을까요?"

"난 전혀 모르겠어요."

클라라는 고백했다.

"하지만 정말 그는 외국인이에요."

"만약 모든 외국인이 살해범이라면 그럼 우리나라에 사는 이 순간에도 6백만 명의 초청된 외국 노동자들이 우리나라 주민을 옛날에 다 죽였겠군요."

리나가 끼어들었다. 콜러는 인상을 찌푸렸다. 왜 리나는 그런 통계를 드러내는지. 하지만 콜러는 그 혐의자들 앞에서 다시 그녀에게 주의를 시키고 싶지는 않았다.

"내가 들은 바로는 그 토마르라는, 그 이름의 나머지는 기억나지 않는군요. 그 정원사는 자기 나라말로 벨머 씨, 바로 그분하고만 의사소통하고 있었어요. 그 말은 파키스탄 **발루치스탄 말**예요. 그 정원사는 여기서 벌써 수년간 일하고 있고 사람들이 그를 위해 별다른 애를 먹은 적은 없어요. 일반적으로 그런 낯선 초청 외국 노동자들에게도 문제는 많아요. 하지만 그들은 자신의 후원자를 죽이는 경우는 드뭅니다. 그들에게 일과 빵을 주는 그 사람들을요."

"그 점은 나도 상상조차 못 할 일이네요."

아리노가 말했다.

"하지만 로턴만 그걸 할 수 있었어요. 그자는 니콜의 약혼자로 이 집 안으로 몰래 들어 왔어요. 그리고⋯."

그는 누군가의 목을 바로 자르는 듯이 손으로 흉내 내고는 말했다.

"그 사람에 대해 난 모든 나쁜 걸 생각해 볼 수 있어요. 그도 우리 모임에 들지 않는 낯선 인물입니다."

"선생의 의심은 그런 근거로만 돼 있어요. 난 이해합니다. 낯선 사람이면 누구나 의심해야 한다는 말씀이지요?"

콜러가 놀랐다.

"로턴 씨는 알리바이가 있습니다."

리나가 낮은 소리로 말했다.

클라라는 걱정스러운 표정으로 가까이 왔다.

"니콜이 이 남자와 지난밤에 함께 있었다고 고백하던가요?"

"정말 나는 여러분께 그걸 말하지 말았어야 했어요. 하지만 이 집에선 아무것도 비밀이 되면 절대로 안 된다고 해서요. 로턴 씨에게 알리바이를 제공해 준 사람은 니콜이 아니라 청소부였어요."

"이젠 그 뱀 같은 여자가!"

클라라 부인은 화를 내며 발을 동동 굴렀다.

"한 번도 베티는 내 맘에 들지 않았어요. 베티가 일을 잘 하지만요. 이제 로턴은 곧 떠나야 합니다. 끝나면. 이, 이⋯."

"이 범행이요."

리나는 도와주었다.

"우린 이 일을 가장 빨리 끝내려고 모든 노력을 다할 겁니다, 여사님."

"하지만 베티는 뭘 상상하고 있던가요?"

클라라는 계속 화를 냈다.

"일꾼과 가정의 일들은 여사님이 나중에 챙기십시오."

콜러는 이제 자신의 넓은 관용심을 잃기 시작했다.

"살인 사건으로 되돌아갑시다! 여기 두 분은 살인을 부인하신다고요?"

클라라와 아리노는 동시에 고개를 가로저었는데 그것은 아주 비슷한 움직임이었다. 나중에 그 집 안주인이 낮게 말했다.

"만일 아더 아리노 씨를 의심하신다면, 그럼 나도 뭘 하나 말해야겠군요. 그가 살인하지 않은 걸 입증해주는 건데요."

"우린 긴장해서 들을 준비가 돼 있어요. 여사님."

아리노는 괴로운 듯이 그녀의 손을 잡았다.

"하지만 클라라, 그건 말 않는 게."

"왜 안 해요? 사람들이 우리를 의심하는 것을 이해하지 못했어요? 만약 그들이 우리에 관해 모두 알고 있다면 왜 그걸 비밀로 해 둬요?"

클라라는 콜러를 쳐다보았다.

"그 총소리가 났을 때 아더 아리노 씨는 내 방에 있었어요."

콜러는 경직돼 그녀를 쳐다보고는 씁쓸하게 말했다.

"진짜 나쁜 사람들이네요! 리나도 들었어요? 이런 놀랄 일을! 한 생각이 이런저런 비슷한 생각을 만들고 있어요. 이 사람들은 다른 사람들이 하는 말을 듣고는 이젠 똑같이 하고 있어요! 로턴은 그 청소부 침대에 있었고, 이제 아더 선생은 자신의 집 안주인과 함께 있었다니! 그럼 나중엔 레에트는 니콜과 함께 있었다는 이야기가 나오겠군. 그 식모는 그 정원사와 함께! 그러면 모두 알리바이가 있겠네요!"

"사람들은 혼자 사는 걸 좋아하지 않으니까요. 짚신도 짝이 있어야 한 켤레가 된다는 속담대로군요."

"불쌍한 벨머 씨만 혼자 남았군."

"하지만 그것도 오랜 시간은 아니지요. 그의 살해범이 도착하기 전까지만요."

리나가 계속 말했다. 콜러는 공기를 불어 내며 화를 냈다.

"여사님 고백에도 우린 의심이 듭니다."

"우리 동료 형사가 이 문장을 여전히 미묘하게 만들어 놓았어요."

리나는 위협적으로 덧붙였다. 아리노는 놀라 입을 벌렸고 그때 갑자기 출입문을 노크하는 짧은소리 뒤에 트렙스 경사가 문턱에 나타났다.

"형사님!"

"어서 말해요!"

콜러는 신경이 날카로워져서 참지 못했다. 그의 사냥꾼 본능이 움직이기 시작했다. 콜러는 지금 뭔가 진실을 알게 된 느낌이 들었는데 트렙스가 가장 부적절한 순간에 도착한 것이다. 수사 관행상 옆의 사람들이 그 경사의 정보를 듣지 못하도록 그 경사와 함께 어느 다른 방으로 가야 할 것이다. 그는 무슨 일이 일어난 낌새를 그 경사의 얼굴에서 보았다.

"말해, 트렙스!"

"형사님, 저는 부하들과 그 청소부와 함께, 벨머 씨의 집무실과 침실을 수색했습니다."

"살인 무기를 찾았어요?"

트렙스는 습관적인 느린 어조로 대답했다.

"무기는 아직 못 찾았습니다."

"그럼 뭘 찾았어요, 경사?"

"우리가 발견하지 '못한' 그 점이 더욱 흥미로운 것이라고 봅니다, 형사님."

"경사, 뭘 그리 우물쭈물하나? 왜 그렇게 이해 못 할 소리만 해요? 어서 말해 봐요!"

트렙스는 재빨리 말했다.

"그 청소부가 아주 놀랍게도 그 작가 선생님의 회색 옷 한 벌이 보이지 않는답니다. 셔츠와 내의, 회색 신발 한 켤레도요. 또 이상한 것은 그 서랍에 넣어둔 작가의 여권도 사라졌다고 합니다. 아마 그분의 돈도 부족한 것으로 보입니다만, 그 점은 그 청소부가 모른대요."

클라라가 끼어들었다.

"그래요, 나도 그걸 이미 말했지요! 정말 그 살해범은 강도라고요. 옛날에 그자는 새로 얻은 것을 갖고 달아 내뺐는데 형사님들은 여전히 우리만 다그치고 있어요."

콜러의 두뇌는 재빨리 움직였다.

"잠깐만요, 여사님. 아리노 씨는 몇 시에 여사님 방으로 들어왔죠?"

그 집 안주인이 대답하기도 전에 트렙스가 기분 나쁘게 비웃고는 아리노의 팔을 때렸다.

"선생이 안주인에게로? 저런 저런!"

"경사!"

콜러는 갑자기 아주 큰 소리로 외쳤다. 아마 소리가 너무 컸나 보다. 트렙스는 군인처럼 긴장해서 차렷을 했다.

"용서하십시오, 형사님!"

"자넨 왜 그리 거만해? 꺼져!"

콜러가 외쳤다. 이젠 그가 정말 화를 낸 걸 리나는 이해했다. 그 경사는 '시민들' 앞에서 경찰의 위신을 실추시켰다. 트렙스는 보통 때보다 좀 빠른 발걸음으로 살롱을 빠져나갔다. 콜러는 곧 진정했다.

"그래, 여사님?"

"난 시계를 보지 않았어요."

"그럼, 선생께 묻겠어요. 선생이 여사님 방 출입문으로 갔을 때가 2시 15분 전이었어요, 그 이후였어요?"

"저는 조금 기다렸어요. 모임이 파한 뒤에 복도에서 누굴 만나지 않으려고요. 특히, 흠 테오와 난 그곳에서 만나고 싶지 않았어요. 난 좀 더 오래 기다렸어요. 그리고 정말로 2시쯤 클라라 방으로 갔습니다."

리나도 뭘 물었다.

"여사님이 문을 열어 드렸어요?"

"아뇨, 난 이미 침대에 누워 있었어요. 하지만 여느 때처럼 나는 방문을 잠그지 않았어요. 그리고 아더는 간단히 들어 왔어요?"

"여느 때처럼."

리나가 재빨리 말했다.

그러나 콜러는 그것으로 충분하지 않았다.

"여사님은 이분을 그 출입문 문턱에서 기다리지 않았나요? 여사님은 몇 마디도 하지 않았나요?"

"우린 그런 습관이 없어요."

아리노가 대답했다.

"고맙군요. 가도 좋습니다."

콜러는 리나를 보며 말했다. 그 두 사람이 떠난 뒤, 출입문이 닫힐 때까지 기다렸다가는 웃음을 폭발했다.

"그들은 그렇게 행동하지 않았어요! 그들은 2시를 지나 15분 간에 대해서 말을 하지 않았다니요!"

"그 수수께끼는 우린 아직 풀지 못했어요."

리나가 다시 창가에 다가섰고, 정원을 내다보았다. 이젠 그녀는 토마르를 보지 못했다. 그 초원의 푸르름은 그녀에게 아주 다정한 느낌을 주었다. 한편 콜러는 골머리를 싸매고 있었다.

"그 살해범이 여권을 훔쳐갔다면 그는 그걸 가지고 멀리 가지 못했어요. 만약 그자가 이 집을 빠져나갔다면요. 하지만 이제 그자는 여기에 계속 있어야 해요. '그들 가운데요'. 하지만 왜 그자는 그걸 갖고 갔을까요?"

"그 점만 생각하지 말아요. 아마 테오는 어딘가 다른 곳에 자신의 여권을 놔두고 아무도 그걸 가져가지 못하도록 했을 수도 있지요. 그런데도 외부에서 누군가 들어 왔다면, 그자는 다른 연유로 인해 그자가 필요한 물건을 가져갈 수도 있어. 그 미친 작자인 바르델리를 기억하지요? 그 다중 살해범을요? 자신이 죽인 사람들의 집마다 그는 무슨 '기념품'을 전혀 무의미하게 가져갔어요. 재떨이나 장기판 그림이나 비슷한 것들을. 그자는 나중에 그런 말도 했어요. 모두 '기념품'이라고.

"그리고 이 강도는 '기념으로' 회색 옷 한 벌과 셔츠, 내의, 신발을 가져갔다고요? 그럼 이 자는 수집가인가요?"

"아니면 그자는 그걸 집 어딘가에 숨겨 놓아 강도가 그 집주인을 살해했다고 생각하도록 유도했다는 건가요?"

"여형사님은 뭔가 잊고 있어요. '언제' 그자가 이 모든 것을 할 수 있었느냐 하는 점입니다. 범행 전에 그자는 그 물건들을 정갈하게 싸두었을까요? 왜냐하면, 범행 뒤엔 그자는 재빨리 달아나야 하니까."

그래, 그건 정말 생각해 볼 만한 문제였다. 리나는 양 입술을 핥았다.

"형사님은 그 로턴이라는 자가 의심이 가지 않아요?"

"지금은 레에트 씨를 신문해 보고 싶어요."

"무슨 생각이 떠올라요?"

"난 앞서가는 이론은 싫어해요. 나중에 그 이론 때문에 고생만 할 뿐이고 전체 구도와 맞지 않는 조그만 것이 언제나 있어요. 지금도 마찬가지예요."

콜러는 앉아서 양탄자를 내려다보았다. 그의 두 눈은 잠을 자지 못해 핏발이 섰다. 리나는 그에게 약간의 동정이 갔다.

"정말 범행을 저지른 자는 이 집의 누군가이고, 하지만 그자는 이 범행 외에도 다른 목적이 있어요. 만약 그자가 벨머만 없애려고 했다면 그자는 그걸 자살로 위장해 놓을 수도 있어요. 총소리가 난 뒤 그자는 총을 그 살해된 사람의 손에 놓을 수도 있었어요. 그리고서 도망가면 되지요! 그러나 그렇게 하지 않고 그자는 총을 갖고 있었어요."

"그럼 그자는 두려워서 자신이 뭘 하고 있는지 알지 못해서 갑자기 자신의 계획을 잊고 낭패감에 빠졌을 수도 있어요. 정말 그렇게 될 수 있어요."

"그렇게 일어났을 수도 있어요. 그러나 이 살해범은 앞서서 모든 걸 계획했던 것으로 보여요. 그자는 아주 신경을 써서 한 걸음 한 걸음 움직였어요. 이럴 수 있어요. 그자의 다른 목적은 경찰이 어떤 식으로든지 살인사건으로 확인하고는 수사를 시작하도록 말입니다! 그자는 어느 다른 사람이 의심을 받기를 원했을지도 몰라요?"

"그런 경우 그자는 어느 다른 형태의 복수를 선택한 것이지요. 형사님 말이 맞는다면 그땐 물론."

리나의 목소리엔 확신이 부족했고, 남 형사도 그걸 느끼고 있었다. 그러나 콜러는 이젠 바른길로 들어섰다고 느꼈고, 이론은 그를 주저하지 말고 더 앞으로 나아가게 했다.

"만약 그 상황이 지금도 똑같다면. 내가 두려워하는 게 뭔지 알아요? 그 살해범은 우리도 자신의 목적을 위해 쓸 수 있다는 점이요! 원하든 원치 않든 우리는 그가 계산에 넣고 있는 걸, 그가 도달하고 싶은 걸 하고 있어요. 그자는 여기 우리 사이에서 물고기와 비슷해요. 언제나 그자는 우리 손에서 미끄러져 나가 다른 사람에게 혐의를 두게 만들어요. 예를 들어 그 사라진 옷 말입니다. 사라진 다른 물건들도! 살해범은 그가 그런 물건이 필요하므로 자신이 그런 물건을 가져간 것으로 우리에게 믿게 했어요. 옷 한 벌, 셔츠, 내의, 신발. 이 모든 것은 남자 의복입니다. 그럼 우리에게 그 살해범도 남자라고 추측하게 합니다. 그럼 논리적으로 우리는 그가 '여자'란 걸 지금 생각해야 합니다."

"그럴 수가!"

리나는 놀랐고, 그를 다시 봤다는 듯이 쳐다보았다.

"하지만 정말 그렇다면 왜 우리는 이 사건을 한 번 뒤틀지 않나요? 아마 살해범은 이 집에 사는 여자들에게 관심을 가지도록 교활하게 애쓰는 남자이겠네요!"

콜러가 이리저리 돌아다니는 동안 그의 피곤도 이젠 거의 가셨다.

"그건 장기놀이와 비슷해요. 범인은 바로 그렇게 행동하니까 우리는 몇 수 앞서서 생각해 둬야 합니다."

리나 얼굴이 갑자기 밝아졌다.

"옷이라! 벨머 옷이 누구와 가장 잘 맞을까요?"

"아리노가 그걸 입기엔 너무 뚱뚱해요."

"로턴은 너무 날씬해요."

"그러면 정원사는요?"

"그 사람은 광대 같고요."

"그럼 레에트가 남았네요."

"그 사람은 벨머 체격과 비슷해요."

"그 점도 레에트 씨에게 물어봅시다."

부엌에선 마틸다가 일하고 있었다. 때때로 그녀는 베티에게 말을 건넬 뿐 그 밖에 그들은 서로 말을 하지 않았다. 손은 분주히 움직였다.

홀에는 아리노가 홀로 앉아 창문 너머로 신문 기자들을 보려 했다. 하지만 그 자리에선 도로 쪽을 볼 수 없었다. 그래서 그는 오래지 않아 위층으로 올라가, 어느 방의 창문 커튼 뒤에서 대기 중인 기자들을 보고 있었다.

트렙스 경사는 그 집을 지키고 있었다. 그의 부하들은 출입구에 서서 정원으로 들어오려는 '하이에나'를 막으려고 공원 같은 정원을 지키고 있다. 아리노는 그걸 알고 위험을 자초하지 않았다. 내심으론 기꺼이 어느 기자와 '인터뷰'를 하고 싶었지만.

클라라 부인은 쉬고 있었다. 그녀는 머리가 아팠고, 그건 변명거리가 아니었다. 그녀는 경험으로 알고 있었다. 만약 그녀가 어느 어두컴컴한 방에 반 시간 정도 누워 있으면 도움이 될 거고 다시 태어난 것 같을 거란 걸!

니콜은 테라스에 앉아 그 풍광을 지켜 보고 있었다. 부엌에서 그녀는 무슨 즙을 가지고 왔다. 정오까지 조금씩 마시기엔 충분한 양이었다. 그녀는 그 글라스의 얼음물이 손을 차갑게 해 주어 기분이 좋았다. 그녀는 한번은 왼손으로, 한번은 오른손으로 글라스를 쥐었다. 그녀는 정원을 내다보지 않으려고 애를 쓰면서 하늘과 날아다니는 새만 바라볼 뿐이다. 그것들이 그녀를 편안하게 해 줄 것을 희망했다.

파울 로턴도 자기 방으로 갔다. 그는 조금 전에 경찰 순찰대가 정원을 수색하는 모습을 봤다. 그 젊은이는 포위망 속에 갇힌 것 같아 두려움을 없애려고 노력했다. 누구에게나 출구는 있는 법! 그는 임시로 이 벽 저 벽 쉴새 없이 계속 걸어 다녔다.

정원사는 여느 때처럼 행동했다. 그는 정원의 나무 없는 큰 땅에서 자신의 도구를 수레에 싣고는 그 수레를 뒤에서 밀었다. 벨머 씨는 한때 여기서 테니스 놀이를 했다. 하지만 그건 아주 오래전이다. 토마르는 손에 삽을 잡고 온 힘을 다해 땅을 팠다. 그는 무슨 마른 꽃나무를 뽑아내려고 했다. 왜냐하면, 일주일 전부터 노랗고 갈색이 된, 죽어버린 작은 나뭇가지들 때문에 정원이 흉해졌기 때문이다. 그 정원사는 빨리 일하면서, 때때로 정원 쪽을 쳐다보았다. 점심을 들고 마틸다가 오고 있는 걸 보는 걸까? 한편 마늘의 고약한 냄새는 토마르 주변에 맴돌았다.

레에트는 느린 걸음으로 홀을 지나 형사들이 기다리는 살롱의 출입문을 열었다. 그는 조금도 서두르지 않았다.

"마침내 레에트 씨가 오는군요!"

콜러가 자신의 수첩을 펼쳤다. 리나는 말이 없다. 레에트는 평소의 비웃는 듯한 얼굴을 하고 그 형사들 앞에 섰다. 그는 형사들을 보고 곧장 한마디를 했다.

"형사님은 모든 훌륭한 범죄영화에서처럼 바로 그렇게 기록하고 계시군요."

"또 그 형사는 언제나 그 살해범을 잡아요, 그 영화 끝부분에서요."

　그 형사는 즉시 말했다. 그의 음성에는 위협이 스며 있었다. 레에트는 앉지 않았다. 그는 이상야릇한 웃음을 머금고 창가에 섰다. 리나는 마침내 그를 볼 수 있었다. 레에트는 썩 못생긴 남자는 아닌데 그 자신만 자신을 무시하고 있었다. 치열은 불규칙했고, 상태가 나빴고, 특히 앞니들이 앞으로 튀어나왔다. 그는 며칠 전부터 머리도 감지 않고 차림새도 게을리했다. 그의 의복은 위엄이 없고, 그런 의복도 아니었다. 일찍 하얗게 된 머리가 그의 고상함을 나타낼 뿐이었다.

10. 레에트를 신문하다

콜러는 레에트를 전혀 다른 방식으로 관찰했다. 그 형사는 즉시 레에트가 쉬운 상대가 아님을 직감했다. 더구나 이 혐의자는 이른 아침에 단독 대화에서 보인 모습과는 지금 사뭇 달랐다. 레에트는 생각에 더 깊이 잠겼고, 그의 얼굴도 그러했다. 그 때문에 콜러는 그에게 더욱 혐의를 뒀다.

침묵이 잠시 이어졌다. 아무도 말을 먼저 꺼내지 않았다. 레에트 얼굴은 뭔가 큰 결심을 한 듯이 보였다. 한편 리나는 동시에 그 순간의 심정과 그 순간의 취향과 그 향기와 그 색깔을 느낄 수 있었다. 레에트의 신체가 방해할 수 없는 바깥에서 떨어지는, 마치 폭발하는듯한 태양광선도 느낄 수 있다. 리나는 가구가 '딱' 하며 내는 소리를 듣고 바닥과 양탄자에서 풍기는 냄새를 맡았다. 따뜻지는 공기를, 그림자들의 어우러진 움직임을. 여름날의 태양은 그들의 영혼도 밝게 비추었다.

"나 없이 두 분은 아무것도 못 하실 것 같이 보입니다."

레에트가 말했다.

"선생께서 새 단서를 주셨으면 합니다."

"두 분의 낙관주의를 존경합니다."

레에트가 말했다.

"경찰은 비관주의자를 채용하지 않습니다."

콜러도 웃길 수 있었다. 그가 원한다면. 그리고 지금 그는 웃기고 싶었지만, 곧장 기억했다.

'레에트와 대적하려면 이렇게 해선 이길 수 없다는 것을.' 하지만 그를 겁준다면?'

"그렇게 침착하게 그곳에 서 계시니 마치 선생은 살인혐의를 받고 있다는 걸 모르는 분 같군요."

레에트의 웃음기는 지워지지 않았다.

"알지요, 알고 있어요. 두 분은 살아 있거나 움직이는 모든 것을 의심합니다. 하지만, 난 죄를 짓지 않았기 때문에 우아하게 그 모든 것 위에 서서 두 분이 뭘 하시나, 어떻게 그 사건의 그 물망에서 발버둥 치고 있는가 멀리서 보고 있지요."

"말씀을 잘하시는군요, 레에트 씨. 당신도 '무슨 작가'가 되겠군요. 당신 작품을 누가 언제 출판했나요?"

"물론 내 책들은 출판됐죠. 모두 다른 사람의 이름으로 말이오."

그는 여전히 침착했으나 리나는 뭔가 있다는 사실을 직감했다. 그 넓은 레에트의 웃음은 마스크로 변하기 시작했다. 저 아래에 어느 날카로운 층이 딱딱해졌다.

"저어, 그렇습니다. 정말 출판업자가 주말에 이 집에 손님으로 와 있어요. 벨머 씨도 많은 친구가 있어요. 당신의 책을 내기도 아주 쉽겠지요."

콜러는 자신의 목표를 향해 주저하지 않고 다가갔다. 아니면 그는 그렇게 믿었을지도 모른다.

"그래, 그것은 선생과는 무관하시다, 이거지요?"

"난 큰 화제를 싫어합니다."

레에트는 어깨를 으쓱하고는 그 창문틀에 반쯤 걸터앉았다.

"선생은 무엇 때문에 본명으로 책을 출간하지 않습니까?"

"그 점도 궁금해요."

리나는 이어서 물었다.

"선생의 책은 누구 이름으로 출판했는지 말해 주세요?"

"테오 벨머의 이름으로요."

그 문장은 특별한 무게가 실린 거대한 침묵을 가져왔다. 리나는 바로 먹는샘물에 손을 댔지만, 그 동작은 금세 깨져 버렸다. 오늘 콜러는 지금까지 그렇게 놀란 적이 없었다. 새벽부터 시작해서 지금 처음으로 놀란 표정을 드러냈다.

말을 더듬을 정도였다.

"그 말씀을, 그 말씀을 전혀 신중하지도 않게 하는군요. 불가능한 일 아닌가요? 정말! 선생이 벨머의 소설을 썼습니까?"

"내가 그 소설을 썼어요. 아주 세세한 파편들과 상세함까지도. 나중에 우리는 테오와 앉아 모든 걸 이야기하고 그 친구는 그걸 받아적기도 해요. 테오는 내가 노트한 것도 받아가요. 그도 나중에 숙고했다고 하지만 큰 노력 따위는 아예 없습니다. 왜냐하면, 책이 출간된 뒤 난 언제나 훑어봤어요, 한 문장 한 문장이 내가 그에게 말해 준 대로 인쇄가 돼 있어요. 내가 그걸 기록한 그대로요. 최대한으로 그가 이곳저곳에 몇 가지 '소스를' 치지요. 그것은 문학에선 필요하지요. 그리고 원고가 완성됩니다. 나중에 테오는 비밀리에 내게 제1권을 주죠. 뭔가 맘에 들지 않으면 나더러 교정해달라고요. 우린 둘째 교정 원고를 아리노 씨에게 직접 줍니다."

"아리노 씨는 그걸 알고 있나요?"

"물론."

레에트는 아주 평온했지만 피곤한 듯이 되풀이해 말했다.

"그건 아리노 씨도 알고 있어요. 클라라 여사도, 니콜도요. 청소부나 식모가 안다 해도 별로 놀랄 일이 아니고요."

"로턴 씨는요?"

"그는 진짜 외부인사입니다. 그런 일을 그에겐 알리지 않았을 겁니다."

리나가 물었다.

"낯선 사람을 위해 그런 위대한 공헌을 하지 않는가요?"

"물론 아닙니다. 난 언제나 글 쓸 수 있고 특히 신문잡지 원고나 광고문에 더 관심을 쏟고 있었지요. 내가 소설도 쓸 줄 알게 된 것은 20년 전이예요. 테오는 어릴 때부터 내 친구입니다. 우린 자주 함께 돌아다녔어요. 그가 인도에 사는 동안에만 우리의 우정이 끊겼어요. 하지만 우린 나중에 다시 만났어요. 나는 소설을 쓰고 있었지만, 그것은 아직 준비가 덜 됐고, 그게 아주 형편없는 걸로 생각하고 있었어요. 나는 그걸 작가 수업 중인 테오에게 보여 줬어요. 그래, 우리는 함께 그 원고를 '더 좋게 만들었'요. 난 대중 앞에 서고 싶지 않았습니다. 난 사람이 모이는 걸 싫어하고, 기자도, 텔레비전도, 사람들 앞에 서는 것도 마찬가지였죠. 만약 누군가 내 앞에 마이크라도 들이대면 내 목은 굳어져 한 마디도 말할 수 없었어요. 텔레비전 카메라 앞에서도 상황은 같았습니다. 그래, 난 그런 일엔 전혀 맞지 않았습니다. 그러나 테오는 정말 정반대로 그런 휘황찬란한 역할을 아주 좋아했어요. 그래서 우린 서로 이해가 맞아떨어졌습니다. 만약 우리 책이 성공하면 앞으로 다른 책을 우린 그 친구 이름으로 더 쓰고, 그가 전체 광고와 명성에 책임을 지기로요. 이 모든 것의 대가로 테오가 나의 의식주를 책임지기로 했어요. 내가 일상 일에 신경 쓰지 않고, 난 사람들 속에 있는 걸 원치 않았습니다. 그래서 우리의 '계약'이 성립됐어요. 내가 그를 위해 저술하고, 결코 나는 자신에 관해선 걱정하지 않아도 되도록요.”

“그 때문에 이 집에서 선생은 식객이 아니군요.”

레에트는 고개를 끄덕였지만, 그 형사를 쳐다보지 않고 계속 말을 이어 갔다.

“나로선 이 상황이 이상적이었어요. 나는 언제나 목표로 했던 점에 도달했습니다. 난 좋은, 그리고 더 나은 구상을 했고, 그 구상을 90% 정도 서술할 수 있었어요. 이젠 그 일에 매달리지 않아도 됐고요. 내가 출판업자로 찾아가고, 비평과 모멸감을 참을 필요가 없었고요, 출판업자의 현관 밖으로 쫓겨난 적이 한 번도 없었어요. 나는 놀랄 정도로 심리적 안정을 찾았고, 내가 종이 위에 써 내려간 모든 단어는 몇 달 뒤에 서점의 전시공간에 이미 나와 있는 걸 확신할 수 있었습니다. 잡지에서 그 책에 관해 써 주고, 독자들은 곧 ‘내 책들을’ 사게 됩니다. 하지만 그런 책들로 인해 아무도 나를 괴롭히지 않아요. 신문 기자들이 찾아와서 우둔한 질문을 내게 하지도 않고요. 정말 현명한 질문을 하지도 않지만 나는 그런 질문에 대답할 필요도 없고요. 이 모든 것이 나의 세계였습니다. 내가 벨머에게 원고의 둘째 교정본을 전해주고 나면 나는 더 관심을 두지 않습니다. 나는 산책하고, 책을 읽고, 때로는 어딘가로 여행했어요. 그래 정말 나는 돈이 있었어요. 물론 벨머가 ‘자신의’ 소설에 대해 받은 만큼은 아니지만, 나로서는 그 만큼이면 충분했어요. 풍성하기도 했고요.”

“벨머를 좋아했습니까?”

“난 그를 허용했습니다.”

레에트는 생각에 잠긴 채 대답했다. 레에트는 뭔가 방해를 받고 있었는데 콜러에게 시선을 보내면서 경찰도 그 점을 알고 있다고 추측했다. 그래서 레에트는 말하기를 주저하지 않았다.

"사람들은 세월이 흐르면 아주 많이 변합니다. 사건들로, 성공으로, 돈으로, 다른 사람으로 인해….“

형사들은 그가 벨머를 암시하고 있음을 알았다. 그리고 말이 없었다.

"그 친구도 예외가 아닙니다. 나는 그 20년간 변함없이 남아있었지만, 그는 다른 사람이 되어 갔습니다. 처음에 그는 휘황찬란한 성공을 즐겼지만, 한편 그는 그 성공이 거짓된 영광임을 알고 있었습니다. 정말 그 소설들은 그의 머리에서 나오지 않았습니다. 물론 그는 그 점을 생각하지 않으려고 했지만, 그 일이 그에겐 쉽게 성공하지 않는 것을 자주 봤습니다. 나중엔 클라라와 문제가 생기기 시작했습니다. 더 나중에는 리콜하고요. 그는 영원히 누군가와 싸워야 했습니다. 2년 전까지는 내가 그의 유일한 친구이자 신임받는 사람이었는데 그 후로 그는 자신의 문제에 관해 이야기하지 않았습니다. 한번은 그가 내게 말하더군요. 그는 기꺼이 어디론가 떠나고 싶다고. 모든 걸 여기에 남겨 두고요. 하지만 뭔가로 인해 그는 그 계획을 포기했습니다. 외로움입니다. 그는 혼자가 되는 걸 싫어했습니다."

이윽고 레에트가 입을 다물자 콜러는 기다리다 못해 말을 꺼냈다.

"사후(死後)라서 우린 언제나 벨머의 가장 불쾌한 사실들만 알게 되는군요. 니콜이 그의 딸이 아닌 줄 역시 선생도 아시고 있고요."

"그렇습니다. 니콜은 아리노? 씨의 딸입니다."

그 남자는 도와주듯이 말했다.

리나는 손가락으로 숫자를 헤아렸다.

"그의 소설들을 그가 짓지 않았다. 그의 아내는 그의 출판업자의 연인이다. 그의 딸은 그의 자식이 아니다. 그럼 그의 인생에선 모든 것이 가짜군요?"

"여형사님, 직접 그리 말씀하는군요. 모든 게 가짜입니다."

콜러는 침을 삼키고는 공격을 이어갔다.

"이 집에서 그의 적은 누굽니까?"

"아마 모두일 겁니다. 클라라는 벌써 그를 지겨워하고 있습니다. 아리노 씨는 그에게 언제나 다음 소설을 간청해야 하니 화가 나 있었습니다. 왜냐하면, 테오는 쓰고 싶은 마음도 없어져 버렸어요. 나는 헛되게도 끝까지 내 임무를 다 했고, 테오는 아마 아리노 씨에 대한 복수심으로 몇 달 동안 모든 페이지를 '수정했는데' 전혀 쓸데없는 교정을 해 놓았습니다. 일주일 뒤 그는 그것들을 없애버리고, 원고의 다른 곳을 교정해 버렸어요. 그래서 그는 아더 아리노 씨의 신경을 날카롭게 만들어요. 벨머는 로턴을 다른 사람들 앞에서 공개적으로 여러 번 모욕을 줬습니다. 바로 그 때문에 로턴을 초대한 것 같았습니다. 청소부와 식모도 그 때문에 고충을 겪었습니다."

"선생은요?"

"내가 이미 이야기했듯이 나도 그와 지난 몇 달간 노력을 했습니다. 적어도 반년을요. 그의 행동은 우리의 아주 잘 기능하는 공감대의 계속적인 존재를 위협했습니다. 내가 이곳에서 평화롭게 사는 것까지도요. 지금 그는 죽었고 내가 확실하게 말할 수 있는 것은 클라라 부인이 나를 이 집에서 내보낼 거라는 겁니다. 형사님은 자기 임무를 다한 무어족에 관한 이야기를 아시지요?

당신의 임무가 완성되면 이젠 당신 차례는 지나갔어라는. 예를 들자면, 사람들이 그런 말도 합니다. 이 비극적 사건은 나의 인생을 복잡하게 만들었습니다. 나는 지금부터 어디서 무슨 방법으로 살아야 합니까?"

"선생은 원하겠지만 나는 지금 선생을 동정할 수 없군요."

콜러의 말이다. 레에트는 신호를 기다리는 헝가리 경기병의 말들처럼 고개를 처들었다. 그는 조롱받는다고 생각했다. 이 분야에서 맞수를 만난 것이다. 그는 곧장 반격했다.

"빌어먹을! 조금의 동정은 혐의자를 돕는 건데. 특히나 진정한 경찰 형사가 그를 동정한다면."

"우리로서는 선생이 바로 혐의가 가장 짙은 인물입니다."

콜러가 고백했다. 물론 그 점도 그의 신문 전략의 일부분인 줄 리나는 알고 있었다. 그녀는 멀리서 마치 극장에서처럼 그 결투를 볼 수 있어 기뻤다. 리나는 자신이 콜러로부터 배울 수 있겠다고 생각했다. 리나가 진지하게 콜러의 지식을 존경한 순간이었다.

"그건 형사의 문제이외다."

레에트가 대응했다.

"지금 형사님이 나를 두고 시간 낭비를 하는 동안, 진짜 살해범은 달아나고 있을 겁니다."

"선생은 왜 회색 옷 한 벌을 가져갔어요? 벨머 여권에 당신 사진을 붙이려고요, 레에트 씨? 총은 어디에 숨겼어요? 그걸 정원에 파묻었나요?"

레에트는 크게 공기를 불더니, 형사의 두 눈을 처다보았다. 지금 레에트는 리나에게는 상관하지 않았다. 이곳에서 그의 주요 대적자가 누구인지 이미 알고 있었다.

"나는 벨머를 죽이지 '않았습니다.' 그의 옷도 가져가지 않았고요. 전반적으로 그 살인 사건은 나와 전혀 무관합니다."

그는 짧지만, 의미 있는 간격을 두었다.

"하지만 내가 도움은 줄 수 있다는 걸 형사님께 말하고 싶습니다."

리나는 더 가까이 갔다. 지금 그들 세 사람은 창가에 섰다.

"여러분은 나의 도움이 필요하다는 걸 알 수 있어요. 여러분은 벌써 몇 시간 전부터 이 빌라에서 애를 쓰고 있어요. 그 일은 100㎝도 진전을 보지 못하고 있으니 그 비밀을 캘 방법을 여러분은 모르고 계십니다."

콜러는 리나에게 말했다.

"만약 범인들이 자신의 목에 올가미가 더욱더 옥죄어든다고 느끼면 경찰에 아주 협조적으로 대하기 시작하거든요. 단순히 자기 자신을 그 혐의자 리스트에서 없앨 목적으로."

"만약 여러분이 도움을 원치 않는다면, 나는 그 일을 강요하진 않겠습니다."

레에트는 지루한 목소리로 말했다. 지금 그도 배우처럼 행동했다. 리나와 콜러는 그 점을 느꼈다.

"선생의 마음이 상했다면 우린 원치 않겠어요, 레에트 씨."

리나는 말했다.

"하지만 우리가 선생께 간청하기를 원치 않겠지요? 레에트 선생님, 우리에게 당신의 고견을 알려 주십시오, 라고."

"형사님, 수첩을 집으십시오."

레에트는 결심한 듯 말했다. 콜러는 안락의자로 되돌아 가 앉고는 조심스럽게 연필을 집어 들었다. 리나도 옆으로 갔다. 그곳에서는 레에트 얼굴을 더 잘 볼 수 있었다. 그 남자는 그 창문틀에 편안히 앉아 말을 시작했다.

"나는 두 가지 일을 여러분께 말씀드려야 하겠습니다. 그 하나는, 확실한 신호로 보아 살해범은 혼자가 아님을 알 수 있습니다. 그자는 이 집 안에 자신의 동료가 있고, 각각 떨어져서 행동합니다."

"그들은 2인조입니까?"

그런 추측은 리나를 놀라게 했다. 그녀는 콜러를 바라보았다. 그 형사의 얼굴엔 아무런 변화가 없었고, 놀라움의 아주 미세한 신호조차도 얼굴에 나타나지 않았다. 그 일로 확실히 그도 흥분했으면서도. 레에트가 말한 것은 수사의 어느 이론에도 들어맞지 않았다. 그러나 콜러는 정말 모든 궁극적인 가능성을 검토해 보려고 했다.

"지난 순간들에서 나는 뭔가를 알게 됐습니다. 이 빌라에서 18년이나 19년을 사는 그 사람만이 느낄 수 있는 뭔가를요. 그러나 아마 벨머 여사나 일꾼은 아무것도 보지 못했을 겁니다. 나만 뭔가 그때까지 모든 걸 지배해 왔던 그 영혼들의 상태가 변했음을. 나는 이 집과 이 집에 사는 사람들의 영혼 상태와 소란을 알고 있습니다. 나는 이 사람 저 사람 만나지 않아도 그 사람이 여름날 저녁과 가을날 아침의 기분이 어떠한지 알고 있습니다. 그들의 발걸음에서 나는 그 점을 추리할 수 있습니다. 저어 일정한 시간부터 이상한 일이 있었습니다. 두 사람의 발걸음이나 영혼 상태나 사고가 비슷해졌습니다. 마치 평행하고 비슷해진 것이죠. 마지막 순간에도 나는 그걸 아주 날카롭게 느끼고 있었습니다. 집안의 사람 중에 그 두 사람은 이전보다는 전혀 달라져 버렸습니다. 추측은 여러분이 확실히 그걸 전혀 믿지 못할 정도로 불합리하다고 볼 수 있습니다. 지금도 나는 여러분께 그걸 말해야 할지 말지 주저가 됩니다. 둘째 일도 그렇게 믿기 어려울 겁니다. 만약 여러분이 나를 비웃으려면 기꺼이 그리하세요. 나는 귀신이 존재하지 않다고 믿고 있지만, 새벽부터 테오 벨머가 아직도 살아서 우리 주변에 걸어 다니는 것이 느껴집니다. 나는 그의 발걸음을 들을 수 있기도 합니다."

그는 갑자기 몸을 돌려 정원을 내려다보았다. 어깨너머로 그는 리나와 콜러에게 말을 계속했다.

"하지만 나는 다른 점을 말고 싶습니다. 나로서는 사건 열쇠는 저 울타리입니다."

"울타리라고요? 정원에 있는 저것요?"

콜러가 묻고는 재빨리 적었다.

"그렇습니다. 울타리는."

레에트는 그 문장을 계속 말하려 했지만, 그들은 정원에서는 나는 이상한 소음을 갑자기 들었다. 낮은 소리의 폭발음인가, 아니면 뭘 때리는 건가? 누군가 보관해둔 맥주를 따는 듯한 소리였다.

11. 레에트의 피격

레에트는 이제 말이 없었고 뭐에 깜짝 놀란 듯이 앞만 보았고, 그의 두 눈은 튀어나올 것 같았다. 리나는 생각했다.

'그는 창문 아래 정원에서 뭘 봤지?'

레에트는 이젠 몸을 더욱 앞으로 숙이더니, 차츰 그의 몸이 먼저는 창문틀에, 나중엔 천천히 뒤로 미끄러졌다. 그의 몸이 갑자기 방안으로 쓰러지면서 머리가 부닥쳤다. 그리곤 그는 꼼짝도 하지 않았다. 콜러는 두 눈에 믿기지 않았다. 리나는 2m 떨어진 자리에서 그 혐의자를 보고 있었다. 레에트의 두 눈은 점차로 빛을 잃어갔다. 이젠 콜러도 무슨 일어났는지 알게 됐다. 그는 자신의 몸을 바닥으로 숙였고 리나도 같은 동작을 했다.

"조심해요, 총을 쏘고 있어요!"

그들은 몸을 숨겼다. 그 살해범은 다시 총을 쏠까? 그자는 집 안에 있는 모든 사람을 죽일 작정인가? 아니면, 살롱 안에 있는 사람들만, 바로 그들을? 이 방의 두 경찰은 무기도 휴대하지 않고 있는데!

누군가 집 안에서 소리를 질렀다. 콜러는 창백한 얼굴로 그 시체를 바라보았다.

"창문으로 누가 그를 쐈어요."

리나는 어렵게 숨을 내쉬었다. 이 모든 것은 전혀 믿기지 않는 일이었다. 레에트는 좀 전에 여기에 앉아 그들과 이야기하고 있었는데! 1분도 채 안 지났는데! 마침내 콜러가 그 상황을 지휘하기 시작했다.

'트렙스! 트렙스!"

리나는 일어서려고 했지만 콜러가 그녀를 제지했다.

"그대로 있어요! 아마 그자는 미쳤어요. 움직이는 사람이 있으면 총을 쏠 거요!"

그는 바닥으로 기어가 레에트 목의 혈관을 만져보았다.

"죽었어요."

그 말은 무게가 있지만, 그들이 무슨 생각을 해야 할지 알지 못했고 두뇌활동도 정지된 듯했다. 그때 출입문이 열리고 트렙스가 뛰어들어 왔다. 그 경사의 두 눈은 바닥에 쓰러져 있는 시체를 발견했을 때 휘둥그레졌다. 트렙스는 이 집 안에서 총소리를 전혀 듣지 못해 아직 무슨 일이 일어났는지 상상도 할 수 없었다. 트렙스는 가까이 다가서서야 그 죽은 이의 몸 아래에서 흐르는 피를 발견했다.

"자넨 즉시 모두 수색해! 3분 전에 사람들이 어디에 있었는지 알아봐! 아무도 이 집을 나가지 못하게 하고!"

트렙스는 달려나갔다. 리나는 두 눈을 감았다. 지금 누군가 빌라에서 달아날 수 있으면 얼마나 좋은가.

만약 누군가 한 사람만이라도 밖으로 달아난다면 경찰이 그자를 혐의자로 지목할 텐데

그러나 살해범은 어리석지도 않고 미치지도 않았다. 그자는 남아서 그들 얼굴을 거만하게 쳐다볼 것이다. 그럼 그들은 결코 그를 붙잡지 못하는가?

"만약 똑같은 자가 저질렀다면."

콜러는 중얼거렸다.

"만약 그렇다면 그자는 이중살해범이요. 우리가 쉽게 잡지 못할 전문가요."

그는 두 손을 불끈 쥐었다.

"하지만 난 그자를 꼭 잡아야겠어!"

경찰 특별반은 오후 1시가 돼서야 작업을 끝냈다. 정복과 사복의 경찰 12명이 정원을 샅샅이 수색했다. 동시에 리나와 콜러와 다른 경찰들도 다시 온 집안을 수색했다. 모든 방과 모든 공동 장소와 욕실과 화장실들도. 그들은 집 안 사람들과 손님들과 일꾼의 물건을 이리저리 흩어놓고 조사했다. 책상들과 옷장들과 가방도, 침대들도 다 수색했다. 집 안 사람들은, 마틸다와 베티가 아주 걱정하는 분위기에도 테이블에 마련해 놓은 점심을 먹고 있었다. 이곳에 파견된 경찰의 점심은 시내에서 배달됐다. 그 점심은 경찰서 주방에서 직접 자동차로 운송한 것이다. 콜러의 늙은 수사반장은 그 점심시간을 잘도 이용해 콜러 형사에게 다시 전화했다. 살인 사건은 맨 처음 살인이 있은 지 겨우 7시간이 지난 뒤 똑같은 장소에서, 그것도 경찰이 상주해 있을 때 일어났다. 마침내 그 수사반장도 신경이 날카로워졌다. 그래서 지금 반장은 콜러에게 우둔한 질문을 피했고, 콜러를 비난하지도 않았다. 그 반장은 이 살해범이 지난해 만났던 어느 살해범보다도 교활하다는 걸 이미 파악하고 있었다. 이런 사건은 한 번도 일어난 적이 없었다. 그 범행을 저지른 자는 자신의 발자국 위로 두 형사가 이미 지나갔을 때조차도 자신의 '임무를' 자행하고 있었다.

"그럼 그자는 정말 모든 걸 이미 결정해 놓고 있구나!"

그 반장은 큰 소리로 말하며 재인식했다. 다행히 그는 신문과 텔레비전에 발표를 못 하게 막아두었다. 그 대신에 그는 두세 시간 후 그런 질문에 대답할 것이라고 '하이에나'둘에게 약속해 두었다. 동료 경찰들이 조용히 수사할 시간이 필요하다고. 그런 식으로 언급해 두었다.

취재진은 물론 열 받고 있었다. 다음 살인의 예고편인 첫 희생자 테오 벨머 그 자체가 큰 화제다. 두 번째 살인은 아무도 그 희생자가 누구인지 몰라 취재진을 열병에 빠지게 했다. 무선 전화와 개인용 휴대 전화로 그들은 자신의 편집부에 오후 또는 저녁 판(版)에 가장 새롭고도 외치는듯한 제목을 뽑아 보냈다. '살해범은 아직도 그 저택에 머무르고 있다!' 하거나 '테오 벨머를 살해한 자가 다시 살인을 저지르다.' 혹은 '경찰이 보는 앞에서 주요 증인이 총살당했다.'라고. 취재진은 누가 희생자인지 레에트가 이야기하려고 의도했던 바를 전혀 몰랐다. 그들은 자기들 관례대로 총으로 살해된 레에트를 모든 정황을 다 아는 것으로 만들어 버렸다. 누구에게나 그들은 똑같이 했을 것이다.

"주요 증인이라니?"

콜러는 라디오 방송을 들으면서 의심스럽게 중얼거렸다. 나중에 그는 곧 그 라디오를 껐다.

애석하게도 리나와 콜러는 레에트가 정말 무슨 말을 하려고 했는지 몰랐다. 그는 마지막 말에서 어느 이해 안 되는 일에 관해, 다양한 영혼 상태에 관해, 정원 안의 울타리에 관해 말했지만, 이 모든 일은 아주 불명확했다. 두 형사는 정원으로 가 보았다. 물론 경찰이 벌써 그곳 수색을 끝낸 뒤에. 경찰들은 권총에서 나온 탄피를 찾았다. 똑같은 구경(口徑)! 그래 그는 똑같은 무기를 썼다. 40분 뒤 전문가들은 실험실에서 전화로 그 사실을 확인해 주었다. 그쪽 관계자들은 이번에는 범인이 소음기를 사용했다는 것도 덧붙여 알려 주었다. 콜러와 리나가 이미 알고 있는 바와 같았다. 그 빌라의 대문을 지키던 경찰도, 빌라 안에 있던 경찰도 그 총소리를 듣지 못했다.

"우리가 창문을 열어두지 않았더라면…."

콜러는 이렇게 불평하고는 리나와 말도 하지 않으려 했다. 그는 직업적 실패를, 견딜 수 없는 낭패감을 맛보고 있었다. 레에트가 피살된 직후와 마찬가지로 그는 자신에게 재차 다짐했다. 꼭 그 범인을 색출해 내고야 말겠다고. 아니면 다수의 범인을 꼭 잡겠다고. 그래 정말, 그자들은 두 사람일 거라고 누가 말했던가. 그래, 레에트는 자신이 죽기 바로 직전에 그걸 암시했었다. 아직도 누군가 이 사건에 관련이 돼 있다. 그 불행한 사람은 범인이 동일 인물이 아니라고 주장했다. 그는 자기 죽음 직전까지도 의심이 갈만한 인물이었다. 그는 자기 죽음으로서 자신을 구해 그 수사망에서 벗어났다. 정말 그는 그 수사망에서 빠져나갔는가?

리나는 침묵했다. 이 사건으로 리나는 혼돈 상황에 빠져 버렸지만 우선 콜러를 연민했다. 한편으로 리나는 다른 뭔가에 대해서도 생각했다. 리나는 콜러와 자신 사이에 뭔가 그 날이 시작된 걸 느꼈다. 보이지 않지만, 말로 끄집어낼 수도, 이름 지을 수도 없지만 미묘한 뭔가. 리나는 다시 콜러가 자신감을 회복할 때까지, 자신의 의식 속에서 실패의 기억을 없앨 때까지 많은 시간이 필요할 것으로 알고 애석해했다. 콜러가 자신의 개인적 인생에 대해 다시 생각해 본다는 것만큼 그렇게 그가 변할 때까지는. 그가 다시 어느 여자에게 관심을 가질 때까지…. 리나는 그런 생각에 집착했다.

그 둘은 다시 빌라 안으로 들어갔다. 콜러는 트렙스에게 그 살롱으로 모두 모이도록 앞서 명령해 뒀다. 레에트 사체는 이미 이송됐다. 총알이 그의 가슴을 관통해 심장 주위를 건드렸고, 그의 온몸을 부숴놓았다. 사람들이 자주 말하듯이 레에트는 고통을 받지 않았다. 그는 곧 숨을 거뒀다.

홀에서 트렙스가 그 두 형사를 기다리고 있었다.

"사체는 이미 치웠습니다. 형사님."

'니콜 양은 의식을 회복했어요?"

"예, 다시 한번 말씀드리고자 하는 것은 제 잘못이 아니라는 점입니다. 외부에서 지키고 있던 저는 그 총소리를 듣지 못했습니다. 나중에 형사님이 외치는 소리만 들었습니다. 하지만 제가 살롱 밖으로 나갔을 때 아무도 보지 못했어요."

"뱀이 두 번째로 희생자를 잡아먹었네."

콜러는 속삭였다.

"뱀이라고요?"

트렙스는 아무것도 이해하지 못하고 있었다. 리나는 자신의 고개를 끄덕이며 말을 이어 갔다.

"뱀은 그래요. 뱀은 오랫동안 숨어 있다가 단번에 공격하지. 하지만 아주 능숙하기만 하다면, 그 뱀을 볼 수 있을 거요."

"능숙함뿐 아니라 속도도 있어야 해요."

콜러가 덧붙였다.

트렙스는 혼비백산해 눈만 껌벅거렸다. 그는 마지막 문장에서는 아무것도 이해할 수 없었다.

"그자는 교활합니다. 달아나지 않고 이 집안에 남아 있어요. 그런 식으로 그는 자신에게 관심을 두지 않도록 하고 있어요. 그는 정원 쪽에서 총을 쐈어요. 그가 울타리 사이 어느 다른 곳에 숨어서 밖에서 안으로 총을 쐈어요. 그 후 그자는 어느 방향으로든지 달아날 수 있었고, 수풀 사이로 달아나는 그 사람을 아무도 볼 수 없었지요. 그자는 놀란 얼굴로 홀에 있는 사람들에게 합류하거나 경찰이 2분 정도 늦게 도착하자 다른 곳에 합류했어요. 경찰이 아직도 그자를 추적하지 않고 우왕좌왕 뛰어다니기만 할 뿐, 아무런 소용없이 고함만 지를 그때요. 경찰은 도대체 정말 무슨 일이 일어났는지 아직 자세히 모르고 있어요."

콜러는 테라스 출입문에서 멈췄다.

"정원사를 제외하고는 그 순간 이곳으로 모두 달려왔어요. 정원사는 아마 지금도 무슨 일이 있는지 모를 거요. 저기 보여요? 정원사는 저 울타리에 서서 울타리를 손질하고 있어요."

"모로코에서 수입해온 울타리를요."

"우리 직원들이 그 주위로 달려갔어요."

트렙스는 말했다.

"저자는 서서 그 직원들 뒤를 보며 멍하니 서 있었어요."

콜러는 출입문에서 몸을 돌려 동료 직원들을 쳐다보았다.

"레에트는 자신이 죽기 전에 뭔가 중요한 걸 발설하고자 했어요. 그는 아마 또 다른 범인에 대해 말하려고 했던 것 같아요. 또 벨머에 관해서도 뭔가를. 벨머가 마치 지금 우리 곁에 있는 것 같다고 말하기도 했고요."

"그가 착각했을까요?"

"아닌가요?"

콜러는 마침내 살롱 안으로 걸어갔다. 그곳에는 집 안 사람들이 모두 앉아 있었다. 그는 한 사람씩 창백해진 얼굴을 살펴보았다. 베티, 클라라, 마틸다, 니콜, 로턴, 아리노. 그는 그들 앞에 멈추어 서서 말했다.

"니콜 양만 맨 먼저 남고 다른 사람들은 홀에 가서 기다려 주십시오."

콜러의 목소리는 놀랍게도 온화했다. 그러나 만약 그 살해범이 이젠 위험에서 벗어났다며, 콜러가 이젠 그자의 검거를 이미 포기했다거나, 콜러가 싸움에서 절망적이라고 그 살해범이 알고 있다면, 그래 그자는 처절하게도 실수하고 있다. 콜러 형사에겐 절대 포기란 없다!

니콜은 얼굴이 하얀 벽처럼 창백해진 채로 안락의자에 앉아 있었다. 일행은 나갔고, 그 처녀는 두 형사를 마주했다. 그녀는 몹시 외로워 보이고, 마치 고아 같아 보였다.

"이젠 좀 나아졌나요?"

리나는 동정하는 듯 물었다. 리나가 물 한 컵을 갖다 주었다. 그 젊은 아가씨는 고맙다며 그 컵을 손에 받아 쥐었으나 마시진 않았다. 그녀의 커다란 두 눈은 빛을 발하기도 했다. 그녀는 아직도 갈색 혈흔이 남아 있는 창문 쪽으론 쳐다보지도 않았다. 창문을 닫아 두었지만, 리나는 얇아서 거의 빛을 가리지 않는 하얀 커튼을 당겨서 쳤다. 방이 희미해졌고 그 안의 공기는 무거웠다. 사람들이 피 냄새를 아직도 맡고 있었는가, 아니면 그 점을 그 방 안에 있던 사람들이 상상하기만 했던가? 니콜은 컵을 잡지 않은 손으로 왼쪽 관자놀이를 만지작거렸다.

"형사님, 이 얼마나 잔인한 일이예요! 저는 난생처음으로 기절했어요. 전에는 한 번도 그런 적이 제게 일어나지 않았어요."

"니콜이 본 대로 자세히 이야기해보시오!"

"부엌으로 향하는 복도에서 쟁반을 나르고 있었어요. 그래요, 예, 여기 계시는 형사님은 모르실 거예요. 저는 점심 뒤엔 세 가지 종류 비타민을 섞어 만든 주스를 먹는 습관이 있어요. 제가 손수 그 즙을 만들지 베티에게나 마틸다에게 만들어달라고 하진 않아요. 점심 식사 뒤엔 일꾼들에겐 할 일이 무척 많답니다. 사람들은 탁자에 가져다 놓은 모든 걸 다 치워야 하고, 사용한 접시들을 씻기도 해야 하고요. 그래요. 그 사람들은 모두 바빠요. 저는 작은 쟁반에 그 비타민 주스를 얹어서 부엌을 나와서, 위층으로 난 계단을 따라 제 방으로 가려고 했어요. 그곳에도 낮은 마당으로 통하는 출입문이 있습니다. 저는 그 출입문이 갑자기 밀리면서 열리는 걸 보고서 바로 그 출입문을 지나고 있었어요. 누군가 막 들어 왔지만, 저는 햇빛에 눈이 부셔서 누가 들어 왔는지 보진 못했어요. 순간적으로 햇빛에 내 눈이 멀었어요. 제가 출입문에 너무 가까이 있었기에 그 출입문이 열리자마자 그 문이 내 어깨를 쳤어요. 아니면, 출입문이 아니라 그 자인지도 모르겠어요. 어쨌든 누군가 나를 세게 밀쳐 몸의 균형을 잃고 바닥에 쓰러졌어요. 그 쟁반도 떨어뜨렸고요. 베티가 좀 전에 흔적을 닦았지만요. 다행히 저는 심하게 맞진 않아서 머리엔 아무 상처가 없었어요. 그리고 이 모든 것은 순식간에 일어났어요. 내가 마룻바닥에 다시 앉아 주변을 둘러봤을 땐 난 아무도 발견할 수 없었어요."

"아가씨, 그럼 그 순간 누군가 집 안으로 뛰어 들어왔단 말인가요!"

"그래요."

"그자가 밖에서 들어왔다고요?"

"확실해요."

"그자는 남자였어요?"

"남자인지 여자인지 보지 못했어요. 형사님이 이것저것을 추측하면 싫어요. 그저 그 짧은 순간에 남자든 여자든 누군가 집 안으로 들어왔다는 점만 말할 수 있어요, 그가 아주 재빨리, 아주 세게 그렇게 했다는 것은 확실해요. 그 사람이 얼마나 재빠른 자인가 하는 점이 아주 중요하게 보였어요. 무엇보다 더 중요한 점이라고요."

콜러는 리나를 쳐다보았다.

"살해범이 집 안에 있다는 건 의심할 여지가 없어요."

니콜 양은 한 번은 여형사를, 한 번은 남 형사를 보았다.

"저는 무서워요, 두 분 형사님."

"이젠 아가씨에겐 아무런 나쁜 일이 일어나지 않아요."

그 형사가 신경질적으로 말했다. 그러나 형사 자신은 그런 위로가 거짓임을 잘 알고 있었다. 1시간 전에 그가 레에트에게도 똑같은 말을 한 것 같다. 지금! 레에트가 살아 있는 사람 중에 없다. 콜러는 이맛살을 찌푸렸다. 그 살해범이 같은 사람이라면 그는 두 번이나 살인을 저질렀다. 그자 또는 그 여자가 세 번 살인을 저지르지 말라는 법이 있는가.

콜러는 이마를 문지르고는 결심했다.

"우리 나머지 식구들을 다 불러 모읍시다."

"무슨 다중 장면을 연출하려는 건가요?"

그때 콜러는 살롱 맞은편 모퉁이로 그 여형사를 데리고 갔다. 그 아가씨 혼자 멀찍이 남아 있었다.

"난 그 사람들이 함께 있을 때 어떤 행동을 하는지 보고 싶어요."

콜러는 속삭였다.

"그 사람들 행동을 보면 뭔가를 주목할 수 있을 것 같아요.

누가 어떻게 누구를 바라보는지, 그 사람이나 그 여자에 대해 무엇을 느끼는지를요. 만약 우리가 지혜롭다면, 그 놀이에서 뭔가 건질 수 있어요. 리나, 리나도 그들을 자세히 봐줘요. 벌써 오후가 됐어요. 반장이 잠시 후 또 전화할 거요. 그가 수사결과를 묻는다면, 내가 무슨 대답을 해야 하겠어요? 자, 시작해봅시다."

리나는 긴장하여 연신 고개를 끄덕였다. 동시에 그녀는 자신 앞에서 벌어진 두 번째 살인이 얼마나 강한 충격을 주었는지 비밀로 해 두고 싶다. 그러나 내부적으로 그녀는 스스로 들떠 있고, 마침내 적어도 자신을 위해서라도 그녀가 두려워하고 있다고 말했다. 그 살해범은 지금까지 첫 희생자 외에도 그자에 반대하여 고백하려던 증인도 죽었다. 그자가 정신병자라면, 몇 분 뒤에는, 몇 시간 뒤에는 자신에게 반대하는 '모든' 사람을 죽일지도 모르는 포악하게 날뛰는 살해범이라면? 물론 형사들까지도? 리나는 숨을 깊이 쉬어 평정을 찾으려고 애를 썼다. 그녀 눈앞에서 살인이 벌어진 적은 아직 한 번도 없었다. 그런 평정을 되찾는 시도는 성공하지 못했다. 한편 콜러는 홀을 벗어나, 집안의 사람들을 모두 모이게 했다. 여형사는 양들을 그린 그림이 걸린 쪽 벽에 멈춰 섰다. 그 짐승들은 무척 가파른 비탈에서 방목되고 있었다. 양들을 지키는 목동은 옷을 거의 반쯤 걸친 채 피리를 불며 바위에 앉아 있다. 그 장면의 온화함에도 목동 얼굴에는 무슨 이해하기 어려운 야만성이 엿보였다.

클라라 벨머는 그들이 오늘 아침 5시 처음으로 그녀를 만났을 때처럼 지금도 그렇게 평화로워 보였다. 클라라는 마치 척추가 아픈 듯이 오른편이든 왼편이든 쳐다보지 못하고 좀 굳은 모습으로 걸어왔다. 클라라는 가장 가까운 안락의자에 앉더니 그때야 마치 잠에서 깬 듯이 머뭇거리며 주변을 둘러보았다. 저택의 허공 사이로 운명이 떠돌고 있는 것처럼.

마틸다는 몹시 두려움으로 떨면서 한 번은 그 집 사람들을, 한 번은 경찰들을 쳐다보았다.

"그건 잔인해요, 형사님!"

마틸다는 그렇게 말한 뒤에도 여러 번 '잔인해요, 잔인해요'라고 되풀이했다.

파울 로턴의 이마 가운데 코 위로 주름이 하나 세로로 났다. 리나는 오전에 그의 얼굴에서 그 주름살을 보지 못했다. 그 남자는 처음에 주변을 둘러보더니 나중엔 술병이 놓여 있는 모퉁이 탁자를 주목하고는 그곳으로 다가갔다. 리나가 기다리는데도 그 남자는 먹는샘물만 부어서 마셨다.

'그의 입도 흥분되어 말라 있었군.'

리나는 생각했다. 리나는 콜러에게서 부여받은 모두를 감시하라는 임무를 진지하게 실행했다. 동시에 콜러는 그가 이야기하고 있는 사람만 쳐다보고 있었다. 언제나 그 대화 상대 방만 뚫어지게 쳐다보고 있다. 그게 그들의 일을 훨씬 효율적으로 해 주었다. 눈이 많으면 그만큼 더 확실하니까.

트렙스는 출입문 입구에 서 있었다.

"정원사도 만나보시렵니까, 형사님?"

"모두라고 말했는데."

설명을 기다리며 있는 몇 사람은 순간 그를 바라보았다. 확실히 그 몹쓸 마늘 냄새가 이미 모두를 괴롭히는 것 같았다. 콜러는 계속 설명해 나갔다.

"경찰에 따르면, 두 번째 총소리가 난 그 순간에 그 정원사는 정원에 있었어요. 아직 우리에겐 말하지 않았지만, 그가 뭔가를, 아니면 누군가를 보았을지도 몰라요."

동시에 그 형사는 다른 사람들의 눈을 보고 있는 것 같았다. 지금까지 증인으로 생각하지 않은 누군가가 아직도 있을 수 있다는 지적에 누가 자신의 확신이나 자신감을 잃고 있는지를 살피면서. 하지만 콜러는 그 집 사람들의 행동에서 아무런 변화를 보지 못했고, 그래서 속이 타들어 갔다.

아리노가 갑자기 일어섰다.

"형사님, 저를 지켜 주십시오, 부탁입니다. 난 무섭지만, 그 일로 부끄럽지 않아요!"

"고정하십시오."

콜러가 위로했지만, 두려움에 떨고 있는 출판업자에겐 전혀 도움이 되지 못했다. 그는 정말 두려워해서 그의 양 입술과 눈 아래 피부가 떨렸다. 그는 형사의 팔을 세게 잡고는 형사의 온 관심을 끌려고 형사의 두 눈을 뚫어지게 바라보았다.

"테오의 소설 거리를 만들어 온 레에트를 누군가 죽였어요. 우리 주변엔 그 소설을 썼던 테오도 없어요. 이젠 그 책을 펴낸 내가 다음 차례예요."

"두려워하지 마십시오, 선생. 그 논리는 이런 경우엔 비현실적이라고 봐요. 테오와 레에트가 자신의 문학적 활동의 희생자가 됐다는 것은 맞지 않아요."

콜러는 집단 신문의 장점이 여럿 있다는 걸 잘 알고 있다. 수상한 자 중에 누군가가 거짓말한다면 다른 사람이 곧장 그를 고쳐 줄 수 있기에. 그래 맞다. 의심을 받지 않기 위해서라면. 그리고 만약 그가 집안사람들 사이에서 어떤 주제를 두고 싸움을 벌인다면, 그 싸움에는 많은 정보가 있을 것이다. 그래, 그는 맨 처음의 상대자로서 작가의 아내에게 몸을 돌렸다.

"여사님, 뭘 들으셨어요? 두 번째 살해사건에서 말입니다."

"아무것도 듣지 못했어요. 누가 급히 와서는 레에트 씨가 총에 맞아 돌아가셨다고 말해 줬어요. 아마 그 사람은 형사님의 그 경사일 거예요. 난 그때 욕실에서 머리를 빗고 있었어요. 난 서둘러 옷을 입고 홀로 나왔어요. 그 뒤 나는 정상적으로 의복을 갈아입을 수 있었어요."

그 말에 모두 안주인이 입은 의복에 눈길을 줬다. 클라라 벨머는 연어 색깔의 세련된 여름용 원피스를 입고 있었다. 발엔 양말은 신지 않은 채 샌들을 신고 있었다. 큰 젖가슴에는 그 옷이 찰싹 달라붙어 있다. 금발 머리는 희미함 속에서 빛나는 것 같기도 했다.

'지금까지도 저 안주인은 장례식 복장을 갖춰야겠다는 생각은 못 하고 있군.'

갑자기 리나가 생각했다.

"그자는 미쳤어요."

니콜이 연극에서처럼 말했다.

"그자는 이 집 안 어딘가에 숨어서 우리 모두를 죽이려고 해요!"

파울과 클라라는 낮은 목소리로 니콜을 진정시키려고 애썼다. 한편 트렙스는 출입문을 열고 정원사인 토마르를 들여보냈다. 그 정원사는 아침에 만났을 때와 똑같았다. 기다란 턱수염이 얼굴을 가린 그는 어리둥절하며 주변을 둘러보았다. 까만 두 눈은 그의 갈색 피부와 함께 사람들에게 인도(印度)라는 나라를 연상시켰다.

정원사는 이런 모임이 낯선 듯 마음이 편치 못해 보였다. 아마 그는 신체적으로 그들과 한 번도 가까이 있어 본 적이 없는 것 같았다. '이 두 건의 살인사건으로 인해 이 단순한 사람의 삶에 가장 큰 변화를 가져왔구나' 하고 콜러는 생각했다. 정원사는 수년 동안 여기에 살면서도 그 문턱을 지나지 못한 빌라 내부로 하루에 두 차례나 들어 왔다.

경사의 코는 혼비백산한 듯 움직였다. 마치 토끼가 코를 쫑긋거리는 것 같았다. 고약한 마늘 냄새!

파울 로턴은 마치 영웅처럼 앞으로 걸어 나왔다.

"우선 가장 의심을 받는 사람들은 남자들로 보인다고 난 생각해요. 그래서 내가 직접 여러분께 말씀드리는 편이 더 나아 보여서요. 누군가 레에트 씨를 죽였을 때, 난 집 안에 있었어요. 하지만 이 집의 다른 편에요. 나는 차고 안에서 내 자동차를 둘러보고 있었어요. 마침내 누군가 이런 덮어씌우기를 없앨 수 있다면, 난 뒤도 안 돌아보고 떠나갈 겁니다. 난 이 집이 이젠 지칠 정도로 지겨워요."

"우린 파울 씨가 떠나는 걸 애석해하지 않아요."

클라라 벨머가 갑자기 원기를 회복한 듯 말했다.

"여사님은 저를 한 번도 좋아하신 적이 없군요."

로턴이 대답했다.

니콜이 곧장 말을 시작했다.

"파울도 나를 좋아하지 않았어요."

베티는 거의 우연인 듯 바른 혀로 곧장 말했다.

"하지만 나를요…. 그래요!"

이 모든 것은 단숨에, 콜러가 이 사건을 통제하지 않음을 알기도 전에 벌어졌다. 다음 순간엔 여타 사람들은 살해범이 가까이 있는 것도 잊은 듯했고, 뭔가 다른 일에 관심을 두고 있었다. 니콜은 벌써 파울 로턴 옆에 가 섰다. 파울은 서 있었다. 그들 눈은 같은 높이에 있고, 그 두 사람의 코가 서로 닿을 정도였다. 한편 니콜은 화를 내며 그 남자 얼굴에 대고 낮은 소리로 비난을 시작했다.

"당신은 부자들 집에만 들어가고 내 지참금만 노리고 있었어요! 당신은 내가 당신처럼 교활한 인간이 될 수 없다고 믿었어요? 당신이 계획하고 있는 걸 내가 모를 줄 알았어요? 지난밤에 당신은 이 집 창녀 침대에 있었으면서요!"

모두 깜짝 놀라 움직이지 않았고 순간적인 침묵이 흘렀다. 니콜은 곧 계속했다.

"그리고 난 당신 방 출입구에도 가 있었고요, 베티 방 앞에서 모든 걸 다 들었어요! 난 내 주먹을 물어뜯고 있었어요."

"결론적으로 당신이 나를 사랑할지 아니면 당신이 나를 증오할지를 결정해요."

로턴이 비웃으며 물었다. 순간 그 청소부는 완전히 잊고 있었다. 그 청소부의 작은 두 손은 주먹이 쥐어졌고, 목에는 그때까지 전혀 보이지 않던 혈관이 튀어나왔다. 그녀 얼굴이 찡그려지고, 화가 크게 난 두 눈은 이글거렸다.

"아가씨가 나를 창녀라고요? 그럼 누가 이 집에서 정말 창녀인지 말해야겠네요!"

리나는 베티를 붙잡고 만류했다. 두 젊은 여성이 서로 싸우는 데는 그리 많은 이유가 필요치 않기 때문이었다. 하지만 콜러는 여전히 불만이었다. 혼돈에 빠진 파울은 니콜을 노려보았다.

"네가 우리를 엿들었다고?"

"그 아이는 '남편감을' 저울질했을 뿐이네요!"

클라라가 딸을 대신해서 설명하고, 콜러에게 몸을 돌려 명확한 목소리로 말했다.

"나중에 니콜은 내 방으로 왔었어요."

"그렇다면 이해가 되는군요."

콜러는 만족한 듯 그 주목을 철회했다.

"레에트는 2시에서 15분간 따님이 오가는 소리를 들었군요. 여사님이 그 딸 앞에서 출입문을 열어 주고는 작은 소리로 말했어요. 이렇게 늦은 시각에 라고요. 그리고 그 출입문은 이미 닫혔고요."

"그래요, 그렇게 됐어요. 니콜과 나는 비밀리에 로턴 씨를 감시하고 있었어요. 우리는 그 사람이 니콜에게 충실한 사람이 아니라고 추측하며 의심했기에, 우리는 증거를 찾아 모든 상황을 되돌리고 싶었어요."

"그래서 여러분은 나를 이 집에서 완전히 쫓아내려고 했군요!"

그 젊은이는 교활하게 외쳤다.

"그래요, 우리가 로턴 씨를 그가 싫어하는 사람의 집에서 자유롭게 해 주려고요."

클라라 부인은 자신 있게 고개를 바로 세웠고, 로턴이나 형사의 시선을 의식하지 않았다.

"로턴 씨는 어제저녁에 청소부와 너무 사랑을 즐겼어요."

"이 집 귀부인들은 부럽군요. 그래요, 정말!"

베티는 아직도 똑같은 어조로 외쳤다.

"파울은 그분들 말고 나를 더 사랑했어요. 그래 그 때문에 그분들이 그렇게 화를 내시는군요."

"무슨 말을 그런 식으로 해요?"

클라라가 날카롭게 물었다.

"우리 집에서!"

"나로선 이런 '우아한 집'이 이젠 충분해요. 위선자들 천지인걸요! 이 사람들은 이리 저리로, 여자는 남자에게로, 이 방에서 저 방으로, 이 침대에서 저 침대로, 마치 토끼들 같아요! 그러면서 윤리에 대해 내게 설교한다는 것은 옳지 않아요. 그래요, 그런 걸 이런 거만한 사람들이 하다니요! 안주인께서 나를 '그런' 여자로 부르시다니요? 안주인께서는 레에트 씨와 함께 지내셨으면서요."

"그게? 그게 정말이오, 클라라?"

아리노가 깜짝 놀라 외쳤다. 하지만 아무도 뭐라 말할 수 없었다. 왜냐하면, 아직도 베티에겐 할 말과 감정이 복받쳐 있었기 때문이다.

"내가 이 집에 처음 왔을 때 오래전에 그런 일이 있었어요. 8년 전! 그리고 아가씨도 입을 좀 닥쳐요. 아가씨도 항시 똑바른 길만 가지 않았으니까요. 난 여기 더 있고 싶지 않아요!"

"이 신문이 끝나면 가도 되지만 지금은 갈 수 없어요."

콜러가 주목해 말했다. 콜러는 그 장면을 즐기기조차 했다. 그리고 다른 사람도 토론하며 싸우기를 바라고 있었다. 그들이 이젠 적어도 말로나마 싸움을 시작했으니! 그러면 그는 이 집안 사람들의 생활과 지금까지 그들의 행실에 대해 더 많이 알게 될 것이다. 또 살해범이나 살해범들에 대해서도.

파울은 베티의 손을 잡았다.

"정신 차려요, 베티! 소리 지르는 건 불필요해. 나중에 우린 이 집을 떠나면 돼요."

"그래요, 당신들 두 사람은 서로 잘 어울리는군요."

니콜이 중얼거렸지만 모두 들을 수 있을 만큼 큰 소리로 말했다. 그녀의 아름다운 모습은 흐트러졌고 지금은 표정도 변했다. 리나는 니콜을 겨우 알아챌 수 있다. 니콜은 왜 저렇게 화를 벌컥 내지? 콜러는 보았고, 지금 이 순간에 그 감정을 생각해 볼 수 없었다. 모두 잠자코 있었지만, 그들은 자신들이 들은 것에 대해 생각하고 있었다.

그래서 콜러는 정원사에게로 갔다. 토마르는 이 순간에 이미 그 살롱의 매우 한적한 모퉁이에 가 있다. 모두 그에게서 멀리 떨어졌다. 정말 마늘 냄새는 견디기 힘들다. 그에게 다가서면서 콜러는 어느 곳에 실재하는 벽에 부딪힌듯한 착각을 일으켰다. 아침에도 똑같은 느낌이었다. 그는 한숨을 쉬었다.

"경찰업무는 간혹 우리에게 특별 임무를 수행케 하는구먼. 나중에 이것을 반장에게 말해 봐야지."

한편 클라라는 아리노에게 살짝 웃음기를 보였다. 리나는 그녀가 말하는 것도 들을 수 있었다.

"진정해요, 아리노. 내가 레에트와 함께 있었다는 것은…. 진실이 아니에요. 베티가 너무 화가 나서 한 말이라고요. 저 여자는 지금 누구든지 고소할 준비가 돼 있어요. 베티가 저 로턴을 잃지 않으려고요."

아리노는 진정한 것 같기도, 그렇지않은 것 같기도 했다. 콜러는 키가 큰 검은 복장의 남자를, 그의 넓은 어깨와 모자를 보았다.

"토마르, 당신은 뭘 봤어요?"

"어?"

그렁대는 목소리로 대답했다.

'이런 외국인들은 우리와는 다른 방식의 목소리를 내는구나!' 하고 콜러는 생각했다. 하지만 그는 아직 관용과 평정을 잃지 않았다. 그는 지금 몹시 피곤했다. 정말 어제 아침부터 쉴 틈 없이 근무하고 있었다. 야간 근무는 그를 아주 피곤해서 지치게 했다. 오늘도 새벽부터 그는 이 빌라에서 고생하고 있다. 하지만 그는 끝까지 견디어 낼 것을 알고 있었다. 콜러가 끝까지 참을 거란 걸 그의 동료들은 잘 안다. 그 점은 반장도 의심치 않고 있다.

콜러는 말을 듣지 못하는 사람에게 말하려는 듯이 토마르 얼굴을 쳐다보며 천천히 말했다.

"나는 당신이 무슨 사람이나 물건을 보았는지 묻-고-있-어요?"

"언제?"

토마르도 콜러가 하는 말 하나하나를 놓치지 않으려고 콜러의 입을 긴장한 채 바라보고 있었다.

"총소리가 났을 때!"

"그때 나는 자고 있다."

"나는 저녁-의 총-소리에 대해 말하고 있지 않아요! 한 시간 전에 다른 총-소리-가 났다-구요."

토마르는 자신의 큰 머리를 가로저으며 믿기지 않는다는 듯이 말했다.

"다른 총소리요? 그게 총소리요? 나는 '푹'하는 소리 들었다.

바람이 출입문 밀었다고 믿는다.”

“총소리가 났어요. 토마르! 누가 다시 죽었다고요.“

“불쌍한 사람… 누구?“

“레에트 씨?”

“좋다.”

토마르는 만족하여 고개를 끄덕였다. 그것은 콜러로선 매우 갑작스러운 일이었다. 그는 정원사를 멍하니 보고 있었다.

“좋다니, 왜 좋아? ”

“레에트, 나쁜 사람이다. 그는 여자와 남자 괴롭힌다.”

토마르 손은 기계적으로 올라갔다. 토마르는 클라라 부인을 자신의 흙이 묻은 지저분한 손가락으로 가리킨 다음, 그 손은 어디 망설이는듯한 움직임으로 마치 누군가를 찾고 있는 듯했다. 그는 테오 벨머를 암시하는 듯했지만 이젠 그를 가리킬 수 없다. 그 손은 쓸쓸히 다시 내려왔다. 리나는 정원사를 동정했다.

그는 외로이 남아 제 나라말도 할 수 없는 채로 원시적으로 살고 있다.

클라라 부인은 토마르가 자신을 가리키자 혼비백산하다가 지금 모두 자신을 바라보자 고개를 숙였다.

“여보세요, 여러분! 저 사람은 교육도 받지 못한 우둔한 사람이라고요. 그는 자신이 무슨 말을 했는지도 모르고 있어요.”

“하지만 여사께선 더 잘 알고 있는 것 같군요, 내가 보기로는요.”

콜러는 잔인하게 말했다.

“무슨 이야기인지 여사께서 우리에게 친절히 말해 주시겠어요? 이 남자는 누구를 암시하고 있어요?”

클라라는 양탄자를 한 번 바라보고는 잠시 머뭇거리다 말했다.

"정말 레에트에게 그런 일이 있었는지 난 모릅니다. 테오는 레에트가 여기 이 집에 더 있으면 안 된다는 이야기를 내게 여러 번 했어요. 레에트가 이젠 다른 어딘가에 거주할 것이라고 합니다. 처음엔 테오가 질투를 하나 생각했고, 그 때문에 난 기쁘기도 했어요. 모든 여자는 자기 옆에 사는 남자가 질투하면 좋아하는 법이지요. 그러나 토마르는 아무것도 보지 못했어요!"

그 정원사는 자신이 모든 말을 다 모른다고 했지만, 지금은 사람들이 말하는 것을 자세히 이해하는 것 같았다. 정원사는 콜러에게 몸을 돌려 말했다.

"그 여자는 그때 울타리 사이에서 레에트와 몇 번 키스한다. 오래 몇 해 전에 어제 큰 싸움이 있다."

클라라는 이제 더 주저하지 않았다.

"그래, 이젠 저 사람이 그것도 엿들었단 말이군."

"이젠 여사께서 우리에게도 모든 걸 이야기하지 않을 이유가 전혀 없군요."

콜러가 요청했다. 한편 리나는 다른 사람들을 살펴보고 있다. 니콜은 자기 어머니를 보지 않고 그 정원사를 바라보고 있다. 리나의 두 눈엔 믿기지 않는다는 표정이 보였다. 아리노는 클라라만 바라보고 있고, 그의 두 눈에선 그 불확실함은 없앨 수 없다. 클라라는 조금 전만 하더라도 다른 증인인 베티가 증언한 모든 걸 부정했다. 그리고 지금 갑자기 다른 증인이 나타났다. 그 정원사는 레에트와 클라라가 정원에서 서로 키스를 했다는 것까지 말했다. 그래, 정말, 레에트는 이 집에 살고 있고, 그리고 아리노는 그 집 안주인의 연인으로서 여기서 주말을 보낼 수 있었다니.

화가 치민 아리노는 두 손을 떨고 있었다. 그는 그 점을 벌써 오래전에 알지 못했음에 애석해했다. 그러나 적어도 두 마디 말을 이, 이름이 뭐라던가. 토마르 사람에게 말을 하는 걸 전혀 생각지 못했다.

클라라 부인은 한숨을 내쉬며 이야기를 꺼냈다.

12. 옥신각신하는 사람들

수영장 주위엔 몇 그루의 아름다운 키 작은 꽃나무가 서 있
다. 정원의 나무 사이에 야간조명이 설치되어 있다. 아직 춥지는
않다. 전등불이 희미하게 비치고, 수영장은 노란빛 물결을 만들
어 놓았다. 하지만 물은 흠집이 많은 낡은 거울처럼 그 전등불들
의 무디고 거의 창백한 모습만 비추고 있다. 때때로 그 물 위로
는 새 한 마리가 날고 있다. 박쥐인지도 모른다. 가벼운 미풍에
나뭇가지들이 약간 흔들렸다.

테오 벨머는 반쯤 걸친 재킷과 풀어헤친 넥타이로 그 전등 중
한 곳 아래 섰다. 그는 장수풍뎅이들과 밤나방들을 보고 있었다.
불빛에 다가선다는 것이 얼마나 미친 짓인가. 그 전등불은 거대
한 자석처럼 생명조차도 없애버린다. 어리석은 장수풍뎅이들은
그들이 자신의 생명을 걸고 놀고 있다. 그들 삶이 며칠이나 몇
주라도 지속할 수 있다면…. 인간 처지에서 보면 장수풍뎅이의
생명은 정말 짧다. 하지만 인간 생명도 짧다. 장수풍뎅이는 그
몇 주간이나 한 시즌이 '모든 것'이요, '무한'이다. 인간 개개인도
마찬가지다.

클라라 벨머는 어두컴컴한 곳에서 나왔다. 그때 빌라 마당에
는 아무도 없었다. 두 사람은 토마르 야와할 핀텐나라스가 부엌
에서 자신의 저녁 거리를 들고서 소리 없이 마당을 지나간 사실
을 모르고 있었다. 그는 집의 주인과 안주인을 한번 쳐다보며 그
두 사람의 대화 중 뭔가를 몰래 들었는가? 정말 그런 일이 있었
던가?

벨머는 아내 발소리를 듣고서도 고개를 돌리지 않았다. 벨머

는 가까이 다가오는 사람이 누구인지 잘 알고 있었다. 22년 전부터 그는 이 발소리를 알고 있다. 그는 자신의 반만 채워진 글라스를 들었다. 남자에게서 술 냄새가 났다. 클라라는 말없이 그의 옆에 멈춰 섰지만 두 사람은 말이 없다. 그것은 마치 누가 더 오랫동안 침묵하는지를 겨루는 콩쿠르 같기도 했다. 그들 두 사람은 자주 그렇게 했다. 그것은 동시에 고발이자 고함으로 가득 찬 것일 수도 있는 침묵이었다.

"당신은 또 레에트와 싸웠더군?"

그 남자는 자신의 잔을 들며 말했다. 그는 그런 신호로 말을 시작하고 싶었다. 즉 그는 그 싸움에 대해 알고 있고 많은 것에 대해서도 이미 알고 있다. 하지만 지금은 여느 때처럼 그렇게 공격적인 목소리는 아니다. 그래서 클라라는 믿었다.

"누가 그러던가요?"

"당신과 레에트가 가문비나무 옆에서 싸우는 걸 정원사가 보았다더군."

"당신은 험담이나 들추는 사람을 고용했군요?"

"너무 과장해서 말하지 말지."

벨머는 자신이 들었던 입에 대지 않고 내려놓았다.

"토마르가 자기네 말로 이야기할 사람은 나밖에 없지. 그는 그 사실을 이용해서 자주 말해 주곤 하지. 내가 정원으로 가기만 하면 그는 곧장 이것저것을 말하기 시작하지. 그는 자기가 직접 본 것만, 자기 눈앞에 일어난 일만 말하지. 그는 조금도 꾸며내서 말하진 않아. 집을 한 번도 떠나지 않았어. 그래서 그런 경우엔 그는 집 안에서 일어난 일에 대해 자신의 습관대로 띄엄띄엄 단순하게 뭔가를 말하지."

"난 레에트와 싸우지 않았어요. 하지만 유언장 이야기는 있었어요. 레에트는 당신이 공증인 사무실을 방문해 그 공증인에게 유언장을 보관해 달라고 했다는 말을 했어요."

"작은 도시구나. 여기선 모든 걸 누구나 알 수 있으니."

벨머는 불쾌해하며 서 있다.

"레에트가 당신에 대해 나쁜 말을 하길래 내가 당신을 변호해 주는 정도의 '싸움'이었지요."

"저어, 그 말은 내가 믿기는 어려운걸. 그 싸움엔 뭔가 특별한 것이 있었겠지."

클라라는 그의 말에는 아무런 주의를 기울이지 않고 모든 위험을 무릅쓰고 계속 말했다.

"레에트가 당신에게 애인이 생겼다고도 말하니까요."

"놀랄 일은 아니지."

벨머의 그런 말투에는 비난이 들어 있었다.

"난 베티를 의심했어요."

"청소부를? 흥미롭군. 죽마고우로 오랫동안 믿어 온 그 남자가 당신에게 다른 자세한 정보는 주지 않던가요?"

"테오, 당신하고 베티가 정말이에요?"

"당신은 나를 비난할 수 없어요."

"하지만 베티는 청소부일 뿐이에요!"

아내는 고발했지만, 그 목소리에는 아주 확신에 차 있지는 않았다. 클라라 자신도 그런 주장을 믿지 않는다는 듯이.

'비방인가? 아니면 클라라는 그걸 전혀 믿지 않은 채 자기 남편에게 호소할 셈인가?'

벨머는 그 점을 생각하고 있었다. 그는 자신의 습관적인 아이러니한 방식으로 대답했다.

"클라라도 민주주의자라는 걸 난 언제나 믿고 있어요. 모든 인간은 평등하다고 믿는 여자이고요. 아주 진지한 학자들도 청소부도 '사람'이라는 말을 강조할 줄 알아요. 생각해 봐요!"

"게다가 그 아가씨는 정말 젊다고요!"

아내가 쓸쓸하게 말했다. 잘 알려진 아이러니에도 그녀는 동의하지 않았고 물론 그녀는 상처를 받지도 않았다. 그녀는 듣지 않았고, 그걸 듣고 싶지도 않았다. 테오는 계속했다.

"그 아가씨는 당신보다 적어도 스무 살은 젊어요. 당신의 바람기가 고통스러운가요? 내가 마흔다섯 살 난 주름살 많은 미망인과 사귄다면 당신은 더욱 쉽게 참겠지요? 이 모든 것은 당신이 레에트에게 그물을 던진 그런 몇 해 전의 당신으로 보면 중요하지 않으니 얼마나 흥미로운가요!"

"왜냐하면, 테오, 당신과는 잘 못 지냈거든요."

그 말로 남편이 화났다고 클라라가 믿었다면 그것은 오산이었다. 그래서 그녀는 그의 행동에 놀랐다. 클라라는 그에게로 몸을 돌려, 벌써 몇 해 전부터 그에게서 경험하지 못했던 맑고 좋은 기분을 그의 얼굴에서 보았다. 남편 테오에게 빛나고 있는 그 낙관주의적인 힘의 원천을 그녀는 어떻게 해도 이해할 수 없었다. 하지만 클라라는 1분 전의 화제에 대해서도 끝낼 수 없었다. 클라라는 테오가 지금 침묵하고 있음을 보고 있다. 그러나 클라라는 더 침묵할 수는 없었다.

"생각해 봐요, 테오! 당신은 작가예요. 국내서도 유명인이라고요! 이 갈보가 당신을 파멸시키고, 당신 명예와 지위와 전부를 없앨 것입니다!"

"당신은 나를 '작가'로 봐요?"

그들 사이에는 불쾌한 침묵이 자리 잡기 시작했다. 벨머는 이제 웅크리고 앉아 수영장의 돌로 된 가장자리에다 글라스를 내려놓았다. 그 술잔은 완전히 비어 있진 않았다. 그는 아래로 손을 뻗어 그 술잔의 액체를 조금 일렁거렸다. 작은 동그라미들이 퍼져 나갔고, 멀리 어둠 속에는 아무 움직임이 없었다. 벨머는 골똘히 생각하면서도 계속 말해 나갔다.

"그리고 내 애인과 관련된 그, 그녀가 베티라는 것은 어리석은 비난일 뿐이오. 아니면, 내가 진짜 애인 이름을 당신에게 싫지만 발설하도록 그 베티를 생각해 냈어요? 안심하시오. 그녀가 누구이든지 내 맘에 들면 그만이오. 난 언제나 똑같은 그런 사람이오. 그리고 당신, 여보, 우린 서로에게 이젠 고백할 수 있어요. 우리 둘 다 길을 잘못 들었다는 걸요. 어제나 작년이 아니라, '그때'."

"우리가 결혼했을 때요."

아내가 낮은 소리로 말했다.

"당신은 이제 내가 당신을 믿던 그때와는 다른 사람이 됐어요."

남편은 말했다.

"당신도 내가 평가한 것과는 다른 사람이 이미 되어 있어요…. 그렇게 됐어요, 당신은 다른 사람이 됐다고요. 당신이 처음 보여주었던 성공적이고 정력 넘치는 인물이 아니라. 당신은 헐벗고, 집 없는 달팽이예요. 당신은 혼자서는 결코 뭔가에 도달할 수 없어요!"

"당신에게만 도달할 수 없소. 그것도 오랫동안 계속되진 않을 거요. 후에 내가 어떤 사람인 보게 될걸요. 당신은 레에트를 이 집으로 들여 우리 두 사람을 '동일' 작가로 만들어 놓았어요. 난 당신이 무슨 논쟁거리로 그를 가지게 됐는지 알고 있어요! 그리고 당신은 우리 둘에게서 가능한 뭐든 짜냈어요."

"잊지 말아요, 아리노가 당신에게 그 길에서 자유롭게 해주었다는 걸요. 당신 두 사람을요!"

클라라는 거의 외치듯 말했다.

"그도 그걸 공짜로 하진 않았어! 아리노와 레에트 이름을 들먹일 때, 당신은 전반적으로 내 두 눈을 똑바로 보고 '나'에 대해 말할 용기가 있어요? 그 둘 다 당신의 연인이었어요. 더구나 아리노는 자, 그와 당신의 만남이 어떻게 옛일이 됐는지 당신이 최고로 잘 알고 있소, 클라라. 레에트는 지겨워 때때로 뭔가를 시도해서 우리 두 사람이 서로 화내거나 싸우도록 했어요. 아니면 당신이 아리노와 싸우도록 했거나, 아리노가 당신에게. 지금까지 레에트는 언제나 더욱 새로운 생각을 짜냈어요. 하지만 그 저주받은 교활한 자는 내 앞에서는 가장 중요한 정보도 알려 주지 않고 잠자코 있었어요!"

"그럼, 지금까지도 니콜 때문에 당신은 마음이 심히 아픈가요? 그 아이가 딩신 딸이 아니라서?"

"그건 벌써 그리 마음 아픈 일이 아니라오."

벨머의 목소리는 지금 변화가 있다. 클라라는 그 점을 감지했다. 남편은 앞만 바라보며, 들릴 듯 말 듯 중얼거렸다.

"적어도 지금까지는 아무것도 잃은 게 없어요. 이제 새 인생이 벌어질 거요."

벨머는 더 큰 소리로 말했다.

"우리의 공동의 가증스러운 친구인 레에트는 거짓말하지 않았어요. 적어도 지금은 아니오. 정말 나는 내 변호사를 찾아갔고, 우린 새로 작성한 유언장을 이미 공증인에게 갖다 줬어요."

"테오!"

"날 그렇게 쳐다보지 마오. 이런 인위적 눈썹이나 이런 가식으로 가득 찬 시선은 벌써 옛날에 효과가 없었어. 당신이 어떻게 예전엔 못했는지 알게 됐다면! 당신은 내가 죽고 나면 한 푼도 갖지 못 할거요. 내 말 알아들었어요, 여보? 나는 유언에 자세히 그 근거도 기술해 놓았고, 당신도 그 근거를 알고 있어요. 헛되게 당신은 그 유언을 아리노와 함께 공격하는군요. 우리나라엔 못 믿는 아내에게 재산을 조금이라도 주는 법원은 존재하지 않아요."

"그럼"

클라라는 혼돈이 됐다.

"누가 유산상속자인가요?"

"임시로 그건 비밀로 해 둡시다, 여보. 당신이 그 유산상속인 이름을 알면 당신도 정말 놀랄 거요. 정말 난 놀래주는 걸 즐기는 편이오. 하지만 내가 언제 죽을지 누가 알겠소? 몇 년 뒤에? 아마 나는 당신들, 모두 불행한 사람들보다는 더 오래 살 거요."

"그럼 베티인가요?"

그 여인은 잠시 뒤에 눈가에 어린 눈물을 참으면서 물었다. 그녀 목소리는 메말랐다.

"평등하지 않아요? 당신이 유산을 받지 않는다는 게 가장 중요하지 않소! 추측해 볼 수 있지만 대부분 당신은 실패할 거요. 내가 말하고 싶은 점은 그 상속인은 나를 위해 모든 걸 할 준비가 돼 있는 귀하고 젊은 여성이라는 거요. 그녀는 나의 모든 열망을 충족시켜주고 있어요!"

"당신은 돼지요! 그러고도 당신은 애인이 있으니! "

벨머는 다시 술잔을 들고는 생각에 잠긴 채 그 내용물을 다 마시고는 낮은 소리로 말했다.

"좀 더 큰 목돈은 내가 은행 계좌에 두었어요. 나 단독으로 그 돈을 쓸 수 있어요. 다른 사람은 아무도. 난 공식적으로 당신과 헤어지고 싶소. 아마 그게 당신을 놀라게 하지는 않을 거요, 내 사랑하는 '부인'"

"놀라지 않아요."

클라라는 이젠 어찌할 바를 모르는 듯이 낮게 말했다. 동시에 이런 모든 것은 클라라에겐 너무 큰 고통이었다. 하지만 벨머는 더 즐거워했다. 고통스러워하는 클라라를 보자 벨머는 마침내 여러 해 동안 자신이 클라라로 인해 받았던 모든 고통을 한꺼번에 되돌려 주는 것 같은 희열을 느꼈기에 그 감정을 숨기지 않았다. 희미함 속에서 클라라는 자신의 남편을 바라보았다. 벨머는 아주 낯선 사람 같아 보였다. 특히 밤은 이 이상한 운명에 테두리를 만들어 주고 있다. 이미 사용하지 않는 수영장 가에서 아무런 움직임 없이 그들은 서로를 물어뜯고 있다. 두 사람은 어둠이 깔린 풀밭과 마찬가지로 어둠 속에 검은 형체로 보이는 꽃나무 사이에 있다. 두 사람은 온몸을 불살라 복수하리라 다짐하며 서로를 노려보았다.

"난 새 삶을 시작할 것이오, 당신 없이도. 이 자리에서 멀리 떠날 거요. 이 모든 가증의 벽으로부터도. 이 집은 나의 모든 패배를 보고 있어요. 그 패배 속엔 증오감이 화석이 돼 내 몸의 살

갖처럼 돼버렸어요. 난 이곳에 더 머물 수 없어요. 하지만 저 멀리서 나는 확실히 아직도 건강을 회복할 만큼 괜찮을 거요."

클라라는 조금 정신을 차렸다.

"그런 낭만적 언사는 어느 소설에나 써 보세요. 난 당신이 아리노 그 사람 없이 지금부터 어떻게 살아갈지 궁금해요."

클라라는 자신이 방금 들은 말로 거의 무너질 것 같았지만 그래도 그녀는 그런 모습을 보여주지 않으려고 애썼다. 그녀는 온몸이 덜덜 떨려 겨우 말을 꺼낼 수 있고, 자신의 발도 곧 자신의 온몸을 지탱하지 못해서 쓰러지게 될까 두려웠다. 동시에 벨머도 그 상황을 확실히 알자 그녀에게 더욱 퍼부어댔다. 그는 너무나 즐겁고 행복해서 자신의 미래를 설계하며 큰 소리로 말했다.

"내 인생은 아주 쉬워요, 여보! 내가 아리노 없이 뭘 할지 걱정하지 마오. 아리노가 나 없이 뭘 할 건지에 더 관심을 가져요. 난 아주 간단히 '더는 쓰지 않을 거요!' 그래요, 당신은 잘 들었어요. 놀랐지요, 안 그런가요? 난 그 여자와 함께 어디 작은 집에 숨을 거요. 사람들이 나를 테오 벨머로 기억하지 않도록 특별히 더 노력할 거요. 난 이제 단 한 줄도 더 쓰지 않을 거요! 난 돈이 있어요. 그 돈으로 난 먹고 살 수 있을 거고. 그런데 왜 내가 글을 써야 해요? 당신과 내가 다 같이 알다시피 나는 한 번도 작가가 아니었소. 진실로 지금도 나는 작가가 아니고, 앞으로도 작가로 살지 않을 거요. 내 사랑하는 전처여, 당신들 모두 나 없이 뭘 할 것인지 생각해 보았소? 예로, 레에트와 아리노가 뭘 먹고 살지를요. 내 돈이 당신네를 더는 도와주지 않는다면?"

클라라는 의자로 쓰러졌다. 의자의 나무 널빤지와 철제 팔걸이는 차가웠다.

"만약 당신이 모든 걸 뺏어간다면, 난 뭘 먹고 살아야 해요?"

"내 임무가 아니지만 난 그 점도 생각해 보았소."

벨머는 조금 다른, 그만큼 복수심이 덜 깃든 목소리로 말했다.

"해결책은 내가 사랑하는 출판업자요. 아더 아리노는 꽤 부자요. 지난 십여 년간 그는 내 작품 덕에 많은 수입을 올렸어요. 그래 그는 자기 연인을, 자신의 유일한 딸의 어머니를 먹여 살릴 거요!"

"당신이 그런 말을 할 필요는 없어요."

클라라는 고개를 들었다.

"베티에 대해 화제로 삼는 것은 믿고 있어요, 왜냐하면 나는 믿고 싶기 때문이에요, 테오. 가슴이 아리지만 이젠 더는 침묵하지 않을 거예요. 레에트는 다른 뭔가도 이야기했어요. 베티는 농담일 뿐이에요, 그의 방식대로의 농담이었어요. 하지만 마침내 그는 정말 누구를 화제 삼는지 이야기해 주었어요. 이 모든 것은 바로 '그 여자' 때문에 일어났어요. 그건 불가능해요, 테오! 나도 믿고 싶지 않아요."

벨머는 수영장 주변을 조용히 이리저리 오갔다. 그 정보를 이제 클라라도 모두 알고 있다는 사실에 그도 놀랐다. 그러나 벨머는 지금 즐거운 기분만 잃을 정도였다. 그래, 이 모든 것은 분명해져, 사람들이 가장 큰 비밀까지도 알고 있다! 이 집에는 달리 있을 수는 전혀 없다. 여기선 비밀이라곤 있을 수 없다. 정말 이집에 사는 사람들은 언제나 상대방을 노려보고, 한숨이나 의도나 꿈이나 다른 사람의 생각에 대해서도 훤히 알고 있다. 비밀은 그저 몇 달이나 몇 년 동안은 가능했다. 그러나 결코 끝까지, 영원히 비밀로 있을 수는 없다. 남자는 진지해졌고, 전혀 다른 목소리로 말했다.

"그럼, 당신은 그 점도 알고 있군요. 당신이 모든 걸 깊이 고려해본다면, 그것도 당신 잘못이요. 만약 그 당시 다른 식으로 행동했다면, 당신이 당신 목에 아름다운 올가미를 채우게 됐어요, 클라라 벨머!"

"테오, 당신은 미쳤군요!"

"당신만 미쳐야만 하오?"

그 남편이 물었다.

클라라는 일어섰다.

"당신은 정말 떠나고 싶어요?"

"그렇소. 난 '그녀와' 함께 떠날 거요. 당신은 우리를 방해할 수 없어요. 왜냐하면, 그녀도 그렇게 되는 걸 원하고 있어요. 만약 나에게 뭔가 일어난다면, 뭔가 비극적인 일이 말이오, 그럼 그녀는 관계 공무원들에게 내가 떠나는 걸 방해한 사람들과 이유에 관해 이야기할 거요."

"테오, 당신은 내가 당신을 그럴 수 있다고 봐요?"

"이 집에 있는 당신네 모두는 모든 일을 할 준비를 해두고 있어요."

벨머는 깊은 확신을 실어 말하고는 갑자기 자신의 몸을 돌렸다. 그의 불안정한 발걸음은 그 수영장에서 벗어났지만 오래지 않아 발걸음을 돌려 되돌아 왔다.

그는, 지난 몇 년간 이 방향으로 얼마나 자주 산책했던가를, 얼마나 어렵게 거짓 의식을 담고 있을 수 있었던가를 클라라에게 지금 말할까? 만약 주변에 아무것도 진실이 아니고 모든 게 거짓이라면? 하지만 그도 죄책감이 들었다. 왜냐하면, 오래전에 10

년 전이나 그 이전에도 그가 스물 몇 살이나 서른 몇 살 때 그는 그것을 생각하지 않았으니까. 지금은 마흔 살이라기보다는 쉰 살이 더 가까운 나이인데…. 아니다! 그는 이젠 이 집에서 그런 상태를 지탱할 수 없을 것이다. 지금까지 그는 짐을 지고 왔지만, 이젠 더는 그렇게 살고 싶지 않았다. 지금 그걸 땅에 내던져 버릴 순간이 왔다.

'클라라 말을 빌리면, 이 문장도 너무 낭만적인가.'

그런 생각을 했으나 이젠 화를 내지도 않았다.

"나는 지금 마침내 진실을 찾고 있어요, 클라라. 그걸 찾을 수 있어요. 어느 생각에서나 다른 사람에게서나 아무것에서 진실을 찾을 수 있어요. 놀음은 이제 끝났다고요, 클라라. 난 그 세월을 잃어버렸는데 내가 무엇에 도달했나요? 독자들은 집 자신의 서가에 내가 썼다고 믿는 책들을 꽂아 두고 있어요. 그것들은 이제 필요 없어요. 나로선 충분치 않아요."

"당신도 모든 것을 할 준비를 해놓았더군요."

그 남자는 아주 낮게 말했다. 그 미래는 그녀를 아주 두렵게 만들었다.

벨머는 숨을 크게 한 번 쉬자 마치 그 때문에 비난하고픈 마음이 되살아난 것 같았다.

"난 이 살모사들의 둥지를 떠나요. 당신네 모두는 나 없이도 서로를 물어뜯을 수도 있어. 아마 더 쉽고 더 즐겁게 당신들은 그 짓을 할 거야. 만약 내가 '어딘가'로 떠나버리면."

그때 레에트가 갑자기 그 수영장의 다른 편에서 나타나 그 두 사람 가까이 왔다.

"내가 방해됐나요?"

"전혀!"

벨머는 곧 몸을 돌려 빌라를 향해 걸어갔다. 그러나 어깨너머로 그는 아직도 말했다.

"더 싸워 봐요, 살모사들이여! 열심히 싸워 봐요!"

그는 즉시 어둠 속으로 사라졌다. 레에트는 아무 도움이 못되어 클라라에게 다가섰다. 나중에 그는 벨머가 떠났던 그 어둠 속을 쳐다보았다.

"저 친구는 살모사들이라는 단어로 뭘 말하고 싶어 하는 것 같았는데요?"

"그이가 이혼하고 싶어 했어요."

클라라는 초상집 같은 분위기를 알려주었다.

"그걸로 나는 놀라지 않아요. 그가 이제야 그런 결정을 했다는 그런 정도로는."

레에트도 수영장 물을 보고 있다.

"그이가 뭔가 작심을 한 모양이어요. 그걸 혼자서 한 게 아닌 것 같아요. 그이는 계획이 있어요. 당신은 이해가 가요? 평생 한 번도 그이는 그렇게 최고로, 그렇게 편안하게 말한 적이 없어요. 그이는 자신의 미래를 설계해본 적이 없었거든요. 그러나 지금은 있어요. 그리고 그는 즐겁기도 낙관적으로 그걸 계획하고 있어요!"

"당신은 저이를 두려워해요?"

클라라는 집을 향해 걸었고, 레에트는 그녀를 뒤따랐다. 그 여자는 생각에 잠긴 채 대답했다.

"그래요, 지금 난 그이가 두려워요. 왜냐하면, 왜냐하면 그 안에서 뭔가 낯선 걸 느꼈어요."

"모든 사람에겐 무슨 낯선 점이 숨겨져 있지요."

레에트는 철학적으로 말했다. 그들은 여러 울타리 중 하나와 평행하게 걸어갔고, 그 울타리 때문에 빌라 쪽에서는 그 두 사람을 볼 수 없고, 이미 밝혀진 창문에서도 볼 수 없었다.

"저 울타리는 저렇게 성큼 자랐어요."

레에트는 뭔가 말하려 했다. 클라라에게서 들은 말로 인해 레에트도 크게 흔들렸으나 그런 감정을 숨기려 애썼다.

"가을엔 정원사가 저 울타리도 손을 볼 거요."

클라라는 갑자기 멈춰 서서 그의 팔을 잡았다.

"당신은 이해하지 못하겠어요? 그이가 떠난대요! 우리를 버린대요! 우린 여기에 그이 없이 살게 된다고요. 당신은 이젠 더는 저술할 수도 없어요. 아더도 이젠 출판해 낼 책도 없게 됐어요. 우리 모두 파산할 거예요!"

레에트는 몸을 돌려 자신의 발밑에 깔린 자갈을 발로 찼다. 밖은 이미 캄캄했다.

"그런 점을 생각해 보았어요?"

레에트는 추측하듯이 물었다.

"우리가 그를 위해 의사를 불러야 할까요? 예를 들어, 심리치료사를요."

"그런다고 뭐가 달라지리라고 믿어요?"

클라라 벨머는 방의 중앙에 섰다. 클라라의 얼굴에서 이 모든 걸 이야기하느라고 많은 에너지와 영혼의 힘이 필요했다는 걸 엿볼 수 있었다. 콜러는 지금 클라라가 뭐든 말할 수 있고, 그 증인들이 이젠 살아 있지 않다는 사실을 잘 알았다. 벨머도 죽었고, 레에트도 마찬가지였다. 그럼 그들이 정말 그걸 말했던가?

클라라는 그 점을 분명히 했던가? 클라라 벨머가 거짓말을 하지 않았다는 걸 무엇으로 입증하는가?

리나도 똑같은 생각이었다. 리나가 보기에 그 집 안주인이 모든 걸 이야기했다는 사실로 안주인 스스로 특별한 알리바이를 가졌다. 정말 앞서 언급한 말을 듣고서 정상적인 형사라면 그 안주인이 자기 남편을 죽였다고는 믿지 않는다! 정말 그 남편과의 이별이나 사별은 클라라 벨머에겐 파멸이나 파산을 의미한다는 걸 리나는 알게 됐다.

"이젠 마무리해 주십시오, 여사님."

콜러는 차분하게 위로해 주었다. 다른 사람들은 말이 없었다.

"레에트는 우리가 심리 치료할 심리치료사를 손님으로 이 집에 초대해야만 한다고 제안했어요. 벨머는 그 심리치료사가 누구인지, 그가 무슨 목적으로 이곳에 왔는지 모를 것이며, 그 전문가는 여러 시간 테오와 테오의 행동을 관찰해볼 수 있대요. 한편이 일을 알고 있는 레에트와 나, 우리 두 사람은 그 일이 테오를 자극할 수도 있다고 봤어요. 만약 그것이 성공한다면, 그이는 크게 화내면서 몇 가지 익숙한 비난 재료 중 한 가지를 알게 될 것이고, 그런 생각은 마치 범죄영화를 흉내 낸 것 같았어요. 레에트는 그이를 위한 치료가 지속해서 성공하길 희망했어요. 그러면 벨머는 인간으로서, 국민으로서 권리를 크게 손상당할 수 있어요. 그러면 그는 이혼할 권리가 없어져요. 거의 모든 것이 그 이전처럼 남아 있을 거지요. 레에트는 그의 이름으로 계속 소설을 쓸 테고, 아리노는 그 책들을 출판하고, 이 모든 것은 그렇게 우리 모두 죽을 때까지 계속되겠지요. 레에트는 의사들이 벨머가 환자란 걸 정말 확진할 수 있는가 하는 점엔 의문을 품고 있었지요."

"그러나 이젠 여사님이 그런 천재적인 걸음을 내디딜 시간이 없어졌군요."

"난 우리가 그런 일을 실행에 옮기지 않으리라고 전적으로 확신합니다."

그 여성은 날카롭게 말했다.

"이 모든 것은 아직도 말만 오간 상태일 뿐, 계획도 아니었어요. 우린 여러 가지 가능성을 검토해 보았을 뿐이에요. 그리고 우리가 그렇게 했다면, 그 유언은 이젠 효력이 없어졌을 것입니다."

"그게 무슨 말인지 우리에게 이야기해 줘요."

리나가 물었다. 클라라 벨머는 이 모두에 대해서나 적어도 여러 주제 중 한 가지를 말하려고 하지 않았다. 콜러는 갑자기 물러나 이 일에 더 관여하지 않았다. 이제 리나가 클라라 벨머 부인을 추궁하는 유일한 사람이 됐다. 리나는 더 날카롭고 더 강력했다. 리나로서는 자신이 수사에서 언제나 주도적 인물이 아닌 이인자 취급받는 것이 지겨웠다.

클라라는 얼굴을 붉히며, 리나를 쳐다봤다.

"그러나 여형사님, 그것은 아주 부끄러운 일입니다. 그리고 그건 비방에 불과하지 사실이 아닙니다."

"무슨 비방이었나요?"

리나는 강철 같았다. 강력하고도 잔인했다.

"그랬어요. 아마 레에트가 그 정보의 원천이었어요. 나는 여기 이 빌라에서 내 등 뒤에서 이 집 사람들이 비웃고 있는 걸 압니다. 나는 뭔가 일어난 걸 추측했지만 무슨 일인지 몰랐어요.

내가 니콜을 언급하자 특별히 사람들은 웃었어요. 레에트는 계속 속삭였고 계속 비방했어요. 그가 그런 뭔가를 한 게 한 번이 아니었어요."

니콜이 자리에서 일어났다. 이 움직임으로서 그녀는 이 모든 사람의 관심을 끌었다. 아리노, 베티, 파울 로턴과 마틸다도. 클라라는 그것을 온몸으로 느끼고는 자신의 딸을 보지 않았다. 잠시 뒤 그 집 안주인도 몸을 움직였고 자신의 자리로 되돌아 가 앉았다. 그러자 그 아가씨 혼자 '그 무대'에 남게 됐다. 콜러는 다시 가까이 다가갔다. 출입문에 서 있던 트렙스는 숨소리마저도 죽였다. 이제 중대 순간이 다가오는 것을 모두 느꼈다.

"사람들은 자기네들이 본 걸 비방했군요."

니콜이 날카롭게 말했다. 니콜이 일부러 연극적 방법으로 주위의 시선을 끌고 싶어 하는 것을 리나는 눈치챘다. 그러나 그 여형사는 니콜이 왜 그런 식으로 행동하는지는 짐작할 수 없었다. 확실히 그런 행동은 우연이 아니었다. 어머니가 고통스러워 하는 모습이 니콜에게 감동을 주었을까.

"그리고 사람들이 뭘 봤나요?"

"우리가 정원에서 키스하는걸요."

"레에트와요?"

콜러는 이젠 힘이 쭉 빠졌다.

"아뇨, 저와 테오 벨머입니다."

그 여자는 힘찬 목소리로 말했다. 그러자 이어지는 죽음과 같은 고요. 그녀는 이 문장이 얼마나 중요한지 매우 잘 알고 있는 것 같았다.

클라라는 고개를 숙였다.

"레에트가 한 말이 생각나는군요. 지난주에 한번은 나더러 지금 저 정원으로 가서 저 나무들 뒤에 가 보면 그 두 사람이 같이 있는 걸 내 눈으로 직접 볼 수 있다고요. 하지만 난 그곳엔 가지 않았어요!"

리나는 콜러의 귀에 대고 속삭였다.

"이제 니콜을 제외하고는 모두 밖에 나가 있다가 들어 오라고 해요."

콜러는 그녀의 의도를 잘 알고 있었다. 그래서 그 형사는 그 출입문을 가리키며 말했다.

"여러분, 잠시 각자 방으로 가 계십시오."

모두 나갔다. 정원사 토마르는 문턱을 넘기 직전에 멈칫했다. 그는 각자 방으로 가라는 말을 이해하지 못한 것 같았다. 나중에 그는 일행을 따라갔다. 트렙스 경사도 지금 같이 있을 권한이 없는 것을 몹시 애석해했다. 잠시 그는 자신의 두 눈으로 직접 콜러의 눈길을 살폈다. 형사라면 예외가 될 수 있는지, 전문가적 증인으로서 그가 남아 있는걸 허락하는지를 간절히 바라며. 하지만 콜러는 그를 쳐다보지 않았다. 하지만 트렙스는 마지막으로 출입문 문턱에서 잠시 멈추어 섰다. 그는 명령받은 개가 현장을 떠나려는 듯이 다시 한번 쳐다보았다. '그래도 남아 있으라고 하면?'

하지만 콜러의 엄숙한 얼굴은 근육이 미동도 하지 않았고 곧 그 출입문이 닫혔다. 그때 콜러는 마침내 니콜에게 향했다.

그녀의 순수해 보이는 얼굴은 죄가 없다고 말하고 있었다.

'니콜은 마치 10살 소녀처럼 청순하구나'

그 형사는 생각했다. 하지만 그 형사가 니콜에게 다가가서 그녀의 두 눈을 쳐다보고는, 뭔가를, 죄 있음을 나타내는 뭔가를 보았다. 금발 머리가 아름다운 얼굴에 테두리를 만들자 그 남자는 침을 삼켰다. 그는 블라우스 아래로 니콜의 젖가슴을 보았다. 그 아가씨는 주로 미국의 많은 영화에서처럼 부모에게 반항하거나, 또는 소도시 마피아에 대항하여 잔혹한 모험에 휩싸이곤 하는 중류 집안 출신 같다.

"이젠 조용히 말해 봐요, 니콜."

"저는 테오 벨머의 연인이에요."

"하지만 그분은 당신 아버지인데요!"

리나가 깜짝 놀랐다. 콜러는 갑자기 고개를 들었다. 두 사람은 거의 동시에 똑같은 말을 외쳤다.

"그분은 당신 아버지요!"

"형사님, 틀렸어요. 테오는 제 아버지가 아니에요."

그 아가씨가 날카롭고도 자신감 있게 말했다. 자신의 뒤에 수많은 경험과 기억이 있는 것처럼.

"그게 확실한 거요?"

리나가 물었다. 그 아가씨는 지금 리나를 쳐다보고 있다. 이상하지만 객관적인 눈빛으로 니콜은 똑같이 대답했다.

"여형사님은 레에트와 비슷하게 반응하시는군요. 그도 똑같은 어투로 물었어요. '네가 한 말이 확실한 거니'라 고요. 그 사람도 나를 갖고 싶어 했고 그 사람도 내 침대에 오고 싶어 했으니까요. 몇 년 전부터 그 사람은 어머니 연인인 것으로는 충분하지 않았던가 봐요. 하지만 난 그 사람을 증오했어요."

"하지만 아가씨는 벨머 씨는 증오하지 않았군요."

콜러가 강조했다. 그는 이제 많은 걸 이해할 수 있었다. 하지만 그는 누구나 품게 되는 의문을 그냥 넘어가진 않았다.

"제가 테오를 아버지로 믿었을 때, 나는 그분을 연민했어요. 우리 집 전부가 그분 덕으로 먹고살았고, 집사람들은 그분 피를 빨아먹는 식객들이었어요. 하지만 그들은 그를 비웃고, 동시에 그분을 마치 공기처럼, 아무것도 아닌 것으로 취급했어요. 사람들은 그분을 이용하였어요. 잠시 저는 그분이 아버지인가 아닌가에 대한 화제로 돌아가고 싶어요. 나는 그 점에 대해 증거를 구했어요. 아주 새롭고도 널리 사용되는 유전학적 방법이 있습니다. 두 분 형사님! 테오와 저는 함께 병원으로 가서 우리 두 사람이 그 방법을 써 보았어요. 결과는 아주 명백했어요. 우리 두 사람은 똑같은 혈액형을 갖고 있지 않았고, 유전학적으로나 인류학적으로도 공통 성질을 갖고 있지 않았어요. 테오는 '제 아버지가 아니었어요.'

"그건 그분께 어떤 영향을 미쳤어요? 그 정보에 그분은 슬퍼하던가요?"

리나가 흥분돼 말했다. 순간적으로도 리나는 그런 상황에서 스스로 상상해 보고 싶었다. 아버지나 어머니가? 만약에 진짜 부모가 아니라면, 그 사실을 안다면!

"그분은 슬퍼하더군요. 처음에만이요. 오랫동안은 아니었어요. 그리고 이 집에서 그의 생활에 관련해서 여러분께 말씀드린다면 그분이 작품을 쓸 수 없다는 말은 거짓이에요. 그분은 많은 고유의 생각을 지니고 있었어요. 그들 중에서 가장 좋은 작품은 아직 완성되지 않았어요."

그리고 그 아가씨는 이상하게 웃었다. 리나는 숨을 멈추고 그녀를 유심히 관찰했다.

"아가씨는 피난처를 암시하나요?"

콜러가 날카롭게 물었다. 그러나 니콜은 자신의 평정을 잃지 않았다.

"형사님은 그분의 가출 계획에 대해 말하는군요. 어머니가 반 시간 전에 언급했던 것을 말하는 건가요? 테오가 자신의 모든 것을 갖고, 거금을 갖고 이 집을 떠나고자 했던 걸 말하는 건가요?"

"그래요, 바로 그 점이오. 그분은 떠난 뒤 클라라와 이혼하기를 원하시던가요? 더 나아가서 나중엔 다시 자기 애인과 결혼하려 했던가요?"

"저와 결혼하려고요."

곧장 그 아가씨는 결정적인 어조로 말했다. 명확히, 그리고 감동적으로. 그녀는 그런 기억을 되살리는 것조차 시기하는 듯. 리나는 니콜의 음성에서 뭔가 슬퍼하는 것을 조금도 느끼지 못했다.

'니콜의 의식 속에는 테오 벨머가 산 사람들 속에 없다는 것이 아직 받아들여지지 않았는가? 니콜은 이젠 더는 그 사람을 만나지 못할걸?'

콜러는 말이 없었다. 더 자세히 말하지 않은 비난이 느껴졌지만, 니콜에게 반박의 소지는 많았다. 그 침묵을 더 니콜은 참지 못하고 쏟아냈다.

"형사님, 왜 나를 그렇게 비난과 증오의 눈빛으로 노려 봐요? 우린 이 집에서 20년을 함께 살았어요. 그분은 아버지였고 난 그분을 사랑했어요. 모든 아이가 자기 아버지를 사랑하듯이요. 열 몇 살 때 저는 그분을 흠모했어요. 그런 나이의 여자애들이 자기 아버지를 존경하듯이요. 그 아버지들이 착하고 사랑할만한 분들이라면요. 테오는 정말 바로 그런 분이었어요. 덧붙여 말씀드린다면, 그분은 알려진 분이고 유명한 분이라서요. 또 나는 그분이 이 빌라에서 이 집 사람들을 먹여 살리는 걸 보았어요. 그래서 저는 그분에 대해 자랑스러워했어요. 그리고 그렇게 됐어요!"

니콜은 감동적으로 외쳤다.

"모두 그분이 책을 써서 번 돈으로 살아 가구요. 그분은 내가 성장하기 시작했을 때, 내 주위에서 유일하게도 진실한 인물이었어요. 나는 젊은 청년에게는 관심을 두지 않았어요. 한 번도 그런 애들에겐 관심이 없었어요. 저는 정원에서 테오와 함께 앉아 지내던 늦은 오후의 순간들을 잊지 못해요. 우린 그곳으로 두 개의 안락한 정원 의자를 가져다 놓고 그 위로 발을 올리고, 추운 날씨가 되면, 우린 그곳으로 이불도 갖고 갔어요. 작은 탁자에는 책들, 잡지들, 라디오, 차나 우유도. 그리고 우린 서로 대화를 나누었어요. 우린 언제나 대화를 나누었을 뿐이에요. 하지만 얼마나 흥미진진했는지. 나는 그분이 이 세상에 대해 알고 있는 모든 것을 알게 됐어요. 그분은 학교에서나 텔레비전 앞에서 보낸 해보다도 백 배로 더 흥미를 가져다주었어요. 그분은 다른 사람이 아무도 내게 말해 주지 않은 것에 대해 말해 주었고요, 이 세상과 사람에 대해서도요. 나는 그분에게 내가 읽고 들은 모든 걸 말했고, 그분과 함께 나의 일도 의논했어요. 나중에 내가 열여덟, 열아홉 살이 되자 남자들이 나타났어요. 난 그들에 대해 전혀 관심이 없었어요. 나는 테오와 아주 잘 지냈어요. 아버지와요."

리나는 두 눈을 감았다. 콜러는 창가에 섰다. 그들 중 아무도 그 아가씨를 쳐다보지 않기로 공모라도 한 듯이. 니콜은 방 한가운데 서 있었으나 혼자가 아니었다. 가까이 혹은 멀리에 무슨 영혼이 서 있는 듯했다. 니콜은 마른 두 눈을 똑바로 뜨고 계속 말했다.

"그것은 어느 남자와 아는 것보다도 더 많았고요. 테오는 제게 있어 새로웠고 내가 전부터 알고 있던 사람 같기도 했어요. 오래전부터 저는 그분을 사랑했고, 그분은 제 삶의 일부분이었어요. 이해하겠어요? 아니, 그걸 두 분은 이해하지 못할 겁니다. 두 분은 그런 비슷한 경험도 해보지 못했으니까요. 그건 매주 일어나지 않고 무더기로 일어나지도 않아요. 나로서도 그것은 새 느낌이었고요. 나는 그분을 사랑했어요."

니콜은 고개를 숙이고 낮은 목소리로 말을 이어갔다.

"제가 그분을 사랑했지만, 그건 아버지로서 그분을 사랑한 게 아니에요. 그분이 내게 정말 누구인지를, 내 아버지가 아니라는 사실을 알자, 저는 자유롭게 됐어요. 그분도요! 우리 두 사람은 오랫동안 함께 고생했던 감옥에서 나온 것처럼 아주 해방됐어요. 그날부터 우리는 우리 삶을, 우리가 원하는 바를 할 권리를 갖게 됐어요. 아무도 우리를 방해할 권리가 없었어요! 그분이 나에게요. 나를요! 제 어머니에게 했던 테오의 한때 약속은 이젠 효력을 잃었어요. 클라라는 제 어머니이지만 정말로 이젠 그분 아내가 아니고, 난 그분 딸이 아니게 됐어요. 족쇄가 풀렸지요! 처음에 우리는 그런 갑작스러운 자유로 뭘 해야 할지 몰랐어요. 저는 그분에게 이젠 내가 필요 없게 돼 그분이 다른 여자를 찾을까 봐 두려웠어요. 나중엔 명백해졌어요. 그분도 똑같은 걱정을 했다는 것을, 상대방을 생각하면서요.

'니콜, 넌 아직 젊어.'

그분은 늘 말했어요.

'넌 이제 스물한 살이야. 하지만 우리 사이의 나이 차이는 너의 스물한 살보다 더 많다고. 넌 더 젊은 남자를 찾을 수 있어.'

지금 리나에겐 니콜은 이 방 안, 이 시간에 없는 사람 같아 보였다. 니콜 목소리는 그녀가 특별히 두 형사를 위해 말하지 않는다는 의심이 갔다. 니콜은 전혀 그 형사들에게 주목하지도 않고, 형사들의 존재를 잊고, 그 형사들을 보기조차 하지 않았다. 니콜은 자신 앞의 바닥을 보고 있고, 자신의 달콤한 추억 속에서 헤엄치고 있었다. 그 기억은 달콤하고도 끈적한 바다였고, 니콜은 천천히 앞으로 나아가고 있었다. 니콜의 목소리는 마치 꿈꾸는듯했다.

"나는 그분과 싸웠어요. 내가 다른 아무것도 필요하지 않았다는 건 거짓이었어요. 나는 로턴을 미워했어요. 그가 왜 우리 주변에 매번 나타나야 하는지 난 몰랐어요. 테오가 적어도 '그 사람들이' 말하기를. 의심이라도 하지 않는다면 그렇게 되는 것도 좋다고 했어요. 그분은 '그들을', 집 안 사람들을 두려워했지만, 우리 두 사람이 무슨 방식으로든 그들을 속일 수 있다면 아주 좋아했어요. 간혹 우리가 집에서 만나게 됐어도 걱정 없이 함께 지냈어요. 그래서 우리는 이웃 도시로 여행도 했어요. 그러나 한 번도 같이 집을 나서진 않았어요. 함께 집에 들어오지도 않았고요. 그래서 '그들은' 우리가 어디서든지 함께 있다는 걸, 집에 없을 때면 우리가 함께 지낸다는 걸 몰랐어요. 하지만 레에트, 그만 우리 사이를 뭔가 의심하기 시작했고, 추측해 보기도 했고, 뭔가 느끼게 됐다고 할까요. 레에트는 우리에 대해 소문을 퍼뜨렸어요. 처음에 우리 두 사람은 그것을 조금만 알게 됐어요. 우린 서로만 바라볼 뿐이었어요. 나는 테오를 보았고, 테오는 나를 보았어요. 그분과 함께 시간을 보낸다는 것은 너무 좋았어요. 너무 나요! 말로 표현할 수 없을 정도로 좋았어요. 저는 그분을 '처음부터' 알고 있었어요. 이해가 되나요? 어릴 때부터 나는 그분을 알고 있었어요. 사랑은 정말 이상한 감정이에요. 아주 이상해요. 내가 이 세상에 태어난 뒤로 이보다 더 큰 일은 없었어요. 테오, 바로 그분만이 중요한걸요. 난 그분을 위해서라면 모든 걸 할 준비가 돼 있었어요."

콜러는 그런 영향을 받지 않으려고 애썼다. 그 남자의 차가운 시선은 지금 리나에게도 마음에 들지 않았다. 하지만 그들은 계속 수사해야 한다고 리나는 느꼈다. 신문을 계속하려면 냉정한 신체에 냉정한 계산력을 갖고 있어야 한다. 그렇지 않으면 결론에 도달할 수 없다. 이젠 이 사건을 분석해보자. 리나는 스스로 다짐했다. 정말 무슨 일이 일어났는가? 젊은 아가씨가 마흔 살이 넘는 남자를 사랑하게 됐다. 우연히 그 남자는 20년간 그녀 아버지였다. 나중에 어느 날 두 사람은 서로가 가족이 아님을 알게 된다. 그 중년 남자는 그 아가씨의 흠모를 재빨리 발견하고, 마치 물에 빠진 사람이 구명대를 잡듯이 그녀를 붙잡는다. 이제 그 자신의 나빠진 삶에 변화를 줄 마지막 순간이 다가온다. 모든 걸 변화시킬 가능성! 그래 그런 종류의 사건은 마흔을 넘어선 남자에게 자주 일어난다. 그런 두 사람이 만나 서로를 발견했다. 바로 모두가 적으로 둘러싸인 집에서! 그 두 사람이 이 빌라를 뭐라고 이름 지었던가, 그리고 동시에 콜러도. 그래, '살모사들의 둥지'. 그런 상황에서 그들은 자신의 감정을 숨겨야 했다.

그 형사에게도 리나의 이런 영혼의 조율이 영향을 미쳤다. 그는 리나의 이 모든 활동을 동료 형사로서 생각하고 있었다. 그가 니콜 얼굴을 봤을 때 니콜은 기념할 만하고 감정이 풍부한 목소리로 말하는 것 같았다. 지금 이 상황은 경찰 신문으로서는 이례적이었다. 그 젊은 아가씨는 자신의 인생을 말하고 있었다. 여기선 범죄행위는 없다. 삶만이. 나쁜 것도 없고 좋은 것도 없다. 삶이 있을 뿐이다.

"오늘 아침에 아가씨는 아주 중요한 분을 잃게 됐지만 그리 슬퍼하는 기색이 아니었어요."

그의 목소리는 냉엄하고, 딱딱했다. 더욱이 의심하고 있었다. 니콜은 곧 자신 속으로 숨고는, 그 남자에게서 몸을 돌렸다. 그녀 입술은 꽉 다물어졌다. 그녀는 억지로 침묵했다. 콜러는 결론에 도달하려면 자신이 좀 더 잔인한 모습을 보여야 한다고 생각했다. 수사반장이 오래지 않아 전화할 거라는 생각에 그의 위장이 조여왔다. 정말 반장은 어느 순간에도 그렇게 할 수 있는 인물이었다. 콜러의 목소리는 불쾌하게 소리 났다.

"아가씨의 사랑이 이젠 끝났기 때문에 테오가 사망해도 아가씨는 흔들리지 않는군요."

"그건 결코 끝이 아니에요."

니콜은 결정적으로 선언했다. 그 문장은 마치 의식이나 행동 일부처럼 그렇게 쉽게 입에서 튀어나왔다. 니콜 생각의 일부처럼. 이런 태연함과 확실함이 바로 니콜을 상징했다. 니콜은 그런 여자였다. 아니면 이젠 그녀가 그런 체 행동하는 것 같기도 했다. 사랑에 푹 빠져 있는 니콜.

13. 부부의 이혼 대화를 엿들은 레에트

"오늘 아침에 니콜은 아버님을 여읜 딸의 모습이 아닌 것 같 았는데 그 점은 어떻게 설명할 수 있소? 아가씨는 절망에 빠진 여인이어야 하지 않나요?"

"그 아픔은 제 안에 있어요."

니콜은 그걸 다소 인위적으로 부자연스럽게 말했다. 지금은 리나조차 그녀를 믿지 못했다. 그 아가씨는 계속했다.

"난 그분이 아직 살아 계시는 듯한 느낌이 들어요. 그분이 별 세하셨다는 게 믿기지 않아요. 정말 모든 게 전과 똑같아요. 그 분이 같이 계시면서 우리를 보고 있고, 우리 발소리나, 행동이나 그리고 우리가 한 말까지도 알고 있는 듯이 말이에요."

"아가씨는 언제 아버지 아니 벨머 씨와 대화했어요? 마지막으 로 언제, 무슨 일로?"

니콜은 주저했다. 니콜은 자신과 싸우고 있었다. 그러나 그녀 는 작심한 듯 말을 시작했다. 형사들은 마치 과거 인물을 보고 있는 것 같았다. 그 과거는 아주 가까이 바로 어제 일인데⋯. 24시간이 지나지 않은.

"그건 이 방에서 있었어요. 오후였어요. 우린 안락의자에 앉 아 강하게 서로를 껴안고 있었어요. 우린 집 안 사람들이 떠난 걸 알고 있었어요. 클라라는 베티와 함께 시내로 뭘 사러 나갔 고, 레에트는 어디선가 배회하고 있어서 이 집엔 우리 외에 다른 손님이 없었어요. 마틸다는 여느 오후처럼 위층 자기 방에서 쉬 고 있었어요. 저는 테오와 대화를 나누고 있었어요."

테오 벨머는 그 아가씨를 세게 껴안았다.

"넌 이젠 알아야 해, 귀여운 것. 가장 위험성이 적은 유일한 방법이란 우리 두 사람이 떠나는 거야. 이 도시를 떠나는 거야."

"저를 데려가실 거예요?"

니콜은 그의 손에 안겨 몸을 숙였다. 그렇게 두 사람이 앉아 있고 주변의 모든 세상은 멈춰 선 것 같았다.

"넌 알아야 해. 반드시 알고 있어야 해. 난 너 없인 이젠 살아갈 수 없다는 걸. 니콜, 알았지? 하지만 우린 함께 같은 시간에는 떠날 수는 없어. 우린 우선 가능한 모든 재산을 가져갈 수 있는 만큼 가져야 해. 정말 나는 여기선 내 책으로 벌어들인 것이면 전부 가져갈 거야. 우리 재산이지. 귀여운 니콜."

"난 그 계획이 두려워요. 난 이 집을 사랑해요."

"나도 이 집을 사랑하지. 하지만 이 집에서 내겐 너무 많은 환멸을 느꼈어. 너무 걱정하지 마. 우리만 머물 다른 집을 구할 거야. 너와 나를 위한 집말이야. 알겠어? 너도 가난한 집에서 살고 싶진 않겠지? 우린 자유가 필요해요. 니콜. 우리가 같이 살아가는 데는 필요한 것이 많아. 지금과 비슷하지만 다른 방식으로, 동시에 일천 가지 다른 방식으로. 정말 너는 이해해야 해!"

"이해해요, 테오."

"저들에겐 이 집은 더 가정이 아니라 형벌의 장소야."

그는 주변을 둘러보고는 아이러니하게 계속해 말했다.

"저 사람들은 그들이 우리를 쫓아냈다는 감정으로 여기에 남을 거야. 그런 의식을 그렇게 오랫동안 지켜갈 수 있다면 흥미로운 일이지."

"왜 저 사람들을 벌하려고 해요? 정말 저 사람들은 우리와 잘 지내 왔어요. 만약 어머니가 21년 전에 아리노 침실로 가지 않았더라면, 지금 당신과 나는 함께 있을 수도 없는걸요.”

벨머도 그 점을 얼마나 자주 생각했던가. 그는 그 소녀를 쳐다보지 않았다. 그의 양 입술은 굳은 채로 닫혔고 그의 두 눈과 그의 시선은 변했다. 잠시 뒤 그는 말을 꺼냈다.

“그 오랜 세월 동안 내가 그들이 모든 걸 하도록 내버려 뒀는지 넌 잘 알 거야. 셀 수도 없을 만치. 얼마나 많이 그들이 나를 수치스럽게 했는지를, 그리고 얼마나 많이 나를 증오하는지를! 온 세월 동안 그들은 내 등 뒤에서 비웃었어! 더 일찍 난 그런 속내를 파악했어야 했지만, 난 시각장애인이었어. 난 오랫동안 아무것도 알지 못했어. 그들은 나를 비웃지만 내겐 힘이 없었기에. 그들은 내게 모든 걸 할 수 있다고 믿고 있었어! 정말로, 오랫동안 바로 그렇게 지냈어. 난 언제나 양보, 양보만 했어. 하지만 나는 지금 내 등 뒤에서 바위 같은 벽을 만났어. 난 더는 후퇴할 수 없어. 이제 다른 해결책은 없어. 난 그들을 벌주어야 해.”

니콜은 뭔가를 말하려고 했다.

“왜 그리 극단적으로, 왜 그리 잔인한 방법으로요?”

하지만 벨머는 그녀에게 말할 기회를 주지 않았다. 그는 재빨리 니콜의 머리를 당겨 잡고는 오랫동안 그녀에게 키스했다. 그 키스는 길었고 나른해졌다. 니콜은 거의 숨도 못 쉴 지경이었다. 마침내 그녀는 이 달콤한 ‘구속’에서 벗어날 수 있었다. 니콜은 힘없이 테오 팔에 쓰러졌지만, 기분은 좋았다.

“언제 저는 당신을 뒤따라 갈 수 있어요?”

그녀는 몇 분 뒤에 물었다.

“스캔들의 파도가 없어질 때. 그 스캔들은 당연하게 일어날 것이고, 신문 기자들도 무슨 일이 일어났는지 알게 될 것이고, 아리노는 나를 찾느라고 절망적으로 이곳저곳으로 돌아다니게 될 거야. 그러나 그는 절대 나를 찾을 수 없어. 그때는 네가 나를 뒤따라오면 되지."

"어디로요, 테오?"

"난 아직 몰라. 처음엔 인도로. 그곳에서 난 행복했어. 언젠가 아주 오래전 일이지. 우린 보게 될 거야! 우리가 함께 있고 돈도 갖고 있다는 게 매우 중요하지. 적잖은 돈이!"

니콜은 수줍고도 사랑하는 몸짓으로 그에게 붙었다.

"당신은 나의 도움도 생각해놓고 있군요. 내 사랑!"

"그래, 너 없인 내 계획은 실패할 거야. 그 점은 확실해. 하지만 잊지 마. 이 모든 것은 나중에 내 뒤에 네가 뒤따라 왔을 때야 의미가 있다는 걸 절대 잊으면 안 돼. 난 그걸 나를 위해서뿐만 아니라 너를 위해서 실행할 거야!"

콜러는 재빨리 고개를 끄덕였다.

"이젠 왜 벨머의 여권을 우리가 찾지 못했는지 알겠군. 벨머 씨는 여러 날 아주 긴 여행을 하려 했군. 그는 모든 중요한 일을 다 준비해 두었어. 그걸 작은 가방이나 여행 가방에 두었어요. 그분이 이 모든 걸 어디에 숨겨 놓았는지 아가씨는 알지요?"

콜러는 갑자기 니콜에게 몸을 돌려 말했다.

"아뇨, 테오는 모든 비밀을 내게 말하지 않았어요."

"나도 물어볼 게 있어요."

리나가 갑자기 무슨 생각이 들었는지 끼어들었다.

"이 집에서 로턴은 무슨 역할을 했나요?"

"그건 테오가 생각해 낸 것이었어요."

니콜은 설명할 준비를 하며 말했다.

"그분은 로턴을 오래전에 알았거나 그에 대해서 들었는지는 잘 모르겠어요. 테오와 내가 부녀지간이 아니라는 걸 알았을 때, 우리는 서로 사랑하게 됐어요. 그래서 테오는 저 파울 로턴이 우리에겐 좋은 은신처가 된다며, 파울 로턴이 있어야 우리 사랑과 우리 만남이 들키지 않을 수 있다고 했어요. 그래서 테오는 파울 로턴을 이곳에, 이 빌라로 오게 했고, 파울이 아무것도 모른 채, 저의 연애상대역이나 '약혼자' 역할을 하게 됐어요. 그리고 집 안 다른 사람들은 어머니조차도 파울 로턴을 저의 약혼자로 믿었어요. 그리고 사람들은 테오와 제가 아니라, 언제나 파울 로턴에게만 주목했어요. 그건 우리 두 사람에게도 좋았어요. 그런 식으로 우리는 적어도 어느 정도의 시간은 과도한 관심을 돌리는 데 성공했어요. 간혹 저는 파울 로턴과 영화관에 가기도 하고, 디스코텍에 춤추러 가기도 했어요. 테오는 파울을 몇 번 주말에 초대하기도 했어요. 그러나 파울은 몇 가지 사건이 있었던 뒤로 자신이 여기서 전혀 불필요한 존재인 줄 알고는 베티, 그 청소부와 연애하는 일에 더 관심을 두기 시작했어요. 나중에 제가 알게 됐지만 별수 없었어요. 그러자 그게 어머니 신경만 날카롭게 하고, 그 때문에 저도 어머니 앞에선 이 모든 것으로 인해 제가 불편한 것처럼 행동해야 했어요. 진실을 말하자면, 저는 파울이 어느 침실에 얼마나 자주 드나드는지 별 의미가 없었어요. 그가 그런 일을 우리 집에서 한다 하더라도요. 아뇨, 형사님, 저는 질투심이 많은 여자가 아니에요. 그래요, 정말, 저는 간밤에 그들의 출입문 앞에서 뭔가를 엿들었지만, 그건 어머니 요청에 따랐을 뿐이에요. 어머니는 밤에 파울이 베티의 방에 있는지 어떤 식으로든 알고 싶어 하셨어요. 그래 나중에 저는 어머니께 그 일을 말씀드리고는 우린 저 청년을 장래의 제 남편으로는 생각하지 말자고 덧붙여 말해 드렸어요."

그러나 콜러는 장기 놀이하는 사람처럼 앞일을 몇 가지 생각해 두고 갑자기 그걸 말했다.

"그러면 이 모든 것은 어머니를 위한 음모인가요? 한 가지예로, 만약 간밤에 아가씨가 다른 목적으로 복도에 있었다면?"

"그건 웃기는 추측이에요."

니콜은 콜러가 예상한 대로 전혀 혼돈된 모습이 아니었다. 니콜은 이 질문도 계산에 넣고 있었다. 동시에 리나는 니콜이 이젠 조금씩 진실에서 벗어나고 있다는 걸 감지했고, 니콜은 진실을 말하기를 그쳤다. 그 여형사는 놀라기도 했다. 만약 니콜이 한 번 솔직했으면 적어도 그런체한 것이라면, 왜 나중엔 침묵하거나 그들에게 악의적인가. 몇 분 지나자 리나는 더욱 확신이 갔다. 니콜에게는 숨기는 게 있다는 사실을.

콜러도 확실히 뭔가 비슷한 걸 생각했다. 그는 손가락을 움직이면서 불만을 나타내며 말했다.

"아가씨, 아가씨는 너무 침착해요. 그게 내 맘에 들지 않아요. 아가씨는 지금까지 아가씨에게 가장 소중한 사람을 잃었는데도요."

"왜 형사님은 다른 방면으로 생각해 보지 않는가요? 그건 제 천성이에요, 그게 전부라고요. 아직도 제 마음속엔 테오와 관련된 제 모든 비밀을 다 간직해야 하는 그런 걱정과 두려움이 있어요, 그리고 또 습관이 들어 있어요. 지난 반년 동안 테오는 제가 말로는 다 표현할 수 없는 특별한 그 무엇이라는 것과 테오

스스로가 비밀이었다는 것과 그 비밀은 뭔가 달콤하면서도 소중한 것이라는 점에 저는 너무나 익숙해 있었어요. 우리 두 사람만의 비밀요! 불쌍한 테오가 살아 계실 때까지 우리는 언제나 이상한 기분으로 살아왔어요. 그건 아름다웠어요. 정말 우리는 서로 사랑하고 있었어요. 하지만 동시에 다른 면에서 보면 잔인했어요. 우린 언제나 그 사람들 얼굴이나 시선, 한마디의 말이나 행동에 대해 관심을 두지 않으면 안 됐어요."

니콜은 침을 삼키고는 앞을 내다보았다. 마치 '테오'라는 이름이 나오기라도 하면 모든 상처가 다시 아픈 듯이.

"그래서 저는 그분의 계획이 실패할까 봐 두려웠어요. 그분은 자신이 은행에 개설해 둔 돈을 어머니 모르게 전부 찾으려고 했어요. 그리고 그렇게 해서 그분이 사라진 걸 오랫동안 모르도록 그 집을 떠나고자 했어요. 그렇게 해서 그분은 그의 피난처를 몇 시간이라도 갖고자 했어요. 저는 걱정을 많이 하는 성격이라 그분이 그 장애물을 극복할 수 없을까 걱정을 많이 했어요. 그리고 이제 저는 누군가 그분보다 강한 사람이 이 집 안에 있다는 걸 알게 됐어요. 그분이 떠나기를 원하지 않는 그 사람이 있는 걸요."

"혹시 파울 로턴!"

콜러가 그 이름을 들먹였다. 그러자 니콜은 즉시 형사의 말투를 흉내 내 그 형사에게 말했다.

"파울 로턴은 알리바이가 있어요. 그는 베티와 함께 침대에 있었어요."

"베티가 거짓말한다면요?"

콜러가 논쟁을 했다.

"레에트도 그렇게 할 수 있었어요. 그분은 알리바이가 없어요. 그리고 또 그 정원사는?"

니콜은 동시에 거침없이 형사들에게 몇 가지 가정을 내놓았다.

"정원사는 정원에 있었어요. 바로 아가씨가 말했어요. 살인자는 집 '안으로' 뛰어 왔다고요. 레에트는 정말 불확실해요. 그러나 그의 죽음은 그를 의심 못 하게 해놓았어요."

"예외적으로 그 살해 범인이 두 사람이면요?"

니콜이 다시 반박했다. 리나는 이 작은 결투를 즐기고 있다. 밖에서 그 싸우는 사람들을 보고 있다. 니콜은 주저주저하다가 준비된 논리대로 말했다.

"레에트가 테오를 죽였어요. 나중에 누군가 다른 사람이 그를 죽였어요!"

콜러는 경직됐고, 그의 손가락은 아직 니콜을 가리키고 있지만 필시 다른 뭔가를 생각하고 있었다. 남 형사는 긴장된 목소리로 말을 시작했다.

"아가씨, 아가씨는 그 사람 이름을 말하지 않았어요. 왜냐하면, 수사 선상에 어느 한 사람의 살인자가 아직 있기 때문이요. 제3의 가능성, 제4의 가능성이 얼마든지 있어요. 하지만 정말 아가씨는 그 이름을 발설할 권리가 없어요. 정말 아가씨는 발설할 수 없어요."

"누굴 두고 말씀하시는 건가요?"

니콜은 두려워하며 물었다. 리나는 왜 니콜이 그런 억압된 두려움에 휩싸여있는지 이해되지 않았다.

"그럼, 내가 말하지요."

콜러는 잔인한 목소리로 말했다.

"당신 어머니요! 클라라 벨머는 자기 남편을 죽일 충분한 이유가 있어요. 어머니는 벨머를 사랑하지 않고, 어머니의 유일한 딸의 아버지는 그가 아니니까요. 어머니는 벨머와 결혼한 기간 내내 평생 그 출판업자만 사랑했어요. 더구나 어제저녁에 테오 벨머가 모든 걸 변화시키려는 것을 알게 됐어요. 그들의 인생과 그 당시까지의 조건을요. 테오는 클라라의 모든 돈을, 적어도 온 재산을 뺏을 수도 있으니 살해이유가 충분하죠, 안 그런가요?"

"전 그걸 믿을 수 없어요."

니콜은 아주 작은 소리로 말했다. 그리고 앞만 바라보았다. 리나는 다시 니콜이 진실을 말하지 않는 걸 느꼈다. 하지만 니콜은 그것을 믿을 수 있을까. 니콜은 어머니를 알까? 그리고 어떤 종류의 가벼움이 지금 니콜에게서 느낄 수 있었다. 누군가 다른 사람이 그 혐의자로 클라라 벨머를 지목해서 니콜은 기뻐할 수 있다. 아니면 콜러가 어머니 이름을 들먹이고는 다른 어떤 사람의 이름은 말하지 않아서 기뻐하는가?

누군가 출입문을 두드렸다. 트렙스가 들어 왔다. 그 경사는 상황을 감지하고는 아무것도 말하지 않았지만, 그의 출석 자체가 무슨 신호였다. 콜러는 리나에게 시선을 돌렸다.

'니콜에게 물어볼 게 있는지?'

그 여동료는 고개를 가로저으면서 없다고 말했다.

"아가씨, 임시로 나가 있어도 돼요."

니콜은 나갔다. 트렙스는 문에서 점잖게 니콜이 나가게 해 주었고, 그 아가씨가 나가자 문을 닫았다.

"무슨 일이오. 경사?"

"청소부가 형사님께 드릴 말씀이 있다고 합니다."

"그럼 들여 보내줘요."

콜러는 자신의 호주머니를 뒤적거렸다.

"어딘가에 내가 두통약 한 알을 두었는데."

"우린 좀 쉬어야겠어요."

리나는 피곤한 듯한 미소를 지으며 제안했다.

"마침내! 그 살해범이 누군가를 살해해놓고는 우리더러 범행 당일에 그를 잡으라는 처방을 내려놓진 않았나요? 생각해 보아요. 그 범인을 몇 주나 몇 달이 지나서야, 아니면 더 오래되어 잡는 경우도 허다해요!"

리나는 가방에서 자신의 상비약 중 한 알을 꺼내 콜러에게 줬다. 콜러는 음료수가 놓인 탁자에서 먹는 샘물을 한 잔 부어 그 알약을 삼켰다. 그 두통을 치유할 수 있다면 리나는 기꺼이 그의 머리를 쓰다듬어 주고 싶었다. 물론 리나는 그런 행동을 한 번도 하지 않았다. 일 분 뒤 그는 리나에게 고마운 듯한 시선을 보였고, 리나는 아주 기분이 좋아졌다.

"내 걱정도 할 줄 아는군요."

남 형사는 주목해 말하고는 리나를 유심히 쳐다보았다. 마치 그가 난생처음으로 리나를 바라보는 듯한 시선으로 바라보았다.

"과찬은 마세요, 약 한 알에 불과해요."

"아뇨, 이건 꽤 좋아요."

남 형사는 단정적으로 말했다.

리나는 그의 그런 목소리에 몸이 떨릴 것 같아 잠시 후 그를 바라보던 자신의 시선을 거두었다.

베티가 들어서자 그들 두 사람만의 영혼의 조율은 곧 사라졌다. 그 청소부는 출입문 앞에 섰다. 베티는 두려워하고 있었고,

그녀의 큰 두 눈은 한 번은 콜러에게로, 한 번은 리나에게로 향했다.

"형사님, 제가 혹시 기억나는 게 있으면 말씀해 달라고 말씀하셨죠?"

"그럼요!"

콜러는 다시 활발해져 청소부에게 다가갔다.

"말해 봐요, 당신 말을 들을 준비가 됐어요!"

"어제 오후에 제가 시내로 떠나기 전에요, 왜냐하면 저희는 저녁까지 자유 시간이었기에, 홀에서 저는 레에트 씨를 만났어요. 그분은 뭔가 이상한 점이 있다고 확신하며 말씀하셨어요."

"뭐라고요?"

리나가 곧장 물었다. 베티는 자신이 이 집의 비밀 몇 가지를 발설한다는 사실에 아직도 고민하고 있었다. 하지만 나중엔 좀 더 용감해졌다.

"벨머 주인님이 언제나 니콜 양과 속삭인다는 걸요. 그분은 그 두 분이 정원에서도 함께 있는 걸 보고, 나중에 레에트는 벨머 주인님이 정원사와 함께 있는 것도 보고, 나중에 다시 그 작가 선생님이 뭔가 옷 안에 감춰서 가져갔다고 했어요. 그리고 벨머가 그 중 뭘 잃어버렸고, 그걸 레에트가 찾았어요. 레에트 씨는 그걸 제게 보여주었어요. 그건 남자 양말 한 켤레였어요. 우리 두 사람은 왜 벨머 주인님이 그런 걸 갖고 계시는지, 또 어디로 가져가려고 했는지 이해되지 않았어요. 레에트 씨도 그걸 발견하고는 무척 놀라워했고요. '그 되찾은 물건'은, 벨머 주인님을 이젠 더는 몰래 보지 않았어요. 그래서 그때 레에트는 이 양말 한 켤레가 작가 선생님, 그분의 것인지 묻더라고요. 그리고 이 양말로 어떻게 해야 하는지도요. 제가 그에게 말했어요. 그걸 내게 주면, 시간이 날 때 그걸 작가 선생님 사물함에 갖다 두겠다고 했어요. 그때 저는 시내로 갈 채비를 하고서 그 양말을 제 손가방에 넣고. 그리고 저는 그 일을 까맣게 잊고 있었어요. 바로 10분 전에서야 저는 그 장면이 생각났어요. 형사님, 제가 잘못했나요? 아니면 뭔가 어리석은 짓을 했나요? 확실히 이 모든 일은 아무 의미가 없고, 저와 함께 여러분께서 시간만 낭비한 것 같아서요."

"그건 나중에 밝혀질 거요, 베티. 아마 중요한 일일 수도 있고, 아닐 수도 있어요. 하지만 모든 사소한 일도 중요할 수 있어요."

콜러는 리나와 시선을 마주치고는 그 아가씨를 더 놓아두도록 했다. 전화통화 뒤에 그는 베티와 좀 더 대화하고자 했다.

콜러는 해부학 연구소로 전화를 걸었다. 싸움하다시피 사정을 하고 나서야 콜러는 겨우 박사와 통화할 수 있었다. 그 박사는 무척 중요한 임무를 맡고 있다. 리나는 그곳에 몇 번 간 적이 있어 그 장면이 뇌리에 떠올랐다. 리나는 전화기를 손에 쥐기도 어려울 정도로 바쁜 박사가 두르고 있는 피 묻은 플라스틱 앞치마를 보고 있는 것 같았다. 조수 한 사람이 박사의 귀와 입에 수화기를 대어 주어 통화가 시작됐다.

"안녕하세요, 박사님! 그 희생자 의복도 검사하셨어요? 물론 첫 희생자를 지금 말하고 있는 것이지만요. 박사님께서 해부하시기 전에 그 시체 의복을 다 수색해 놓으면 전부를 이해하시는 데 도움이 된다는 건 저도 압니다만. 박사님이 형사를 하시지 그러세요? 농담은 그만하시죠. 이번엔 양말에만 관심이 있어서요.

잘 들리세요? 야-아-앙-마-알! 그래요? 하나는 아주 크고, 다른 하나는 아주 작은 것으로. 그래요, 알겠어요. 고맙습니다. 그러면 충분해요, 안녕히 계십시오."

베티는 통화 내용을 듣고는 오해를 해서 울먹였다.

"제가 벨머 주인님을 살해했다고 하시려는 거죠? 하지만 저는 파리 한 마리도 못 잡아요."

"베티, 베티! 침착해요. 그런 게 아니에요. 난 지금 뭘 물어보고 싶어요. 실제 일을요."

"어서."

베티는 눈물을 훔치고는 한결 가볍게 말했다.

"베티가 벨머 씨의 사물과 의복을 담당하나요? 속옷도요?"

"그래요, 형사님. 전 언제나 옷가지들을 깨끗하게 두려고 애쓰고, 저는 갈아입은 옷은 세탁기로 갖다 놓아요."

"벨머 씨는 구멍 난 양말을 신어요?"

베티는 마음이 상했다.

"형사님, 무슨 그런 상상을 하세요? 이 집엔 정리를 잘하는 사람들이 살고 있어요! 그런데 우리가 이것저것을 잘못 정리해놓으면 어떻게 되겠어요? 하지만 여기 모든 사람은 언제나 깨끗하고 아름다운 의복들만 걸쳐요. 형사님들, 그분이 구멍 난 양말을 신는다는 건 전혀 있을 수 없어요! 절대로!"

"무슨 암시인가요?"

리나가 물었다. 콜러는 베티더러 방에서 나가게 하더니 여형사에게 신경질적으로 말했다.

"벨머의 양말 한 짝에 구멍이 많이 나 있고, 다른 한 짝은 너무 오래 신고 다녀 거의 낡았다고 해요!"

베티는 무슨 힘에 이끌려 그 방 안으로 다시 들어섰는데 출입문 문턱을 거반 넘어서고 있었다. 콜러는 처음에 베티가 '습관대로' 엿들어 보려고 하는 줄 알았다. 콜러는 베티를 지나치면서, 리나에게는 곧 돌아올 거라고 말하고는 사라졌다. 베티는 되돌아왔다. 베티는 뭔가 작심했다 하면 쉽게 물러서지 않는 것 같았다. 콜러가 자리에 없자 베티는 리나에게 몸을 돌려 말했다.

"여형사님, 저는 또 다른 것도 보았어요. 레에트 씨가 총에 맞을 바로 그때요. 하지만 이런 말 한다고 저를 비웃진 않겠지요?"

"왜 내가 그런 행동을 해요, 베티? 베티는 지금까지 우릴 많이 도와주었어요. 그래 이야기해 봐요!"

14. 딸과 아버지의 이상한 행동

"정원에서 오전에 그 총소리가 들렸을 때 저는 바로 청소도구 방에 있었어요. 작은 방이라, 그 안에 진공청소기, 빗자루 같은 걸 놔둬요. 1층 복도 끝이에요. 그래 제가 진공청소기를 다시 갖다 두려는 순간에 그 요란한 소리를 들었어요. 저는 처음에 그게 총소리인지는 몰랐어요. 그 방 출입문이 조금 열려 저는 이제 밖을 나올 채비를 하고 있었어요. 물론 저는 그 소란이 어디서 나는지 알아보려고 했어요. 그리고 이젠, 저는 그게 총소리가 아닌 걸 알게 됐어요. 그건 다른 소란이었어요. 그래 저는 보았어요. 아가씨가 바닥으로 넘어져 쟁반도 떨어져 있었어요."

"그건 이미 알고 있어요. 범행자가 달아나다가 니콜을 밀쳤다고 하더군요."

리나는 말했다.

"범행자라고요?"

곧장 베티는 자신 있게 말했다.

"꼴사납네요! 이런 말투를 용서하세요. 하지만 그곳엔 아가씨 말고 다른 사람은 아무도 없었어요! 사람이라곤 얼씬도 안 했어요! 아가씨 혼자 출입문에 있었어요. 아가씨는 아무도 자신을 보지 않았다고 믿고 있을 거예요. 그 총소리를 들었을 때, 아니면 그 정원 쪽에서 천둥소리가 났을 때, 니콜 아가씨는 자기 자신이 땅바닥에 넘어졌어요. 복도 바닥으로요! 정원으로 향하는 출입문이 있는 그곳에서요. 아가씨는 바닥으로 쓰러지기 전에 갑자기 출입문을 세게 밀쳤어요. 그리고 바닥에 넘어진 채로 아가씨가 울먹이더니 크게 울기 시작했어요!

청소부는 조금씩 자신의 승리를 잃어가면서, 걱정스럽게 리나를 쳐다봤다. 마침내 절망스러운 어투로 물었다.

"이게 무슨 가치가 있나요? 아니면 내가 어리석은 말을 했나요?"

"확실히 아무도 그곳에 없었나요? 누가 재빠르게 달려갔는데, 베티가 미처 그 사람을 보지 못한 건 아닌가요? 그 출입문의 좁은 틈새로 모든 걸 다 볼 수 있어요? 정원에서 집 안으로 쫓아 들어오는 자를 보지 못했지요?"

"여형사님, 그곳엔 정말 아무도 없었다고요! 전 모든 걸 다 봤어요! 왜 제가 그걸 말하겠어요?"

"아마 그 때문에요. 니콜이 베티에 대해 좋지 못한 이야기를, 즉 간밤에 로턴 씨가 베티 침대에 있었다는 걸 베티에게 공개적으로 말했기 때문이지요."

"하지만 그것은 전혀 별개예요, 여형사님! 저는 청소도구 방에서 모든 걸 보았어요! 만약 필요하다면 맹세라도 할 수 있어요."

"좋아요, 베티, 이젠 가도 좋아요. 잠깐"

불만스러운 얼굴로 주저하며 베티는 자리를 떴다. 리나는 생각에 잠겼다. 도대체 이곳에서 무슨 일어났는가? 비밀이 많아지자 베티는 괴로웠다. 범죄행위의 비밀을 완전히 벗기려면 큰 노력이 필요하다는 걸 리나는 이미 오래전부터 익숙해 있다. 특히 살인사건의 경우에. 그런 업무를 하는 동안 빨리빨리 새 단서를 찾아야 한다. 하지만 여기서 짧은 시간에 일어난 일들은 그녀의 머리를 지끈거리게 했다. 리나는 만약 어느 사실이, 한편 리나가 그 사실을 근거로 자신의 이론 속으로 '세우고' 있어서 확고부동하고 없앨 수 없을 정도로 알고 있었는데 갑자기 전혀 거짓으로 판명되거나, 일어나지 않았거나 비현실적이 돼버렸다. 리나로서는 벨머가 이해가 됐다. 벨머의 입장이라면 주저 없이 이 집을 떠나기로 할 것이다. 리나는 그 작가가 존경스럽기까지 했다. 정말 이런 집에서 20년간을 지내 왔으니! 벨머 씨는 처음엔 정말 강한 신경조직이 있었다. 만약 그 작가가 '자신의 딸과' 사랑에 빠지지 않았다면, 이 집을 떠나지 않았을 것인가?

"니콜은 범인일 수가 없어. 총을 쏜 순간에 니콜을 본 증인이 있으니. 그리고 그때 니콜이 아무 데도 총을 쏘지 않았다면, 집 안에 있었어."

그녀는 낮은 소리로 말했다.

레에트의 죽음과 관련해서 니콜은 '깨끗해'. 하지만 벨머를 살해한 자는 그 '뱀들' 중에 누구든지 가능성이 있다!

지금 리나는 콜러의 그런 비유가 얼마나 정확했는지를 이해됐다. 정말 모두 그 작가의 살해범일 수 있고, 더구나 누구에게나 그렇게 할 이유가 있어! 그리고 그 희생자는 다른 모든 사람보다 더 착한 사람도 아니다. 리나는 안락의자에 앉아, 생각에 생각을 거듭했다. 그 형사 대신에 리나 자신이 몇 가지 작은 비밀이라도 캐낼 수 있다면 콜러를 도울 수도 있겠다는 생각도 해보았다.

한편 콜러가 돌아왔다. 콜러는 아무 말도 하지 않았고, 그로부터 리나는 그가 지금 화장실에 다녀 왔음을 알았고, 무슨 의심나는 일에 대해선 말하지 않았다. 콜러는 기계적으로 자신의 시계를 들여다보고는, 지금이 몇 시인지 하는 그런 의식이 들지 않았음을 이제 이해했다. 잠시 뒤, 그는 움직임을 되풀이했다.

"그 늙은이가 곧 전화할 거요."

리나는 말이 없었다. 리나도 '그 늙은이'가 누구인지 훤히 안다. 리나도 자기 반장이 어떤 사람인지 알고 있었다.

"난 지금까지 내가 옳았다고 믿어 왔어요."

그 형사는 리나를 보지 않은 채 심중의 말을 했다.

"난 이 빌라 안에서 그 살해범을 찾으려고 집착했어요."

"그런데 지금은 생각을 바꿨어요?"

"난 의심이 가요, 빌어먹을!"

콜러는 말없이 주먹으로 다른 손바닥을 쳤다.

"난 언제나 나를 현명하다고 믿었고, 새 정보를 알게 될 때마다…. 하지만 그건 오래 계속되지 않았어요. 나중에 빨리 그 새 정보들도 아주 명확하게 보이던 그림조차 흐리게 만들었어요! 상대는 정말 교활한 놈이요."

"만약 그자가 단독범이 아니라 '교활한 놈들'이라면,"

리나는 진지하게 주의를 환기했다. 하지만 콜러는 리나의 말을 전혀 새겨듣지 않았다. 그는 지금 자기 세계에 빠져 있었다. 많은 사실이 있음에도 정말 무슨 일이 일어났는지 이해할 수 없는 형사들의 세계에서. 그는 신경이 곤두선 채로 이곳저곳 계속 걸으면서 말했다.

"왜 바로 어제 살인사건이 일어났을까요? 저 지옥의 사자들은 벌써 오래전에 계획을 세워 오늘이 가장 적당한 밤이었나요? 아니면 그자들은 아직 계획을 세우지 않았는데, 아니면 전혀 세우지 않았는데도, 하지만 어제 수영장 근처에서 벨머와 클라라의 얘기를 나눈 후에, 그자들은 이젠 뭔가 행동으로 옮겨야 하겠다고 생각했을까요? 그래, 정말 아닐 수도 있어요. 누군가 클라라와 남편의 대화를 엿들었다면, 누구나 그의 의도를 알 수 있지요. 아니면 클라라 자신이 다른 사람들에게 이야기했을까요? 그도 아니면 레에트가 그렇게 했을까요? 바로 레에트는 자신이 오늘 오전 죽기 전에 말했을까요. 그럼 여러 가지 원인으로 추측했겠지요. 그 살해범은 혼자가 아니라고요. '그자는 이 빌라에 동반자가 있어'라는 건 무슨 말인가요? 그리고 레에트가 정원 안 울타리들에 관해 이야기했는데, 그는 어떻게 그리 상세히 말했을까요? 그게 중요하기도 하고, 아니면 그렇지 않을 수도 있어요. '이 일의 열쇠'는" 그는 그런 말은 하지 않던가요? '테오 벨머는 마치 우리 사이에서 걸어 다니는 것 같다니, 발에는 구멍 난 양말을 신고 있다니?"

"형사님은 길을 잘못 들었어요."

리나는 비관적으로 말했다.

"그 양말은 베티가 구멍을 깁지 못했거나, 아니면 이미 안 신는 양말을 내버리는 걸 잊었을 수도 있어요. 그리고 지금 베티는 그 점을 고백하는 걸 두려워하고 있어요. 아니면 정말로 벨머가 그 양말에 구멍 냈을 수도 있어요. 벨머도 정원에서 일을 조금 한다고 그 정원사가 말했어요. 벨머는 때때로 운동 삼아 정원사 일을 이것저것 거들기도 했어요. 그럼 그는 다른 신발을 신고 그걸 했어요, 정원 일에 적합한 신발을 신고서요. 그런 험한 일 하는 신발들은 아마 좋은 양말을 구멍을 내놓기도 하는데, 벨머가 그걸 몰랐거나 알았어도 바꿔 신으려고 하지 않았어요. 그런 일엔 무관심할 수도 있어요, '예술가'니까요."

"그런데도 벨머는 언제나 구름 위를 날아다니면서 비현실적으로 꿈꾸는 '예술가적 영혼'이 없어요. 잘 생각해 봐요. 그의 아내와 니콜이 한 말을요. 지난 며칠간 그는 미칠 정도로 자신의 피난 계획을 짜고 있었어요! 그는 이 모든 걸 훌륭하게 생각해 냈고 그런 걸 실현할 시간만 없었어요. 아마 오늘 새벽이나, 이른 아침에 그는 이 집을 결정적으로 떠날 생각을 하고 있었어요."

"형사님이 좋아하는 방법은 정반대자의 입장에 서서 생각하는 거군요."

리나는 이해한다며 살짝 웃었다.

"형사님은 언제나 똑같이 행동하고, 희생자의 처지에 있다가, 나중엔 살해범의 입장에 서서 상상해 보는군요. 하지만 이번엔 길을 잘못 들었어요, 카스. 벨머는 10년 아니, 더 오랜 세월 동안 아내가 자신을 속이는 일을 허용했어요, 레에트라는 그 '친구'가 벨머에게 소설을 쓸 생각을 주는 것도, 아리노가 벨머의 책자로 수백만을 갖는 것도. 그런데 이 사람을 모두가 증오하고 싫어해요. 그래, 벨머는 형사님이 생각하는 만큼 그렇게 현명하지도, 논리 정연하지도, 교활하지도 않아요. 그가 그렇다면 이미 옛날에 이 수치스럽고도 부끄러운 상황에서 벗어나려고 애썼을 거예요."

"아마 사랑이…."

콜러는 몸을 휙 돌려 리나의 두 눈을 뚫어지게 쳐다봤다.

"사랑이 그를 그렇게 변화시켰어요! 이전에 벨머는 이 모든 상황을 완전히 바꿀만한 이유가 없었어요. 그러나 이젠, 니콜을 향한 사랑이! 그리고 잊지 말아야 할 것은 그 사랑은 짝사랑이 아니라 서로를 갈구한다는 것이죠. 그럼 이젠 이 모든 상황을 뒤바꿀 필요가 생긴 거죠! 새 인생의 시작이, 이전의 삶과는 근본적으로 다른 그런 삶을 시작할 가치가 생겼어요! 그렇게 해서 벨머는 뭔가 계획했고, 물론 니콜도 따랐죠. 그들은 벨머가 먼저 자신의 모든 돈을 갖고 이 집을 떠나는 것을 계획했어요. 나중에 변호사의 도움을 얻어 멀리서 이혼 절차를 밟을 거고요. 한편 니콜도 떠날 것이고, 그들은 죽을 때까지 행복하게 살 거요. 마치 동화에서처럼."

"죽을 때까지."

리나는 천천히 되풀이했다.

"그럼 그와 관련해서 죽음이 그 작가에게 너무 빨리 왔군요."

"그리고 벌써 이런 말도 했어요. '뭔가 내게 비참한 일이 일어난다면.' 그러면서 그는 직접 자기 아내를 위협하여 말했어요. 그에 대항하여 뭘 할 생각은 말라고요. 왜냐하면, 그런 행동은 당연하고 끔찍한 결과를 가져오니까요."

"하지만 '사람들은' 그렇게 행동했어요."

"누가요?"

그 말은 칼의 몸체처럼 비명을 울리며 두 사람을 강타했다. 형사들은 넋이 나간 듯했다. 이윽고 콜러가 계속했다.

"레에트는 벨머의 동반자였어요. 하지만 레에트는 나중에 우리에게 그 말을 하고, 경찰에 모든 걸 알려주려고 했어요. 그 때문에 레에트는 죽음을 맞이하고 말았어요."

리나의 의식은 다른 길에 가 있다. 그녀는 생각했다.

'만약 베티가 거짓말을 하지 않았다면 니콜이 숨겨진 동반자다. 베일에 가린 범인의 조력자! 그자는 니콜에게 무슨 도움을 청했는가? 벨머는 어떤 식으로 니콜을 손안에 둘 수 있었을까?'

리나는 천천히 창가로 갔다. 리나는 정원을 바라보았고, 그 위에 하늘이 보였다. 무척 맑은 날씨다! 구름도 떠다닌다. 갑자기 이상한 욕구가 리나를 사로잡았다. 처음에 리나는 무슨 음악을 들었다.

비둘기가 떼를 지어 공중을 날아오르듯이 그 멜로디들이 한데 어우러졌다 다시 흩어졌다.

나중에 따뜻한 기운이 그녀를 감쌌다.

"가 보고 싶어요, 콜러."

"어딜요?"

"정원에 나가서 우리 산책해요."

남 형사는 사양했으나 그리 강하게는 아니었다. 남 형사로서는 지금은 뭘 해도 지금은 마찬가질 거라 여겼다. 홀 안에서 두 형사는 아무도 보지 못했다. 여형사는 멈추지 않고 유리문으로 곧장 걸어가서 그 손잡이를 쥐었다. 밖으로 리나는 멈춰 섰다. 테라스에 깔아 놓은 하얗고 회색 석판 위로 반사된 햇빛이 그녀의 두 눈에 부딪히자 눈이 시렸다. 일 분 정도 가만히 있다가 리나는 천천히 눈을 떴다. 콜러는 우연을 가장한 듯이 리나 팔을 잡고는 테라스를 통과해 안내했다. 그런 작은 배려가 리나 마음에 쏙 들었다.

울타리 그늘에서 두 형사는 편하게 섰다. 안락했다. 이젠 리나는 따가운 햇볕을 신경 쓰지 않고 두 눈을 크게 떴다. 리나는 정원에 펼쳐진 초록 색깔의 다양한 뉘앙스를 즐기고 있다. 콜러는 아무것도 둘러보지 않고 걷기만 하면서, 여전히 수사상황을 골똘히 생각하고 있다. 리나는 학교의 어린 학생처럼 콜러의 등을 장난스럽게 쳤다.

"경찰 직무는 잠시 내버려 두고 쉬세요, 형사님! 딱 15분만요. 그러면 휴식이 될 거예요!"

콜러는 순종하듯이 공기를 한 번 흡 하며 아주 깊숙이 들이마셨다. 리나는 콜러 얼굴에 밝은 기분을 드러내는 색깔과 여러 신호가 돌아온 걸 잘 눈여겨보았다. 콜러는 발걸음을 천천히 내디디며 말했다.

"이곳은 이렇게 좋네요. 저기 좀 봐요, 나무에 가려 담장도 보이지 않는군요. 여기라면 이 세상을 떠나 숨어 지낼 수 있겠군요. 혼자 사색을 즐길 수도!"

"그래요, 숨기엔 안성맞춤이군요."

리나는 웃으며, 지금 두 사람 시선이 마주쳤다. 남자에게서 뭔가 깨어났다. 리나에게선 벌써 오래전에 있었지만 지금 다시 깨어나는 뭔가. 그 무엇은 아직은 어린나무에 불과해 그걸 잘 가꾸어 주어야 한다. 모든 악의로부터, 아마 무슨 바람으로부터도 조심스럽게. 리나는 살짝 웃었다. 콜러의 지금까지 엄하던 얼굴은 다소 온화해졌고, 그의 태도는 다정해졌다. 리나가 이른 아침부터 몹시 그리워한 그 다정함. 리나는 갑자기 그 남자 손을 잡고 울타리 쪽으로 그를 이끌었다. 리나는 풀밭에 앉아 편안히 발을 뻗었다.

"같이 앉아 보세요. 마음이 안정될 거예요. 적어도 10시간은 우리가 이 사건에 긴장한 채로 매달려 있었어요. 이젠 좀 쉬어야 해요."

"그런 말을 하는 걸 보니 리나는 지치지 않는 사람 같군요."

콜러는 리나 말대로 했다. 하지만 리나 바로 옆이 아니라, 좀 떨어져 앉았다. 그래도 둘은 가까이 있었다. 리나는 그걸 보고 그 의미를 눈치챘다. 콜러는 벌써 오래전부터 독신으로 살아왔기에 두려웠다. 그도 모든 이혼남과 똑같이 두려워하고 있다. 여자가 던진 그물 안에 쓰러졌다가 이제 겨우 빠져나왔기에 다시 그런 불편한 그 상황에 빠질까 두려웠다. 그 '감옥으로' 서둘러 달려가고 싶지 않았다. 확실히!

그리고 그 점은 리나도 마찬가지였다.

'나도 자유를 잃고 싶진 않아.'

리나는 스스로 다짐했다. 새들이 그들 위에서 날고 귀뚜라미가 어디선가 끊임없이 울고 있다. 마치 잠자고 싶은 여름날 오후가 연상됐다. 어린 시절 여름날 오후의 나른한 기억이 콜러에겐 아직도 생생했다. 그 남자는 몸을 뒤로 젖혀 풀밭에 누웠다. 그의 밑에 어디선가 풀밭 밑에 다른 삶이 있고, 개미와 장수풍뎅이가 위의 세계에 대해선 아무것도 모른 채 움직이고 있다. 정말 곤충은 그런 걸 알 필요가 없다. 그들에겐 그들 나름의 세계가 있다. 모든 생물에게 제 나름의 세계가 있으면 충분하지 않을까?

리나는 하늘을 우러러보았다. 등을 쭉 펴고 누워 있다. 그러자 옆에 남자가 누워 있다는 생각에 몸이 움츠러졌다. 하지만 지금 상황은 침대에서와는 다르다. 결혼 전에 리나는 몇몇 남자를 경험했고, 결혼 후엔 남편에게 충실했다. 물론 콜러도 당연히 남자고 리나는 콜러에게 마음이 있다. 리나는 콜러의 뜨거운 시선을 여러 차례 느꼈다. 그녀는 그런 시선을 익히 알고 있다. 이전의 근무지에서도 자주 경험했기에. 그녀가 피난하듯이 떠나온 그곳! 그래, 그녀는 아직 그곳에 남아 있는 첫 남편의 기억을 지워야 했다. 전남편은 콜러처럼 경찰 경위다. 전남편은 리나에겐 이젠 한때의 기억으로만 남아 있는 그 도시에서 계속 근무한다.

'여기도 경위들 세계군.'

리나는 좀 씁쓸했다. 왜냐하면, 리나도 역시 같은 계급인 경위이기 때문이다.

그때, 갑자기 리나 위로 검은 그림자가 쓰러졌다. 리나가 눈을 뜨자 그 남자 얼굴은 더욱 가까이 와 있었다. 그리고 잠시 뒤 더 가까이 있을 수조차 없었다.

그건 짧고, 좀 주저하고 두려워하는 키스였다. 두 사람은 똑같은 생각을 했다.

'이 집 안에 있는 사람들이 우리 두 사람을 본다면 어떻게 될까?'

그 생각이 그들의 격정을 막았다. 두 손은 이 원천적인 길로 출발하지 않고, 신체 비밀을 벗기지 않았다. 리나가 눈을 떴을 때, 그 남자는 순식간에 리나에게서 떨어졌다. 콜러는 가까이 울타리를 보고 있다. 리나는 벌써 손을 뻗어 콜러 어깨를 잡으려고 했다. 하지만 내심 그의 얼굴을 더 만지고 싶다. 콜러는 고개를 숙인 채 그녀 손에 다가왔다. 그런 동작이 그녀에게 감동을 불러 주었다. 그것은 어머니의 따뜻함을 찾는 그를 어린아이처럼 보여 주었다. 리나는 의심하지 않았다. 이젠 의심할 필요가 없었다. 카스 콜러 경위는 리나만큼이나 누군가를 그리워하고 있다는 것을. 리나는 자신의 손 아래 카스 콜러 경위의 거친 살갗을 느꼈다.

콜러는 모든 걸 잊고 있다. 수사에 대해서도, 그 일이 새벽부터 그의 의식 속에 들어와 그의 몸 일부가 되어 있어도. 이제 콜러는 그 여인의 손길만 느끼고 있고, 그녀에게 기울인 채 있다. 그는 숨을 들이쉬고는 리나 머릿결에서 풍겨오는 체취를 맡았다. 이젠 아무것도 그에겐 중요하지 않았다. 사람들이 그들을 보는 시선까지도. 만약 트렙스 경사가 본다면? 그것도 신경 쓸 게 없다. 세상은 온통 두 사람만을 위한 것이 됐다. 그는 신체 아래로 땅만 느낄 수 있다. 그리고 그 옆에 있는 리나.

새로운 발견의 쾌락이 두 사람을 휘감고 있다. 그들이 이젠 더는 서로의 앞에서 장난칠 필요가 없으니 얼마나 즐거운가! 흉내 내기, 눈길을 보내는 것과 비슷한 또는 의도된 말의 시간은 이젠 지나간다. 그 두 사람은 서로의 눈에서 똑같은 것을 원하고 있음을 보았다. 그만큼의 오랜 외로움 뒤에 그 두 사람은 동반자를, 같은 운명의 삶을 찾고 있다. 그들은 아직도 서로를 두려워하며, 그들이 정말로 그런 상대를 발견할 것인지 걱정하며 찾고 있다. 그리고 만약 그런데도 그나 그녀가 진짜의 동반자 여동반자가 아님을 안다? 그들은 아직도 하나의 속임도 갖고 있지 못하고 있다. 그렇게 그들은 느끼고 있었다.

　손들은 살갗을 애무하고 있고, 손가락들은 목덜미에, 목 위에서 머리카락들 아래에 움직이고 있다. 몸에서는 참을 수 없는 욕구가 불길처럼 일어나고 있다. 그리고 아직도 완성은 멀리 있다. 그런 약속만이 그들 사이에서, 그들 안에서 진동하고 있다. 리나는 두 눈을 감고, 그것을 생각해 보려고 애쓴다. 하지만 그녀는 정말 그런 생각을 하지 못했다. 콜러의 다가섬에 그녀는 완전히 단순히 무장해제였고, 모든 생각을 멀리 보냈다. 그 여자는 자신이 언제나 거부감이 더욱 약해지는 걸 느낄 수 있다. 거부감은 정말로 처음부터 존재하지 않은 것 같다.

　그 남자에게서도 즐거움은 흘러넘쳤다. 그는 온 세상에 두고 무슨 일이 일어나는지 알리려고 고함이라도 지르고 싶다. 하지만 그는 침묵했다. 그런 침묵은 정말 색다른 즐거움이다. 그래서 그들은 비밀을, 그들의 비밀을 갖게 됐다! 달콤한 물결이 그의 의식을 때려 주고, 그는 그 기쁨과 슬픔으로 인해 고통받고, 동시에 역설적으로 그는 지금 자신이 침묵해야 하기에 즐거웠다. 어떤 힘이 그의 내부에서부터 긴장하게 했다.

그래, 이제 리나는 그의 것이다. 그는 느꼈다. 그의 것! 하룻밤만 아니라 여러 해 동안 그의 것이리라. 그가 지금까지 그녀와 관련해서 느낀 것은 불명확한 욕구는 더는 없고, 그것은 더 많이 뭔가가 됐다. 아련한 꿈은 사라졌고, 이젠 실제의, 승리의 시간이 다가왔다. 그녀와 그의 접촉은 지금 다른 차원으로 거의 지나가는 것이고, 더욱 실제적이고 더욱 흥분을 안겨 주었다. 지금 그는 한 손에 그녀 몸을 안고 있었지만, 그 순간은 아직도 '그것'이 아니었고, 그들 바람만이 서로 다가섰다. 리나는 그와 함께 살아갈 것이다. 콜러는 이젠 그 점에 대해 의심하지 않았다. 그들 두 사람은 서로에게 마치 입안의 이들처럼 잘 어울린다. 이가 맞물려 있듯 리나와 콜러도 함께 살아갈 것이고, 서로에게 새 힘을 불어넣어 줄 것이고, 어디론가 함께 갈 것이고, 함께 도달할 것이다. 리나 자신은 물론, 두 사람에게 새로운 인생길이 될 것이다. 그리고 이 세상에서. 함께 살아가는 삶은 그들의 원초적인 두려움을 없애줄 것이다. 예전의 실패에 대한 기억들도.

"이렇게 하면 정말 날카롭게 된 신경을 사라지게 하겠군요."

마침내 콜러가 말했다. 그 말은 자유를, 긴장감의 탈출을 의미했다. 리나는 그 점을 잘 이해하고는 살포시 웃었다. 그녀는 자신이 가벼워진 걸 느꼈다. 지금까지 비밀로 간직했던 그리움과 염원이 계속됐어도 자기 내부엔 여전히 남아 있다. 그러나 아주 좋았다. 미래의 그림이 명확하게 그려졌다. 그들은 이젠 서로에게 비밀이 없어졌다. 이젠 그녀의 여자로서의 자신감, 그의 끈질긴 자폐성이 동반해서도 과거가 돼버렸다.

"난 전부 잊어버렸네요. 왜 우리가 이 집에 왔는지."

리나가 속삭였다. 콜러도 피식 웃으며, 자신의 한쪽 팔로 여자를 잡아당겨 일으켰다.

"아마 이 상황은 바로 상호적인가요? 지금 왜 우리가 여기에 왔는지 알겠어요."

두 사람은 행복해하며 서로를 향해 살짝 웃었다. 그들은 울타리 열 사이의 좁은 길을 걷고 있다. 그곳은 폭이 좁아 콜러는 그녀를 앞장세우고 걸으며 말했다.

"그 두 사람은 오늘 우리를 여기에 오게 하려고 죽었군요."

"그분들이 그 때문에 죽은 건 아니지만 아무렴 어때요."

리나가 장난을 쳤다. 그녀는 남자에게 자신의 아름답고도 사랑이 가득 찬 시선을 날렸다. 콜러는 아주 세차게 그녀를 껴안고 싶었다. 하지만 멈추어야 했다. 형사로서의 의식이 점차 이 실제 세계로 되돌아가게 했고, 그것은 이 세계의 있을지 모를 위험을, 주변의 광경을 받아들였고, 누군가 빌라 창문을 통해 그들을 바로 볼 수도 있다. 정말 누군가가 이곳을 엿보고 있을지도 몰랐다. 지금까지 울타리가 두 사람을 숨겨 주었지만, 지금부터 그들은 알지 못하는, 보이지 않는, 망볼지도 모르는 사람들의 눈앞에 완전히 노출되어 있다. 더구나 콜러는 그들이 그들로부터 너무 멀리 있음을 알고선 더욱 걱정됐다. 어느 능숙한 자는 그 먼 거리에서도 그들 얼굴과 움직임을 보고서, 10분 전에 무슨 일이 있었는지 보았을 것이다.

리나는 그 공원 같은 정원의 중앙에 섰다.

"당신이 아직 모르는 뭔가가 있어요."

그리곤 리나는 서둘러 니콜의 이상한 행동에 대한 베티의 마지막 고백을 전했다. 한편 그 형사는 그녀 시선이나 아름다움에 영향을 입지 않도록 리나를 유심히 보고 있진 않고 보지 않으려 했다. 콜러는 그가 자신의 동료에게서 그런 뜨거운 사랑을 느낀다면 앞으로 신문을 이끌어 가기가 곤란하다는 걸 절감했다. 그래서 그는 두 가지 일을 분리하는 것이 낫다는 판단을 내렸다. 그건 이미 성공하지 못할 것을 이미 예견하고 있었다. 그래서 그는 지금 그녀 설명을 들으면서, 뭔가 그의 안에서 움직였다. 한편 리나는 부스럭거리는 소리를 들었다. 어디 가까운 곳에서 기름치지 않은 바퀴가 덜커덩거리는 것 같았다. 울타리의 다른 열 뒤에서 어디선가 보이진 않지만 마치 토마르, 그 정원사가 걸어가고 있는 것 같았다. 그는 수레를 밀면서 가고 있다. 고무장화를 신은 발에선 걸음마다 둔탁한 소리가 들렸다. 콜러 시선이 아래로 갔고, 그는 가장 가까운 울타리를 멍하니 쳐다보고 있다. 이상한 생각이 그의 머리를 휘감고 있었다. 너무 많은 정보가 동시에 있어, 그 정보들이 미칠 듯이 빠른 속도로 서로를 향해 달리고 있었다. 그는 어느 푸른 나무 앞에 멈춰 서서 손을 뻗어, 자신의 주의를 집중시켰다. 손가락은 생생하게 잘려나간 가지를 만지고 있었다. 니콜, 클라라. 그리고 다른 사람들. 아리노, 레에트. 베티와 마틸다. 이제, 그리고 로턴, 토마르 모두의 고백과 설명이 지금 그의 뇌리에서 함께 어우러져 있다. 하지만 갑자기 뭔가 그 무리에서 올라와 한층 더 밝았고, 눈부실 정도로 밝아왔다! 터널을 통과해 나오는 처음의 빛줄기들처럼…. 기차들이 오고 있고, 기관차는 벽과 레일을 비추어주고, 갑자기 모든 것이 자신의 위치에 떨어졌다. 그리고 이 모든 것은 알려진 채로 보이고 확실해졌다. 이젠 그 유일한 바른길이 향하는 방향을 보았다.

"레에트 말에 의하면 그 수수께끼의 해법은 울타리이었어."

그는 중얼거렸다.

"그러나 그것으로는 불충분해요. 그것은 천 개의 다른 식물과 마찬가지로 식물일 뿐이야. 여기선 사람들이 모든 걸 다 하고 있어. 니콜은 거짓말을 했고 가능하다면 모두 거짓말을 하고 있어! 그 점에 대해 생각을 깊이 해 보았어야 했어. 그래, 가장 현실적인 탈출구야! 모두 '거짓말을 한다는 것이' 유일한 예외는 이상하게도 바로 레에트야. 레에트는 가장 의심이 가는 인물 같았는데, 지금 모든 게 다르게 보이는군. 그의 죽음으로 인해."

콜러는 앞을 바라보았다. 리나는 콜러의 모습을 보고 있고, 그의 영혼 속에, 머릿속에 무슨 일이 일어났는지 추측해 보았다. 그 형사가 갑자기 공중으로 껑충 뛰어오를 때조차 리나는 그리 놀라지 않았다. 놀란 개나 즐거워하는 아이 같았다.

"갑시다!"

콜러는 리나의 손을 잡고는 빌라를 향해 달려갔다. 리나는 숨이 차서 그에게 먼저 계단을 올라가라고 했다. 그 형사는 곧장 똑같은 속도로 집 안으로 들어갔다.

"트렙스!"

아무도 대답이 없었다. 콜러는 고함을 질렀다.

"트레에에엡스!"

경사는 마치 총알처럼 어느 출입문 아래서 튀어나왔다. 둘은 부딪힐 뻔했다.

"예, 형사님!"

"모두 살롱으로 불러요. 알아들었어요? 모두를요!"

"신문 기자들까지도요?"

트렙스는 우둔하게 물었다. 그는 지금 지금까지의 그 자신과는 같지 않았다. 리나는 그 경사가 다시 베티와, 그 청소부와 다시 사랑하는 것을 내기해도 이길 수 있을 것 같았다.

콜러는 손만 내저을 뿐이고, 그 경사에게 아무 말도 하지 않는 것이 가장 나았다. 그러나 그의 얼굴은 트렙스에게 충분히 말하고 있었다. 리나는 이제 그 옆으로 가 있었다.

"명령대로 하세요, 경사, 나중에 기자들에게 뭔가 말해 줍시다. 머지않아 그 승리가 올 것이라고요!"

리나는 자신의 두 손가락을 펼쳐 보였다.

"V는 승리를 뜻해요! 최근에 텔레비전에서 자주 보듯이, 여러 데모 군중이 하듯이."

트렙스는 두 눈을 반짝거리며 대답했다. 그제야 알겠다고. 하고 달려나갔다. 리나는 산책하다시피 천천히 살롱으로 들어갔다. 이미 그곳에는 로턴이 한 모퉁이에 서 있었다. 클라라 벨머는 평소와 다름없이 자신에 찬 발걸음으로 고개를 치켜든 채 들어 왔다. 한편 콜러 형사는 긴장한 모습으로 창가에 서서 연신 손가락을 두들겨 댔다. 조급한 듯이. 그리고 정원을 내려다보았다. 리나는 직감으로 알았다. 모두가 모일 때까지 콜러가 그들의 시선을 보지 않으려고 하고 있다는 걸.

아더 아리노가 입을 닦으면서 들어 왔다. 뭔가를 마시던 참이었나? 리나는 코냑 냄새를 맡았지만 확실치는 않았다. 그 출판업자는 여전히 멍청하게 행동했다. 그는 클라라가 자리를 잡자 본능적으로 그녀에게 다가가 그 옆에 섰다. 마치 한때의 경호원이 자신의 여왕 옆에 서듯이. 리나는 클라라 벨머가 이제야 어두운 색상의 의복을 차려입은 걸 눈치 챘다. 물론 그녀가 입은 옷은 '장례복'이라고 부를 순 없어도. 그녀는 검은 치마에다 어두운색

블라우스를 입고 있다. 클라라는 고고한 표정으로 주변을 둘러보고는 이 거대한 혼돈 상태는 그녀에게 전혀 흥미가 없음을 추측해 볼 수 있다.

니콜도 왔다. 그녀는 깜짝 놀란 표정으로 로턴 옆으로 가서 섰다. 그녀는 이런 행동으로 누구의 눈을 속이려 할까? 자기 어머니를? 형사들은 확실히 아니다. 왜냐하면, 이전에 그녀는 형사들에게 아무 말도 하지 않았다. 아무것도 그 젊은이와는 연결된 얘기가 없었다. 베티와 마틸다는 안으로 계속 걸어오다가 출입문에서 흠칫 멈추었다. 리나가 그들에게 손을 흔들었다.

"들어와요, 들어와요!"

벨머와 레에트가 보이지 않으니 그 빌라의 구성원은 두 손님을 포함하여 모두 7명이다. 로턴과 아리노, 두 손님은 여전히 서로 쳐다보지 않았다. 마치 이 세상에서 존재하지 않는 것처럼.

마지막으로 토마르가 도착했다. 먼저 온 참석자들은 출입문 앞에서 이상한 소리를 들었다. 능숙하지 못하고, 경험 없는 손이 외부에서 출입문 손잡이를 찾고 있었다. 마침내 트렙스가 위해서 출입문을 열어 주었다. 그 정원사는 발을 끌면서 들어 와서는 걱정스럽게 주변을 둘러보았다. 그는 평생 한 번도 빌라 안에 불려 오지 않은 것 같다. 토마르는 베티 옆에 섰고, 그 청소부는 금세 그 자리에서 벗어났다. 리나도 진동하는 마늘 냄새를 이미 맡았다. 마틸다는 자신의 코를 실룩거리며 움직였다. 그녀는 큰 토기 같았다. 리나는 그런 그녀를 잠시 보았을 뿐 그 식모도 토마르가 있는 자리에서 멀찍이 떨어지더니 창가로 바싹 다가갔다. 창문은 열려 있다. 레에트에 대해선 모두 잊어버린 것 같다. 양탄자 위에 보일 듯 말 듯 하던 핏자국도 이젠 볼 수 없는 것 같다.

리나는 콜러에게 조용히 갔다. 그 형사는 자신의 수첩을 꼭 쥐고 있었지만, 내용을 보지 않았다. 리나가 살짝 건드리자 그는 몸을 휙 돌렸다. 리나는 자신들이 말없이도 서로의 동작으로 뜻을 알 수 있어 기뻤다.

"이젠 앉으시오."

그렇게 말하고 콜러 자신이 맨 먼저 앉았다. 리나가 그다음. 로턴은 앉을 자리를 찾고 있었다. 베티, 마틸다, 토마르 일꾼 세 사람은 그런 요청에도 꼼짝하지 않았다.

'그들은 서 있기를 원하는가, 아니면 클라라 벨머나 니콜이 있는 자리에선 앉을 용기가 없는가? 그 빌라의 현재 '주인마님들'이라서?'

리나는 그 얼굴들을 차례로 살펴보았다. 이 모든 사람은 왜 자신이 이곳에 불려 오게 됐는지 추측하거나 알고 있는 것 같았다. 클라라는 침착했으나 내부의 긴장을 숨기는 것 같았다. 신경이 날카로워진 아리노는 그 점을 숨기려 하지 않았다. 아리노 자신의 손가락을 때리고 있는데 그건 증오의 습관일 거라고 리나는 생각했다.

로턴은 이 모든 것을 내려다보며 돌아다녔는데 이 세계 사람이 아닌듯한 표정을 하려고 애썼다. 로턴은 자신이 이 벨머 사람들과는 전혀 무관하다고 추측하고 있었다. 하지만 그도 태평스러운 모습은 아니었다. 움직이지 않고 선 채로 정원사의 검은 두 눈은 뭘 해야 할지 모르는 것처럼 보였다.

'그의 피부색은 어쩜 저리 짙은 갈색이지?

리나는 무심코 그런 생각을 했지만, 그녀의 눈길은 어느새 베티에 가 있었다.

청소부는 때로 로턴을, 때론 니콜을 향하다 나중엔 형사의 두 눈으로 돌아왔다. 청소부는 콜러가 곧 무슨 말을 할 것인가 알고 있었다. 마틸다는 손에 크고 오래된 손목시계를 들고 몇 분 동안 기다리면서도 여러 차례 그 시계를 쳐다보고 있다. 리나는 생각했다.

'지금도 자신의 할 일에 대해 생각하고 있는가? 몇 시에 오후 간식을 준비해야 하는지를. 어제 똑같은 시각엔 주인님도 생존해 계셨고, 그분 친구인 레에트 씨도 살아 있었다. 이 집 질서는 변할 수 없는가? 여기선 지금도 부엌일이나 방 청소만 중요하게 여기는 사람이 있는가? 20년 동안 매일 똑같이 작동해야 하는 기계 같구나. 여기선 하루라도 쉬는 일은 없었구나!'

"트렙스를 불러요."

콜러가 리나에게 요청했다. 콜러는 의자에서 일어나려고 하지 않았다. 어쩌면 여기 있는 사람들과의 정신적인 접촉을 잃는 것을 두려워하는지도 모르겠다. 왜냐하면, 그는 그렇게 아니면 그렇게 되기를 바라고 있는지도 몰랐다. 그가 동시에 모든 사람의 영혼을 훤히 볼 수 있기를 원했다. 그는 차례대로 그들의 눈을 찬찬히 보았다.

마틸다.

베티.

토마르.

로턴.

클라라.

니콜.

아리노.

일곱 사람, 일곱 가지 바람, 일곱 가지 의도, 일곱의 다른 과거, 일곱 개의 다른 인생! 그들 중에 누가 처음의 살인범으로 판명될 것인가. 그리고 나중엔 누가 실수를 했는가? 콜러는 지금 누구의 마스크를 벗기려 하는가?

'콜러는 이미 누군지를 알고 있다.'

15. 벗겨진 가면

트렙스 경사는 출입문 앞에 섰다. 갑자기 창문을 다 닫아야 한다는 걸 생각해 냈다. 그는 창문으로 달려가 문을 닫으려 했지만, 그 살롱에 퍼진 마늘 냄새를 맡자 그 자리에서 멈췄다. 더구나 동료들이 이 집을 철통같이 지키고 있다는 것이 떠올랐다. 그래서 이 빌라에서 아무도 도망할 수 없고, 마찬가지로 어느 취재 기자도 창문틀까지 몰래 잠입해 들어올 수 없고, 그곳에서 엿들을 수도 없다. 그래, 어느 외부인이 그 형사가 하는 말을 듣는다는 것만 없을 뿐이다! 몇 분 전에 트렙스는 콜러의 '명령에' 따라 그 기자들에게 좀 확신적인 태도와 눈 껌벅거림으로 조금만 더 참고 있으면, 그들은 '폭탄' 같은, 충격적인 사실을 통지받을 것이라고 이미 알려 주었다. 오래지 않아 해결이 날 것이다! 그러나 그 경사는, 정말로 그 새 여형사와 콜러를 그리 믿진 않았다.

'그들 두 사람이 그리 빨리 범인을 잡는단 말인가?'

하지만 트렙스는 명령을 받은 대로 수행해야 했다. 아마 기자들이 최종적이고도 긍정적인 정보를 갖기를 희망한다면, 몇 시간 정도는 더 잠잠해 있을 것이다.

트렙스는 그가 지금 여기서 무슨 힘이 있는지 아직도 생각에 잠겨 있었다. 경찰 두 사람이 홀 안에 대기해 있다. 마당에는 차량이 몇 대 있고, 무선 전화에도 누군가 대기하고 있다. 만약 수사반장이 뭘 지시하고 싶으면, 그를 찾거나 형사를 찾으면 된다.

오늘은 일요일이라 해도, 귀신은 결코 잠을 자지 않고 있다. 애석하게도 그들 반장도 잠을 자지 않고 있다. 흥분을 잘하는 상관이라 그 반장은 여러 번 트렙스에게도 야단을 쳤고, 시내에 있는 모든 경찰에게도 비슷하게 대했다. 그 경사도 그 '증오스러운 늙은이'를 미워했다.

콜러는 자신의 수첩을 폈다. 그가 말을 하기 직전에 클라라 벨머가 미묘하게 움직이며 손을 들었다. 마치 국회에서 국회의원이 연설을 시작하려고 할 때처럼.

"형사님, 언제까지 이런 신문을 계속할 겁니까? 이건 전쟁 났을 때의 점령군과도 비슷합니다. 낯선 정복 차림의 사람들이 끊임없이 지나다니고, 때때로 우리를 신문하려고 부르기도 하고요. 어느 땐 혼자 오라고 하고, 어느 땐 단체로 오라 하니, 생활이 완전히 엉망이 되어버렸어요."

콜러가 미처 대답하기 전에, 이번엔 로턴이 이 틈에 끼어들었다.

"여사님, 우리는 아직 더 이렇게 모여야 하나 봐요. 경찰은 필시 우리를 시간이 정말 많은 사람으로 보고 있어요!"

"이번이 우리의 마지막 '모임'입니다."

콜러는 화를 삭이면서 그 낱말을 강조했다.

"이 살롱에서 여러분 중 한 사람은 수갑을 찬 채로 나갈 겁니다. 그리고 그게 한 사람 이상일 수도 있습니다."

모두 두려움에 휩싸여 침묵했다. 리나는 다시 그 얼굴들을 천천히 훑어보았다.

'그들은 몹시 두려워하는가? 아니면 몇몇은 두려운 것처럼 행동하는가?'

그러나 콜러는 바로 그 점을 보고 싶었다. 그 두려움을! 클라라 얼굴은 마치 조개처럼 닫혔고 아무 말도 하지 않은 채, 공허한 표정으로 앞만 보고 있었다. 아리노의 두 손은 심하게 떨리고 있다. 베티는 먼저 로턴을 처다보더니, 나중엔 다른 사람들이 서로를 쳐다보지 않는 걸 알아차리고는 그녀도 타인을 보지 않고 바닥만 내려다보았다. 토마르는 콜러 얼굴에서 자신의 두 눈을 떼 놓지 않고 있다. 마틸다는 마치 어린아이처럼 의자에 똑바로 앉아 있었다. 이렇게 일꾼들도 콜러의 명령에 따라 자리에 앉아야만 했다. 그리고 명령대로 리나와 그 형사를 쳐다보았다.

아리노는 조금씩 용기를 내는 것 같기도 했다. 아니면 이런 저주받은 침묵을 이겨낼 수 없었을까? 리나는 콜러를 존경하고 있다. 콜러가 긴장하게 해주니 정말로 좋았다! 극장 배우나 영화감독보다 더 멋져 보였다. 참석자들의 영혼은 지금 그에게 복종하고 있다. 리나는 이 사건이 얼마나 중요한지 알고 있었고 세세한 모든 일을 기억하고 있었다. 언젠가 리나도 콜러와 똑같이 할 것이다. 만약 그 '증오스러운 늙은이'가 리나에게도 독립해서 탐문과 신문을 하게 해준다면.

"형사님, 뭘 알아내셨어요?"

마침내 떨리는 목소리로 그 출판업자가 말했다.

"그래요, 나는 이제야 모든 걸 알게 됐어요."

콜러는 대수롭지 않은 듯 말하면서도 고개는 들지 않았다. 아리노는 아주 신음했다. 하지만 그것이 그의 가벼워진 표현은 아니었다. 콜러는 수첩을 무릎에 놓고는 고개를 들었다. 콜러의 첫 시선은 클라라 벨머로 향했다.

"여사님, 부군은 며칠 전에 이런 결정을 하셨습니다. 자신의 삶에 근본적인 변화를 줘야겠다고요. 그 말은 여러분 모두의 인생에도 해당한다고 할 수 있을 겁니다."

클라라는 아무 대답이 없다. 콜러도 무슨 대답을 계산에 두고 한 말은 아니었다. 콜러 시선은 이젠 니콜에게 향했다.

"테오 벨머는 이 집을 영원히 떠나고자 했으나 혼자는 아니었습니다."

니콜은 고개를 숙였다. 침묵했다. 콜러는 곧 떨고 있는 출판업자 아리노를 향했다.

"벨머 씨의 계획은 모두의 맘에 들지 않았습니다. 내가 솔직히 말한다면, 나는 이런 문장을 만들어야 할 겁니다. '그의 계획은 당신들 누구에게도 맘에 들지 않았습니다.' 그래서 그의 이런 의도를 실현하는데 방해할 사람들이 이 집에 있었습니다. 우리는 이렇게 말할 수 있을 겁니다. '무슨 수를 써서라도' 그를 방해하겠다는 사람들요."

"하지만 형사님, 그건 중상모략입니다."

그리고 아리노는 얼굴을 신경질이 난 듯 움직였다. 콜러는 전혀 신경을 쓰지 않았다. 다음 목표는 정원사 토마르였다.

"레에트가 베티에게 이런 말을 했답니다. 주인님은 니콜과 간혹 속삭이고, 정원사와도 간혹 속삭인다고요. 그분은 토마르 당신과 무슨 말을 나누었나요?"

토마르도 신경질적인 움직임을 나타냈다. 아마 지금에서야 그의 단순하고 작은 두뇌엔 토마르 자신도 혐의자가 될 수 있다는 걸 알게 된 것 같다. 토마르는 깊은 목소리로 뭘 중얼거리고는 여느 때처럼 더듬거리는 말투로 말했다.

"주인은 나와 대화한다. 정원에 대해서. 언제나 그저 그 일에만."

"그리고 그 울타리에 대해서도?"

콜러는 세게 휘둘렀다. 마치 테니스선수가 공을 단숨에 날리듯이!

"아니다! 아니다! 울타리들은 아니다."

토마르는 단번에 반박했다.

'이젠 토마르가 너무 빨리 되받아치는군.'

리나의 마음에 그런 생각이 삽시간에 스쳐 지나갔다.

클라라가 이 부분적 신문을 끊었다.

"왜 형사님은 그 울타리를 그리 자주 이야기하는가요? 몇 년 전에 우린 그걸 외국에서 수입해 왔어요. 그건 우리에겐 이국적 분위기를 만들어 주었어요. 우리나라엔 그런 울타리는 자라지도 않아요. 아니면 지금까지 키우지 않았고요."

"그렇습니다. 나도 알고 있습니다. 모로코에서 가져 왔다고요, 그렇지 않습니까?"

콜러는 기분 전환을 하듯이 말하면서도 동시에 두 눈은 그 안 주인을 꿰뚫어 보고 있었다.

"벨머 선생은 정원사 일을 압니까?"

"전혀요. 그이는 그런 일은 전혀 알고 있지 않아요."

그 부인의 대답은 모두 들어보라는 듯이 심하게 경멸조였다.

'이상한 장례 분위기로군.'

리나는 생각했다. 시시각각으로 그녀는 더욱 느꼈다.

'콜러는 뭘 생각해 두고 있는지 그 놀음은 아주 진지하다. 그리고 콜러는 결국 자신이 이길 수 있는 어떤 논쟁거리를 갖고 있다. 하지만 언제, 누가 패배자가 될 것인가? 콜러가 15분 전 정원에서 '이젠 해결책을 찾았다!'라고 했을 때 너무 속단했던 건 아닐까?'

콜러 형사는 이제 아무에게도 시선을 두지 않고 그 살롱의 가장 먼 위쪽을 쳐다보고는 마치 아무도 없는 듯이 혼자 생각하는 듯 큰 소리로 말했다.

"그 살해범은 레에트 씨가 그 울타리 이야기를 하려는 순간 총으로 쏘았습니다. 그것은 물론 아주 우연일 수 있습니다. 레에트 씨는 이 집 주인 친구인데, 우리에게 이야기한 것보다 더 많은 걸 알고 있었다는 사실입니다. 사람들이 그를 방해했습니다! 그래서 그가 경찰에 몇 가지 중요한 사건과 추측을 이야기하려는 그 순간, 누군가 그를 죽였습니다. 누군가 그를 향해 총을 겨눴습니다."

콜러의 시선은 다시 여러 얼굴을 미끄러져 지나갔고, 마침내 파울 로턴에게 멈췄다.

"당신, 로턴 씨, 당신은 법률과 씨름한 적이 있습니다. 당신은 이미 피를 보았습니다. 아마 피를 쏟았을 겁니다. 그런 부류의 사람으로선 누군가에게 총질하는 것은 아무것도 아닙니다. 아마 두 번이나요, 차례대로요!"

파울은 갑자기 벌떡 일어났다. 파울은 그런 공격을 되받아치려고 자신의 몸을 바로 세웠으나, 삽시간에 자신의 전략을 바꿨다. 다시 자리에 앉았다. 파울은 거만해졌고 다시 용기를 얻었다.

"증거자료는 있어요?"

그는 신경질적으로 말했다.

"증거 없이는 살해범을, '진짜' 범인을 못 잡을 거요!"

"침착하십시오, 로턴 씨. 우린 조금씩 그 순간으로 가고 있습니다."

형사는 마틸다를 쳐다보았다. 그 식모는 자신이 평안하다는 걸 보여주려고 했지만, 그리 성공하지는 못했다.

"누군가가 살해범을 도운 신호가 많이 있습니다!"

"제가 그를 도와주었다고 믿는다면 정말 실수하신 겁니다."

식모는 급히 말했지만, 목소리는 둔탁하고 생기가 없었다.

'혐의 때문인가 아니면 갑작스러운 말에 놀라서인가?'

리나는 생각에 잠겼다.

"저는 새벽에 마당에 나가지도 않았어요. 집안에서 출입문을 꼭 닫기만 했어요!"

"그렇게 아주머니 스스로 강조하긴 했어요."

콜러는 거침없이 반박했다. 리나는 콜러가 '아직은 놀음만 하고 있다는 걸 감지했다.

'아직은 진실의 싸움이 아니다. 하지만 어디선가 아래에 그는 진짜 싸움을 준비해 두고 있다. 콜러는 목표를 의식하고 있지만, '그런 목표를 향해 가면서' 뭔가 다른 걸 알고 싶은가? 다른 정보들을, 더 아니면 덜 중요한 것들을?'

한편 토마르도 모퉁이 의자에 앉았다. 그렇게 해서 모두가 앉게 됐다. 그 정원사는 마틸다와 아주 가까운 곳에 있고, 두 손은 무릎 위에 가지런히 놓은 채 꼭 쥐고 있다. 마치 군인처럼.

"누군가 출입문을 열어 놨어요."

식모는 불만인 듯 중얼거렸다.

"난 그 출입문을 닫기만 했어요. 형사님, 그만큼만 그 일과 관련이 있을 뿐입니다."

"그 범인이 달아날 때, 출입문을 열어 둔 것입니다."

클라라 벨머가 즉각 말했다.

"난 처음부터 그자는 이 집에, 우리 중에 있지 않다고 말했어요!"

"어느 부랑자가 그 범인이지요."

아리노가 바로 클라라를 지원했다.

"무고한 사람을 의심했네요."

로턴은 혐의를 받는 걸 강조하며 불평했다.

그러나 콜러는 이 모든 말들을 듣지 않은 것 같았다. 수첩만 다시 내려다볼 뿐이었다.

"신사 숙녀 여러분, 여러분의 알리바이는 첫 살인 사건이 일어났을 때 매우 불확실합니다! 그리고 둘째 총소리엔 여러분 모두 빌라 안에 있었습니다. 그렇지 않은가요? 그래서 이 경우 아무 곳에서도 오지 않은 어느 부랑자에게 혐의를 두는 것은 매우 어렵습니다. 두 살인 사건 뒤에는 총알이 있어야 하는 것은 당연한 이치입니다. 그들은 서로 독립적으로 분리되어 있지 않습니다. 레에트가 살해된 순간에 아마 여러분 중 아무도 바로 잠들지 못했지요?"

콜러 목소리에 비웃음은 없었다. 그 형사는 마틸다를 한 번 쳐다보고는 되풀이했다.

"아무도 자지 않았지요?"

그리고 이젠 베티와 로턴을 바라보았다.

"아무도 바로 과도한 성생활을 하지 않았지요?"

그리고 클라라와 아리노를 쳐다보며 계속 말했다.

"자신의 새 애인이나 아니면 옛 친구와도? 아니, 아니 그런 일은 있지 않았습니다. 이 경우 총소리가 난 직후에 그 살해범을 도와준 누군가가 이 집 안에 있습니다. 그렇지요, 아가씨?"

그리고 이제야 콜러는 니콜을 향했다.

"형사님은 저를 의심하는가요?"

니콜은 침을 삼키고는 콜러의 시선을 당차게 받아쳤다. 리나는 내심 말했다.

'지금이야말로 새로운 결투가 시작되는구나!'

"범인이 누구인지, 아가씨, 말해보시오."

콜러는 다시 옛날 전략을 사용했다. 그 형사는 온전히 정상적인 일상의 목소리로 마치 니콜에게 서가에 있는 뭔가를 꺼내 달라고 요청하듯이, 또는 지금이 몇 시인지 알려 달라고 하듯이 말했다. 그러나 지금 콜러는 진정한 반대자를 만났다.

그 젊은 아가씨는 딱딱한 얼굴로, 놀란듯한 눈으로 콜러 형사를 다시 보았다.

"저는 몰라요."

"당신은 거짓말하고 있어요."

콜러는 침착하게 말했다. 그는 아주 침착한 결정을 하고 있었다. 모든 위험을 무릅쓰고…. 하지만 콜러는 정말 자신의 목표를 이미 알고 있었고, 그곳으로 가는 길이 어디인지도 제대로 파악하고 있었다. 리나는 숨을 참았다.

'이제 결투가 시작됐다. 이 아가씨는 무엇 때문에 거짓말을 하는가? 그녀가 알 수 있고, 하려고 하게 한 사람은 누구인가?

"하지만 형사님!"

아리노의 두꺼운 얼굴에 땀방울이 주르르 흐르고 있었다.

"자극하지 마십시오. 내 딸에게!"

"선생은 아버지로서의 감정이 너무 늦게 깨어나시는군요!"

콜러는 출판업자를 보려고도 하지 않았다. 그는 니콜의 시선을 전혀 피하지 않았다. 그 아가씨도 형사를 노려보았다. 그렇게 얼마간 시간이 지났다. 누가 더 오랫동안 견뎌낼까? 마침내 니콜은 자신의 시선을 거두었다. 콜러는 일어나 그 방 안을 거닐기 시작했다. 이리로 저리로, 이리로 저리로. 그는 연필과 함께 수첩을 의자 위에 내려놓았다.

"신사 숙녀 여러분, 주목해 주십시오! 내가 간밤과 오늘 오전에 무슨 일이 있었는지 이야기하겠습니다. 범인은 벌써 수 주간 전부터 그 범행을 준비해 오고 있었습니다. 그는 아주 사소한 일까지도 모든 준비를 해 두었습니다. 그는 지옥 같은 교활한 생각을 하고 있었습니다. 그 점에 있어 나는 좀 뒤에 여러분께 말씀드릴 겁니다. 처음에 우리는 사실들만 봅시다. 범인과 희생자는 새벽 4시에 벨머 씨의 방 안에 함께 있었습니다. 그 범행을 저지른 사람은 외부에서 이 집으로 들어온 무슨 부랑자가 아닙니다. 그들은 벌써 오래전부터 서로 잘 알고 있는 사이였습니다. 그 두 사람은 오랫동안 한 방에 같이 앉아 있었습니다. 모든 다른 집안 사람은 자기 침대에 누워 자고 있겠지 라고 믿고 있었겠지만요. 그 희생자도 잠을 자고 있었습니다! 그걸 해부를 통해 알게 됐는데요, 그 살해범은 그 일이 있기 전에 희생자가 평소 마시는 음료수에 강력한 수면제를 넣어 두었습니다. 그러나 그 희생자가 잠들기 전까지 그 두 사람이 평화롭게, 서로 협력해 뭔가를 준비했습니다. 그것은 그 살해범의 계획 일부였습니다.

나중에 4시가 좀 지났습니다. 4시 반 이전에 총소리가 났고, 그 살해범은 달아나기 시작했습니다. 나는 추측해 보았지요. 그 자는 자기 신발을 손에 들고 조용하고도 재빨리 홀에 도착해 저 홀의 출입문에 도달했습니다. 그자는 테라스 위로 달려갔지만, 그 뒤에 있는 출입문은 닫지 않은 채로 열어두었습니다. 그것은 그자의 실수였습니다. 그러나 마틸다는 아무것도 모른 채, 정돈된 상태를 좋아하기 때문에 그의 뒤에서 그 출입문을 닫았습니

다. 사건 뒤 그리 오래되지 않아서요

그리고 몇 분이 지나 빌라 안 사람들이 깨어나 아래로 달려오기 시작했을 때, 1층 집주인 집무실로 달려오기 시작했을 때, 정원 어디선가 살해범은 무기를 숨겼습니다. 그는 그걸 아주 능숙하게 했습니다. 경찰조차도 종일 뒤져도 찾지 못하도록 그렇게 능숙하게 무기를 숨겼습니다. 자, 정말, 아마 그자는 적절한 숨을 장소를 물색해 두었습니다. 다시 몇 분이 지난 뒤 그 살해범은 그가 다른 모든 집안사람에게서 의심받지 않기를 희망하면서 그 혼돈된 사람들이 있는 곳에 합류했습니다. 그리고 경찰에 알렸고, 우리가 오게 됐지요. 우리는 범행 장소를 훑어보고 죽은 사람을 수색했고, 집안사람들을 신문했습니다. 이제 나는 여러분께 솔직히 고백할 수 있습니다. 우리는 그 살인 동기가 무엇인지 전혀 몰랐고, 우리는 그 살해범의 궁극적 계획에 대해서도 별로 알지 못했습니다. 감정과 예감만이 우리를 도와주었지만, 아시다시피 그것은 아무 곳에도 우리를 인도해주지 못했습니다."

콜러는 이젠 말을 멈추고 시선을 리나에게 돌렸다. 콜러는 안락의자에 자신의 등을 밀어 넣고는 주변을 둘러보았다. 그는 모든 사람을 동시에 볼 수 있었으면 했다. 니콜과 다른 어느 한 사람도. 그러나 그것은 불가능했기에 그는 양탄자를 한참 바라보다가 말을 이었다.

"레에트 씨는, 우리가 의도하든 아니든 협력자였습니다. 우리가 맨 먼저 단순히 식객으로만 알고 있던 그 사람은 이 빌라에 살면서 많은 중요한 일과 흥미로운 일을 관찰해 왔습니다. 그는 스스로 주목하거나 관찰한 이것저것이 무얼 의미하는지 잘 몰랐지만, 우리 손에서는 그것들이 조금씩 중요한 입증 자료가 됐습니다. 레에트는 중요한 두 가지 사실에 주목했음을 알게 됐습니다. 그에 따르면, 그 두 가지는 한꺼번에 나란히 이상한 일을 설명해 주었습니다. 지금은 내가 불명확하게 말하는 것을 용서해주십시오. 오래지 않아 모든 게 명확해질 겁니다. 다시 레에트에게로 돌아가면, 그의 말은 그만큼 불확실했고, 그만큼 놀라워서 그 자신조차도 처음에는 우리에게 그 이야기를 해야 할지를 두려워해서 망설이고 있을 정도였습니다. 레에트가 우리에게 이야기를 시작하면서 이 살롱의 창가 창틀에 앉아 있었는데, 살해범은 그 창문 아래 잘 숨어 있었습니다. 그도 집안사람들이 고백하고 설명하는 걸 엿듣고 싶었습니다. 그때 그 창문이 열려 있었다는 것은 여러분도 알고 있습니다. 빌라 안 도로 쪽 대문에 서 있는 경찰은 그 울타리 아래, 그 창문 아래서 무슨 일이 일어나는지 볼 수 없습니다. 살해범은 추측했습니다. 여느 때처럼 지금 레에트가 이 집에 관한 모든 걸 알고 있었습니다. 그리고 그자는 알아야만 했습니다. 만약 레에트가 그자가 알고 있는 걸 말해버린다면, 그가 검거됨으로 그 사건은 종결되기 쉽다는 걸 말입니다. 살해범은, 레에트가 경찰에게 정보를 넘겨주는 걸 주저하지 않을 것이 확실해졌습니다. 나는 생각해 보았습니다. 바로 그 때문에 그 살해범은 창문 밑에 올 때 이미 무기를 손에 들고 있었습니다. 그자는 레에트의 앞선 행동을 통해 이미 그 '식객'이 뭔가를 수상해 하고 있다고, 아니면, 알고 있다고. 레에트는 조심성이 있는 인물이 아니었습니다. 만약 누군가 그 집안에서 그에게 그런 문제에 관해 물었다면, 그는 자신의 의견을 즉시 말하고 그 사건에 관련된 일에 대해 자신이 알고 있는 것을 말했을 것입니다. 이번에 그 작가가 죽은 뒤, 그는 자신의 혐의를 묻지도 않았지만 말했습니다. 예를 들어, 베티에게, 청소부에게는 저는 확신이 섰습니다. 만약 레에트가 그 순간에, 그 창틀에 앉아 있던 순간에 그런 수상한 점을 말하지 않았다면, 그분은 아직도 살아 계셨을 겁니다. 하지만 몇 마디를 말하자마자 그는 죽음을 맞게 됐습니다. 그 살해범은 아주 가까이에서 그가 하는 모든 말을 들을 수 있고, 결정적인 순간에 총을 쏘는 걸 주저하지 않았습니다. 벌써 두 번씩이나요! 이젠 나는 명확해졌습니다. 그자는 처음부터 그런 일이 일어날 걸 예상하였습니다. 그 때문에 그자는 자신의 동료에게 어떤 작은 서비스를 해 달라고 요구했습니다. 무엇을 위해서요? 자, 그 둘째 사람은 그에게 알리바이를 확실히 만들어 주었습니다! 마치 총 쏘는 순간에 그자가 다른 장소에 있었던 것처럼요. 사실은 그러지 않았지만요."

콜러는 다시 걸어갔다. 천천히 한 걸음 한 걸음씩 내디뎌 마침내 그녀 니콜 앞에 섰다. 그 아가씨는 창백한 얼굴로 그를 올려다봤다. 니콜은 그리 평안치 못했다. 그 형사는 그녀 앞에 서서 말을 계속했다.

"그 알리바이는 일정한 시간은 '효과가 있었습니다'. 아가씨의 고백이 우리를 다른 길로 가게 했습니다. 우리는 살해범이 이 집 '안'에 있다고 믿었습니다. 하지만 그는 그 안에 없었습니다."

트렙스는 그 형사의 말에, 그 추측해 가는 논리적인 말에 감동하고 있었다. 그는 마치 최면에 걸린 사람처럼 콜러를 쳐다보고는 물었다.

"그 살해범은 어디 있습니까?"

"정원에요."

콜러는 즉시 대답했다.

모두 토마르를 쳐다보았다. 그 정원사는 조금 늦게 반응하고는 혼비백산하여 주위를 둘러보았다.

"뭐요? 내가?"

리나는 숨을 죽였다. 그녀는 트렙스 경사가 천천히 그 정원사 뒤로 가서 멈추는 걸 보았다. 그것은 우연한 일이 아니라고 그 여형사는 생각했다. 트렙스는 명령 없이는 이런 일을 수행할 수 없을 것이다.

모두가 깜짝 놀라자, 클라라가 그 정원사의 보호자임을 자청했다.

"하지만 형사님, 그런 혐의는 웃기네요? 로턴 씨는 스스로 고백했어요. 그분은 두 번째 총성이 울렸을 때, 차고 안에 있었어요. 그럼 그도 집 안에 없었어요. 그 밖에도 토마르는 남편을 존경했어요!"

"하지만 부군은 토마르를 존경하지 않았습니다."

콜러는 반박하고는 그 안주인을 쳐다보지 않았다.

그 참석자들은 모두 깜짝 놀랐다. 파울 로턴은 입 다물기를 잊은 것 같고, 마치 그 정원사를 처음 본 사람처럼 멍하니 보고 있다. 그의 두 눈엔 이상한 두려움이 서렸다. 형사는 로턴의 두려움에 떠는 시선을 없애주지 않는 것인가, 그리고 몇 분 뒤 하지만 말할 것이다.

"로턴 씨, 당신을 체포하겠노라고!"

베티는 지금 그 정원사에게서 시선을 돌려, 그 살롱의 한 모퉁이로 의자를 당겼다. 아마 뭔가 두려워하고 있다. 아리노의 얼굴에는 무슨 가벼움이 일었다. 리나는 그런 놀라움을 숨기지 않았다. 그리고 동시에 그녀는 콜러 걱정을 했다. 그 울타리들을 여러 번 언급함으로 전체적인 신문이 다른 곳으로 간다면 무슨 일이 일어날지 걱정이었다. 만약 그들이 전혀 다른 길로 들어섰다면, 진실로 가는 길이 아닌, 해결로 가는 길이 아닌 전혀 다른 길로 간다면? 그리고 예를 들어 레에트가 전혀 다른 의도로 그 울타리를 말했다면, 그리고 이 모든 것에서 카스 콜러 형사가 아주 많이 틀린 결론에 도달한다면? 만약 콜러가 그 정원사 개인으로 전혀 다르게 간다면? 그것은 형사가 지금까지 말했던 것들이 아직도 확신이 가지 않았기 때문이었다.

"그래요, 정말."

갑자기 마틸다가 말했다.

"불쌍한 작가 선생님은 언제나 불행한 토마르를 비웃었어요. 그 정원사가 그걸 듣지 않게 하면서요."

트렙스 경사가 물었다.

"이 정원사를 체포할까요, 형사님?"

"그렇게 해. 하지만 난 아직 중요한 걸 말하지 않았어요. 경사, 그자를 꽉 붙들고 있어!"

그리고 콜러는 두 걸음을 걸어 재빨리 그 정원사에게 다가갔다. 그가 무슨 행동을 할지 아무도 몰랐다. 그가 가까이 오는 것을 본 토마르는 일어나려 했지만, 그 경사가 의자 뒤에 서서 그 인도인의 두 팔을 세게 누르고 있어 그는 일어설 수 없다.

"난 이 자를, 레에트 씨와 그 정원사를 살해한 범인으로 지목합니다!"

콜러는 외치고는 자신의 결정적 몸짓으로 그 정원사의 크고 검은 모자와 턱수염과 가면을 벗겼다.

클라라 벨머는 길고 날카로운 비명을 질렀다. 아리노는 깜짝 놀라 움직이지 못했다.

정원사 의자에는, 정원사 의복에는 테오 벨머, 그 작가가 앉아 있었다.

놀라움으로 그들 눈엔 불꽃이 튀었다.

트렙스조차 놀라움 때문에 범인을 잡고 있던 손을 떨어뜨릴 뻔했다. 하지만 그는 정신을 차리고 그를 꽉 붙들었다. 물론 그 경사는 그 범인이 달아나려고 하지 않는다는 걸 알고 있지만. 테오 벨머의 두 손과 두 발은 힘이 없어 마치 솜 같았다. 긴장은 그의 얼굴에서 떨어져 나가기 시작했고, 그의 근육에서 빠져나갔다. 마스크를 벗자 그의 힘과 염원은 완전히 빠져나가 버렸다. 그는 반쯤 죽은 사람 같았다.

트렙스는 갑자기 자신이 경찰임을 인식하고는 전문적으로서 그를 수색하고 나서 손을 한번 흔들어 콜러에게 표시했다.

'이 자는 지금 무기를 휴대하고 있지 않습니다.'

클라라 벨머의 비명에 밖에 서 있던 경찰 두 명이 뛰어들어와 트렙스 옆에 섰다. 클라라는 놀란 두 눈으로 자신의 남편을 쳐다보았다.

"테오, 당신은 살아 있었군요?"

"훌륭하신 하느님과 그분의 모든 성자님이시여!"

마틸다는 허공에 십자를 긋고 말했다.

"당신은 귀신인가요, 아니면 작가 선생님이신가요?"

베티도 뭔가 용기 있게 물었지만, 아무도 그녀 말에 귀 기울이지 않았다. 그녀도 대답이 돌아올 거로 생각지 않았다. 파울 로턴은 여러 번 고개를 내젓더니 나중엔 눈을 비볐다. 이런 광경이 전혀 믿기지 않은 듯. 벨머가 살아 있다니?

니콜만 그를 쳐다보지 않고, 몸을 돌려 머리를 두 손바닥 사이에 박았다.

"그 속임은 아주 특이했습니다."

형사는 알려주듯이 말했다. 벨머는 내키지 않는 익숙해진 행동으로 눈을 껌벅거리고는 자신의 얼굴 중 턱수염이 난 데를 손으로 비비려 했다. 가면에 사용한 접착제의 여분이 살갗을 자극했다.

마침내 리나도 뭔가를 말했다.

"이건 큰 화제입니다! 이 사건은 경찰 기록에도 길이 남을 것입니다! 살해범이 희생자였다고요? 이런 일은 한 번도 일어나지 않았어요."

리나는 바닥에 떨어져 있던 수염과 가발을 집어 들었다. 리나는 이미 예상했었다. 토마르의 저 '갈색' 피부가 자연스럽지 않다는 것을. 제 피부색이 아닌 줄 짐작을 했었다. 리나가 몇 번이나 심히 수상하게 여겼던 그 피부색. 리나는 벨머에게 다가가 가까이서 그를 쳐다보았다. 그때 리나는 그가 눈에 콘택트렌즈를 끼고 있다는 것도 알았다. 테오 벨머는 여러 해 동안 정원사인 토마르의 말투와 행동거지를 관찰할 기회가 있었다. 지금 테오 벨머가 토마르로 행세하기에는 어렵지 않았다. 전에 리나는 그 집 안 사람들의 이야기를 통해 알았다. 토마르의 목소리를 몇 주 동안 듣지도 못했다고. 그렇다면 그는 몇 마디만 했을 뿐이다. 그래서 그들은 그가 이 나라 말로 무슨 말을 알고 있는지, 모르는 낱말은 무엇인지 몰랐다.

벨머가 그렁대며 낮은 목소리로 말하면 영락없이 토마르가 그렇게 하는 줄로 아무도 의심 없이 받아들였다.

"그래, 저 사람은 능수능란합니다."

콜러는 리나가 생각하는 것을 아는 듯 말했다.

"저 사람은 이 집에서 가장 성공적인 피난 방법을 생각해 냈습니다. 죽는 것! 살아 있지만 그렇게 죽는다는 걸요. 그리고 그는 추가의, 더한 기쁨을 가지고 있었어요. 그는 그들 사이에서 자신이 없어진 줄 믿고 있을 때 어떻게 행동하는지 가까이서 보는 것이 가능했습니다! 장례를 어떻게 치를지 혹은 치르지 않을지를. 그리고 더 있어요. 그는 자기 죽음으로 인해 모든 집 안 사람들이 경찰에 의심받게 해서 모두 고통받도록 하는 것이죠. 그건 그들이 그가 살아 있었을 때까지 그에게 대항했기 때문이죠. 벨머는 자신이 전혀 의심받지 않도록 하려고 살인을 저지른 겁니다. 그 자신이 희생자가 되면 살인혐의를 전혀 받지 않는 것이 일반적입니다. 그는 자신이 그들에 대항하여 그렇게 지옥 같은 계획을 꾸미기까지 그들을 아주 증오했습니다!"

그 형사가 벨머에게 말하지 않았지만 모두 알고 있었다. 콜러가 마침내 작가에게 말할 기회를 주면서 기다리고 있다는 것을. 테오는 재빨리 숨을 쉬었다. 그런 추정은 너무 세, 미리 준비해 두지 못했다. 그는 이런 사건에서 일절 실수하지 않도록 행동철칙을 생각했지만, 그러나 지금 상황은 전혀 뜻밖이었다. 그는 가면 벗기기도 거의 믿기지 않았다. 그게 의심의 여지가 없었지만. 그는 니콜의 시선을 찾았으나, 그 아가씨는 아직도 두 손으로 얼굴을 가린 채 앉아 아무 말도 하지 않았다. 침묵은 꽤 길었다. 드디어 벨머가 손을 들었다. 그가 말할 때까지 모두 기다렸다. 무슨 말을 할 건가? 설명인가, 무죄 주장인가?

벨머는 어렵게 말을 꺼냈다. 그의 목에는 방해물이 없었다.

의식 속으로 말을 가둬 놓은 제방들과 닫힌 수문들이 모여들고, 이젠 몹시 어렵고 아주 천천히 조금씩 조금씩 그 수문들이 열렸다. 그는 참석자들을 보지 않고, 그들이 전혀 존재하지 않은 것처럼 행동했다. 벨머, 그 범인은 그렁대는 목소리로 말했다.

"오랜 세월 동안 이 사람들은 나를 고문했습니다. 이 사람들은 매일 나의 크고 작은 비밀을 알게 됐다고 내게 알려주었습니다. 이 사람들은 나를 아무것도 아닌 상태로 만들어 버렸습니다. 저주받을 인간들. 이 사람들은 내가 잊히도록 내버려 두지 않았습니다. 내 역할을 했던 그 사람은 내가 아니었습니다. 한편, 세상에서 이 사람들은 똑같이 행동했습니다! 이 사람들은 나와 마찬가지로 거짓말을 했습니다. 기자가 오면, 내 아내는 천연덕스럽게 웃고는 '예, 작가 선생님은 곧 기자 앞에 나오실 겁니다.'라고 했죠. 그리고 레에트는 수줍은 듯 미소 지으며 나타나서는 '작가 선생님은 작업 중이라 기자님을 위해서 잠깐도 시간을 낼 수 없다는군요.'라고 했죠. 아리노는 대체로 이 모든 걸 기획하고는, 그의 출판사는 내 이름으로 먹고 살아갔습니다. 1년에 그 하나의 소설로 거의 언제나 수백만의 이익을 온전히 챙겼습니다. 그리고 니콜과 내가 서로를 재발견했을 때, 나는 이젠 더는 이렇게 버틸 수 없다고 느꼈습니다! 그 사랑은 제게 많은 힘과 새로운 생각을 불어넣어 주었습니다."

자신의 얼굴을 감싼 손을 내려놓은 니콜은 리나를 보고 있다. 그 아가씨는 천천히 몸을 돌려 그 남자를 향했다. 니콜의 '아버지'는 말을 이어 갔다.

"나의 지금까지의 인생은 이제 끝났다고 보았습니다. 최근엔 언제나 나는 이런 말을 했습니다. '아직은 너무 늦지 않았어!' 나는 내가 그렇게 믿기까지 오랫동안 그것을 해왔습니다. 니콜도 그 범행계획에 힘을 실어 주었습니다. 니콜이 나더러 누구를 죽이라는 그런 말은 하지 않았지만요. 나는 '그자들에게' 복수하고 싶었습니다."

벨머는, 리나가 두려워할 만큼 깊은 증오로 말했다. 의심의 여지 없이 고명한 한 사람이 그런 잔인한 결정을 하기까지 도대체 이 집에서 무슨 고통을 받았던가?

벨머는 이어 말했다.

"그리고 나는 알았습니다. 조용히 떠나는 거로는 충분하지 않다는 걸요. 어느 날 이 도시를 떠나 돌아오지 않는 것, 발자국 없이 사라지는 것으로는요. 그것은 나로서는 또 다른 패배, 내 인생에서 마지막이면서 동시에 가장 큰 패배 말입니다. 나는 자신이 과거에 누구였다는 그 어떤 신화를 끝장내야 했습니다. 나 자신과 나의 '작가적 존재'. 그러나 나는 곧 그걸 지루한, 천 번이나 써온 방식으로 즉 자살을 통해서는 하지 않기로 다짐했습니다. 나는 더 나은 방식을 꿈꾸었습니다. 벨머의 신화를 끝내면서 동시에 새로운 신화를 만들 수 있도록 말입니다. 그래서 테오 벨머는 죽어야 합니다. 나는 아리노가, 경찰이 그를 살인죄로 기소하지 않는다면, 광고를 크게 내서 내 운명과 이름으로 마지막 한 푼까지도 쥐어짤 것으로 잘 알고 있습니다. 아리노는 계속 나의 옛 책들을 발행할 겁니다. 그러나 나는 공증인 사무실에서 유언을 만들어 놓았습니다. 그 속엔 내가 죽으면 나의 작가로서의 저작권은 모두 니콜이 받도록 해두었습니다. 니콜이 나의 유일한 상속자입니다! 이 세상 사람들은 니콜이 나의 딸이 아닌 걸 모르기에 그리되리라 나는 희망했어요. 그 유언은 법에서는 공격 대상이 안 되지요. 나의 계획에 따르면, '나중에' 니콜은 이 도시에서 멀리 외국으로 여행을 떠나 우리가 함께 살 곳으로 갈 겁니다. 그렇게 나는 나의 여생을 보낼 것이고, 나의 돈도 잃지 않을 작정이었습니다."

벨머는 자신의 앞을 응시하다가 나중에 얼굴을 괴상하게 찌푸렸다. 그는 다시 자신의 미래 삶에 대해 말하려는가? 벨머는 계속 말했다.

"하지만 나는 복수를 생각하지 않을 수 없었습니다. 나는 '이 사람들에게' 내가 떠난 뒤 커다란 대가를 치르게 하려면 내가 뭔가를 해야 했습니다. 그리고 어느 날 내 머리에 이런 생각이 떠올랐습니다. 이 사람들이 바로 나 때문에 벌을 받아야 한다면 어떻게 될까? 마지막 순간에 내가 이 집에 아주 큰 불행을 가져온다면? 만약 내가 뭘 한다면, 그들은 서로 고발할 것이고, 그들 중에 아무도 정말 무슨 일이 일어났는지 모를 것입니다. 만약 모두 서로를 살해범으로 주장한다면? 이젠 아무도 다른 사람을 믿지 않도록 하려면? 하지만 난 이제야 이 모든 것은 불필요했다는 걸 알았습니다. 그때에도 이 사람들은 변하지 않을 것이고, 그것으로부터 아무것도 배우지 못할 겁니다. 그러나 나는 모든 걸 되돌려 주고 싶었고, 이 사람들에게 모두 복수하고 싶었습니다. 20년 동안이나 나를 속여 온 클라라에게 복수하는 것, 가장 좋은 친구이자 가까운 사람이자, 일정한 시간이 지나 내 책들을 출판함으로써 내가 감사해야만 한다고 알려 준 아리노에게 복수하는 것. 한편 아리노는 벌써 여러 해 전부터 내가 그의 노예처럼 되도록 작성해서 서명까지 한 계약을 만들어 놓았습니다. 나는 많지 않은 돈으로 나를 팔아야 했고, 내 미래의 작품들을 팔아야 했습니다. 그리고 나는 레에트에게 복수하여, 클라라와 이 세계에, 이 집안사람들에게 보여주고 싶었습니다. 지금까지 이 사람 모두 나로 인해 먹고 살 수 있었다고요. 내 이름으로 판 책들로! 레에트는 그들 중에서 가장 나쁜 자였습니다. 레에트는 자주 나를 놀리고 나를 다른 모든 사람과 싸우도록 일을 벌였습니다. 그는 그런 일을 한 번만 성공한 게 아니었습니다. 빌어먹을! 나는 레에트를 증오했습니다. 조금씩 나는 다른 사람들도 여러 해 동안 증오했습니다. 니콜만 제외하고요. 니콜은 언제나 빛이었고, 한 번도 암흑이 된 적이 없었습니다."

니콜과 벨머는 서로를 바라보고 있다. 그 아가씨는 잠자코 있었으나, 그 남자는 계속 말했다. 하지만 그 두 사람을 위한 세계는 언제나 다소 존재했다.

그중 한 사람은 자신의 과거와 복수심에 헤엄치고 있고, 다른 사람은 아름다운 순간만 기억하는 것 같다.

16. 일곱 개의 다른 인생

"나는 이 사람들보다 힘이 세기를 바랐습니다. 한 차례라도! 이들에 대항하여 싸우는 것, 하지만 그 싸움에서 살아남는 것, 승리자가 되는 것! 내가 가까이에서 이들에게 무슨 일이 일어나는지를 보고, 이들이 조금씩 조금씩 늪에 빠져드는 것, 그리고 이들에겐 어찌할 방법이 없고, 도울 수도 없게 되는 걸 볼 수 있도록요. 파울 로턴은 여기서 희생자일 뿐입니다. 나는 그가 경찰과 문제가 있었다는 것을 알고 바로 그 때문에 그를 초대했습니다. 확실히 그는 수사관에겐 의심 가는 인물이 될 테니까요."

"그리고 토마르는, 그 정원사는요?"

콜러가 날카롭게 질책하듯 물었다.

"그는 단순하고 어리석은 인물이었습니다. 한 번도 아무도 그에게 관심을 주지 않았습니다. 하지만 내가 그를 보지 않을 땐, 그도 나를 비웃는다는 걸 주목하게 됐습니다. 몇 번 그는 그런 뭔가를 말하기에, 그로부터 나는 이해하게 됐습니다. 그도 이 빌라에서 무슨 일이 일어나는지 잘 알고, 그는 정원에서나 테라스 쪽에서 사람들이 하는 말을 몰래 자주 들었습니다. 물론 그가 사람들이 하는 말을 모두 이해하지 못했지만, 그는 이 빌라에서 사람들이 나를 어떻게 대하는지 알게 되자, 또 내가 무반응임을 알자 그도 나를 경멸하게 됐습니다. 물론 토마르는, 진짜 토마르는 클라라와 나눈 나의 마지막 대화를 엿듣진 못했습니다. 그 대화의 유일한 증인은 '나' 자신이고, 나중에 나는 토마르가 그걸 들은 듯이 형사님께 말해 주었습니다. 나는 그만이 나를 '대신'할 수 있기에 토마르를 미래의 희생자로 삼게 됐습니다. 내 계획이 준비됐을 때, 토요일 오전 나는 정원으로 나가 토마르에 말했습니다. 나는 오늘 우리 손님들을 놀라게 해 줄 일을 준비해 두었는데, 내가 그들을 웃겨줄 거라고요. 나는 토마르에게 손님들이 테라스에 나와 있을 때, 내 집무실로 와 달라고 해놓았습니다. 그는 물론 내 말대로 행동했습니다. 집무실에서만 들어갈 수 있는 작은 욕실이 그곳에 있습니다. 나는 토마르더러 우선 목욕을 하라고 했고, 내 옷으로 갈아입으라고 했습니다. 한편 나는 욕실 가운을 걸치고, 자정이 지나, 그 손님들에게로 행진하듯이 갔습니다. 그러나 아무도 정말 나에겐 관심이 없었습니다. 왜냐하면, 그들은 앞서 이미 술을 많이 마셔 취해 있었습니다. 나중에 나는 다시 내 집무실로 돌아와, 토마르가 내 의복을 입는 걸 도와주고, 그의 의복은 어둠을 뚫고 그의 정원 쪽의 집에 갖다 두었습니다. 토마르는 그날 밤 내내 내 집무실에 앉아 그 손님들을 위해 예정된, 즐겁게 놀랄 순간이 언제 다가올지만 기다리고 있었습니다. 나는 내 방을 열쇠로 잠가 두어, 아무도 우연히 들러 그를 보지 못하도록 해놓고 방의 불도 켜지 못하도록 해 두었어요. 그리고 나는 그에게 많은 술을 가져다주었습니다. 술잔엔 다량의 수면제도 들어 있었습니다. 벌써 몇 주 전에 나는 멀리 다른 도시에 가서 가면과 가짜 수염을, 그의 머리카락과 아주 비슷한 수염을 사 놓았습니다. 자정을 넘어 한 시가 지났을 때, 온 집안이 조용해졌고, 나는 잠든 토마르의 수염을 면도해 버렸습니다. 쉬운 일은 아니었습니다. 제 말을 믿어 주십시오."

"천재성이 가장 돋보인 부분은 마늘이고요."

콜러가 알겠다는 듯이 주목해 말했다.

"정말 그렇군요."

리나가 맞장구를 쳤다.

"예, 나는 알고 있습니다. 토마르는 언제나 아주 많은 마늘을 먹었고, 그 때문에 아무도 그와 가까이 접촉하려 하지 않았습니다. 사람들은 그에게 말도 걸지 않았습니다. 그를 언제나 피했습니다. 니콜은 베티 방 앞에서 엿듣는 척했습니다. 그러나 정말은 그때 니콜은 감시원이었습니다! 만약 그때 복도에서 누가 나오기라도 하면 니콜이 내게 알려 주기로 되어 있었습니다. 하지만 니콜의 알리바이는 로턴에 대해 '질투심 많은 몰래 훔쳐보기'였습니다."

이젠 예기치 않게 니콜이 말을 시작했다. 니콜의 목소리는 둔탁하고 거의 생기가 없었다. 그렇게 니콜은 그 이야기를 이어 나갔다. 마치 이 장소와 이 낱말부터는 니콜 자신이 고백해야 하는 것 같았다. 그리고 이젠, 바로 그런 대목에 와 있다는 걸 형사들도 알고 있었다.

"4시 전에 나는 1층으로 갔습니다. 테오는 충분히 마늘을 먹어 그 냄새 때문에 나는 방을 환기해야 했습니다. 그러나 아주 조용히요. 아무도 뭔가를 듣지 못했습니다. 나는 이 홀의 출입문을 열어두었습니다. 모든 출입문은 테오가 재빨리 피신하도록 다 열려 있었습니다."

마틸다는 그제야 그 출입문을 자신이 나중에 닫았기에 그 계획에 뭔가 '나쁜' 일을 하게 된 걸 알았다.

"아가씨, 제가 알았다면요."

"조용히요!"

콜러는 힘껏 그리고 다급히 제지했다.

벨머는 앞을 바라보더니, 니콜도 쳐다보지 않은 채 다시 회상했다.

"이 모든 것은 잔혹했습니다. 지금 나는 내가 끝까지 어떻게 했는지 이해가 되지 않습니다. 내가 동물이었던가요? 그런 시간에 나는 정신이 이상한 사람이었습니다. 니콜 이외에 나는 이 집의 일부이자 거주자인, 나의 과거의 모든 사람을 증오했습니다. 나는 저 불행한 토마르까지도 증오했습니다. 그는 그때 이미 선택의 여지가 없었습니다. 그는 희생자였습니다. 그는 내 시체 역할을 해야 했습니다. 그 시체가 테오 벨머의 죽음을 알려주는 걸 경찰이 믿도록 말입니다. 몇 시간 전에 나는 그와 말을 나누고 있었습니다. 난 그에게 나의 옷을 입도록, 나의 내의를 입도록, 손톱도 짧게 깎아 두도록 명령했습니다. 그러는 동안 나는 어디선가 양말 한 켤레를 잃었어요. 그 때문에 그는 자기 양말을 신게 됐습니다. 나는 내가 수십 년간 보관하고 있었지만, 전혀 사용하지 않았던 피스톨을 집어 들었습니다. 토마르는 술에 취해 자고 있었습니다. 그는 확실히 행복한 꿈을 꾸고 있었습니다. 그는 아무 고통도 없었습니다. 나는 총구를 그의 입안에 놓고는…"

벨머는 자신의 두 눈을 감았다. 모두 할 말을 잃었다. 아리노는 온몸을 벌벌 떨고 있다. 클라라 얼굴엔 눈물방울이 주르르 흘러내렸다.

"나는 그의 머리가 어떻게 떨어져 나가는지 보았습니다. 필요할 것 같아서요. 그러나 온 사방에 피가 널브러지자 나는 안절부절못했습니다. 나는 흥분한 상태로 마당으로 달려가면서 내가 지나온 홀의 출입문을 닫는 걸 잊어버렸어요."

"그건 실수였어요."

콜러는 조용히 주목했습니다.

"그리고 레에트는요?"

"'그는 내가 여기 있는 걸 느끼고 있었습니다'. 그가 마지막으로 한 말을 형사님은 기억하시죠? 창을 등진 그가 창틀에 반쯤 앉은 채로 형사님께 말할 그때요. 그는 내 발걸음 소리를 알아챘습니다. 그가 모든 사람의 발걸음을 알고 있듯이요. 클라라나 일꾼은 그런 일엔 관심이 없었지만, 레에트는 본능적으로 주변 사람들의 발걸음과 행동과 말을 관찰하고 있었습니다. 그는 수없이 모든 사람을 엿들었습니다. 그래도 그는 어떤 식으로 '내가 없어진걸', 또 내가 바로 여기 가까이에 어떤 식으로 있는지도 알지 못했지만, 나의 존재를 느끼기는 했습니다. 그러나 그는 그 점에 대해 불확실했습니다. 그래, 그 울타리는…."

니콜은 마치 꿈에서 깨어나듯 말했다.

"울타리라고요?"

콜러는 재빨리 끼어들었다.

"그래, 울타리요! 그건 내겐 비밀을 푸는 열쇠였어요. 오늘 오전 '토마르'가 매우 서투르게 그 전지가위를 사용하는 걸 봤을 때만 해도 나는 아직 그에게 혐의를 두지 않았습니다. 그러나 클라라 벨머는 레에트와 어제 나눈 대화를 언급하면서 모로코에서 수입해온 울타리 얘기를 했습니다. '우리에겐 진귀한 식물인데 여기선 1년에 몇 번 가을에만 잘라 준다고요. 하지만 지금은 여름 초입인데 말입니다! 한편 우리 정원사는 오전 내내 그 울타리를 자르고 있었습니다. 이 계절에 진짜 정원사라면 저 모로코산 울타리를 손질하지 않습니다. 그래서 내 생각은 이렇게 바랐습니다. 그 정원사가 토마르가 아니기를 말입니다. 하지만 이 생각은 바로 반 시간 전에야 내 머리로 들어왔습니다!"

"그렇습니다. 그건 나의 실수였습니다."

그 작가는 낮은 소리로 말했다.

"하지만 여러 시간 빌라에 가까이 있으려면, 그렇게 할 수밖에 없었습니다. 그 벽이나, 건물이나, 창문에 가까이 서 있는 게 울타리니까요. 그리고 무슨 위험이 있으면, 니콜이 나에게 알려 줄 수도 있었습니다. 예를 들어서. 레에트를 신문하기 위해 불렀을 때 말입니다. 우리는 그 사람만 뭔가 나를 배신할 거로 알고 있었습니다. 그는 천 개의 눈과 귀를 지니고 있었습니다. 마침내 나는 그가 얼마만큼 알고 있는지, 얼마나 경찰에게 설명해 줄지 불확실했습니다. 그가 명석한 두뇌로는 무슨 말을 내뱉을까? 그는 어리석지 않잖습니까? 그리고 레에트가 나에 대항하여 뭔가를 계획하고 있음을 예측했습니다. 그래서 그를 막아야 했습니다."

"그럼 니콜, 아가씨가 이 범행을 도왔고요."

콜러는 젊은 아가씨에게 비난하는 목소리로 말했다. 그녀는 콜러를 향해 몸을 돌렸고, 한동안 그들은 서로 노려 보았다. 그리고는 말했다.

"저는 그분을 사랑하니까요."

자연스럽고도 간단명료하게. 베티는 감동하기조차 했다.

"맙소사!"

베티는 눈물을 훔쳤다. 클라라도 울음을 터뜨렸다. 아리노는 클라라를 위로했지만, 클라라를 바라볼 용기는 없었다. 안락의자에 걸쳐진 클라라의 손을 쓰다듬을 뿐이었다. 아리노가 걱정했던 그 강력한 충격은 그렇게 닥쳐왔다. 그 신비의 건축물은 무너져

파멸되어 갔다. 레에트도, 벨머도 이젠 그를 위해 책을 저술하지 못할 것이다. 이젠 절대로! 확실히 콜러는 그 점을 생각하고 있었다.

"이제 나는 니콜이 왜 그런 말을 했는지 이해가 가는군요. '테오 벨머는 자신의 가장 훌륭한 이야기는 아직 쓰지 않았다'라고 한 말요. 정말 그랬어요. 그는 그걸 쓰지 않았지만, 그의 실제 삶 속에서 그 일은 현실화됐군요! 당신, 벨머는 모든 걸 교활하게도 짜놓았고요. 이 집 사람들은 토마르를 전혀 관찰하지 못했고요. 반대로 이 사람들은 그에게서 멀어지려고만 애를 썼고요. 우리 경찰은 이 집에선 낯선 사람들이라 토마르를 전에 한 번도 본 적이 없기에 당신이 토마르 흉내를 내면서 작은 실수를 저질러도 우린 전혀 눈치챌 수 없었어요. 마늘은 토마르와 다른 모든 사람의 사이에 '벽'이 돼 주었지요. 그래 이중 살인은 여기서 조용히 진행됐어요. 우리 눈앞에서, 원시적이면서도 한 번도 입어 본 적 없는 정원사의 넝마를 걸친 채 조금씩 자기 목소리를 변조시켰고, 그는 거의 우리말도 하지 못했고, 자신의 목소리도 변조시키면서도요. 또 그 경우에도 벨루지스탄 말로 말할 줄 아는 아주 특출한 형사가 왔더라면 낭패에 빠지지 않을 수 있었어요. 나로서는 당신 계획에 따라, 며칠 뒤에는 그 '정원사'가 자유롭게 이 빌라를 영원히 떠나게 될 것으로 알았지요. 아무도 그 사건에 놀라지 않을 것이고, 토마르는 그 작가 선생님을 아주 좋아했고, 그가 아직 살고 있으면서 여기서 더 일할 수 없음은 정말 자연스럽지요. 이 도시 공무원들은 오래지 않아, 테오 벨머의 죽음을 발표할 것이고, 공증인 사무실에 있는 유언장을 개봉하게 될 것이지요. 그의 재산과 저작권을 그의 '딸 니콜'이 상속을 받게 될 것이요. 그렇지 않은가요? 그리고 물론, 니콜 양은 몇 주 지나서 아니면 그 사건이 의심을 받지 않도록 하려고 몇 달 뒤에 어디론가 달아날 것이고요. 니콜은 '토마르 야와할 핀텐나라스' 라는 여권이나 아니면 자기 여권으로 벨머 씨가 이미 사는 곳으로 가려고 했지요?"

지금 리나도 몇 가지 생각을 덧붙였다.

"나는 첫 순간에 벨머 씨 타자기에 먼지가 쌓여 있는 걸 알아챘어요. 그 타자기로는 벌써 여러 달 동안 한 자도 치지 않았다는 걸 알게 됐어요. 이젠 언제나 밤새도록 켜놓은 2층 복도의 작은 전등은 간밤에는 켜지지 않았지요. '누군가' 간밤에는 꺼 놓았어요. 니콜은 맨 처음 신문에서 말했어요. 니콜은 자신의 아버지를 '사랑했지만' 이상하게 그 말에서 그 음성이 바뀌는 걸 느낄 수 있었어요. 하지만 그때 우리는 그것은 죽음으로 인해, 그 비극으로 인해 슬퍼하는 것으로 믿었어요. 이젠 그 상황은 전혀 달랐어요. 마치 우리가 알고 있듯이요. 벨머는 니콜의 아버지가 아니고, 다른 방식으로 니콜은 그를 사랑했어요. 그러나 그것은 내 안에 최대한도로 작은 흥분을 가져온 작은 것에 불과했어요. 그 이상은 아니었어요. 아가씨, 나는 아가씨가 친아버지인 아리노 씨에 대해선 전혀 관심을 두지 않았던 것에 놀라지 않아요. 그는 여러 해 동안 아가씨 앞에 설 용기가 없고, 진실을 말할 용기도 없고, 온 세상에 아가씨가 친딸인 걸 발설할 수도 없었어요. 아가씨가 간밤에 2층에서 1층으로 내려간 낯선 사람의 발걸음을 들었다고 말하면서 우리 수사에 혼선이 생기도록 했지요?"

니콜은 말없이 고개를 끄덕였다.

"그래요, 나도 그런 줄로 생각했어요."

리나는 말했다.

"아무도 아가씨 당신을 제외하고는 복도에서 간밤에 다니지 않았습니다. 그리고 지금은 물론, 우리는 아가씨가 말한 다른 문장을 정말 어떻게 이해해야 하는지를 알고 있었어요. 내가 언급해볼까요? '나는 테오 그분을 위해 뭐든 할 준비가 되어 있어요!'"

니콜이 일어섰다. 벨머는 벌써 일어서 있었다. 그 두 사람은 서로 쳐다보았다. 그 아가씨는 주검처럼 창백한 얼굴이었고, 마침내 뭔가 말을 꺼낼 때는 그 아름다운 활모양의 윗입술이 파르르 떨렸다.

"난 아직도 모든 걸 할 준비가 되어 있어요. 이 분을 위해서라면."

니콜은 앞으로 걸어 나왔다. 경찰이 벌써 손을 뻗었고, 트렙스는 그 작가와 그의 연인 사이에 서려고 했다. 그러나 그들은 그 경찰의 어깨너머로 서로를 쳐다보고 있었다. 벨머 얼굴엔 벌써 고통의 주름이 각인됐다. 하지만 그의 피곤한 두 눈엔 어떤 반짝임이 어렸다. 그가 니콜을 쳐다볼 그때만.

"난 테오가 원하는 대로 모든 걸 했어요."

니콜이 속삭였다.

"난 우리가 나중에 함께 있으려고 모든 걸 다했지."

벨머가 대답했다.

"테오, 사랑해요."

"니콜, 사랑해."

그 장면은 연극 같지는 않았다. 그렇지만 마틸다와 베티는 눈물을 쏟았다. 클라라는 의자에 몸을 숙인 채 고통스러워했다. 아리노는 이제야 그의 딸이 기소될 것을 눈치챘다. 머지않아 그 딸이 감옥으로 가게 될 것도.

"니콜!"

그는 크게 외쳤다. 그의 목소리에는 25년의 온갖 씁쓸함이 같이 녹아 있었다. 아리노는 이제 사업가도, 클라라 벨머의 연인도, 출판업자도 아니다. 그의 철면피 같은 얼굴에는 진실로 아픔이 보였다. 지금, 이제야 그는 아버지였다.

그러나 그는 여느 때처럼 늦었고, 비극적으로 늦었다. 아무도 그를 기다려 주지 않았고, 맨 나중엔 니콜마저도.

"불쌍한, 불쌍한 아가씨!"

마틸다는 한숨을 내쉬고는 늙고 피곤한 두 눈에서 눈물을 닦아냈다.

"우리나라에는 이젠 사형제도가 없어요."

파울 로턴이 정신 차리면서 주목했다.

"이 두 사람이 감옥에서 나올 날이 올 겁니다. 니콜이 먼저 나중에 벨머도. 그를 종신형에 처한다 하더라도 기회가 있습니다. 만약 감옥에서도 그가 몇 작품을 짓고, 우리 공화국 대통령께서 그를 사면하면요."

리나는 로턴의 말을 듣지 않고 그 두 사람만 바라보고 있다. 마치 그들은 어디 딴 곳에 있는 것 같이 서로 둘만 바라보았다. 그들에게 다른 모든 것은 세상에서 사라져 버린 것 같았다. 리나는 알았다. 니콜과 벨머는 지금 다른 사람들이 하는 말은 전혀 듣고 있지 않았다는 걸. 이 순간만이 소중하다고, 그것을 그들 두 사람은 감옥에서 오래 기억할 것이다. 니콜은 기회가 있을 것이다. 판사들은 로맨스가 있는 사건들을 좋아하고, 마침내 니콜은 자신의 사랑 때문에 모든 걸 했다. 모든 것이 가능하다. 그러면 니콜은 감옥으로 벨머를 오래오래 찾아갈 것이다. 그 작가에겐 니콜이 전부이고, 온 '우주'다. 니콜은 그에게 희망을, 이미 젊지 않은 남자로서도 모든 걸 다시 시작할 기회를 그에게 줄 것이다. 그는 그들이 똑같은 바퀴의 다른 한쪽으로 지내 왔던 순간들을 기억하며 매일 저녁 잠들게 될 것이다. 그리고 그는 그런 저녁이 수천 일, 수천 일은 될 것이다.

콜러의 손짓에 트랩스와 다른 경찰은 니콜과 벨머를 압송했다. 아리노는 앞을 내다보며 탄식했다.

"우리가 니콜을 위해 변호사를 구해봅시다. 시내에서, 이 나라에서 가장 좋은 변호사를!"

"그럽시다."

클라라 벨머는 공허한 머리와 무색의 음성으로 대답했다.

"좋은 변호사는 든든히 도와줄 수 있지요."

파울 로턴은 베티에게 다가가 그녀 팔을 잡았다.

"베티는 가는 거지?"

베티는 주저하지 않고 고개를 끄덕이고는 그를 따라갔다. 그들 둘은 살롱을 빠져나갔다. 마틸다는 두 눈의 눈물을 닦고는 손수건을 가지런히 숨기고 말했다.

"벌써 오후에 차를 준비할 시간이 다가왔군요. 서둘러야겠어요."

그리고는 자리에서 일어나 형사들을 물끄러미 봤다. 아무도 그녀를 막지 않자 곧장 자리를 떴다. 그 뒤에는 리나와 니콜만 남게 됐다. 리나는 그를 존경 어린 눈빛으로 바라보았다.

"축하해요, 형사님. 대단하군요."

"운이 좋았죠."

그는 겸손하게 말했다.

"그리고 환경이, 여러 우연이⋯."

나중에, 하지만 명백한 것은 그가 그 사건에 대해 몇 가지 더 말하고 싶었다.

"불쌍한 벨머! 아침에야 우리는 그가 자기 책을 저술하지 않았다는 걸 알았어요. 나중엔 그의 아내도 그의 것이 아니고, 그의 딸도. 그의 삶 전부가 강탈당한 것뿐이네요. 그리고 이젠 그의 운명도 그의 것이 아니고요."

콜러는 열린 창문을 통해 벌써 저녁이 된 걸 알았다. 오후는 이제 스러지고 빛은 외부에서 회색이 됐다. 그러나 공기는 차갑지 않았다. 그리고 그는 도로 쪽에서 뭔가 이상한 소란을 들었고, 그건 그에게 마지막 의무를 기억나게 해 주었다.

"취재기자들을 만나러 가야 합니다."

"가요."

리나는 그의 곁에 바짝 붙어 섰다. 하지만 그들은 지금 서로가 아니라 그 다른 두 남자와 여자에 대해 말하고 있다.

"그들은 서로 아주 사랑했네요."

리나가 속삭였다.

"내가 당신을 사랑하듯이."

콜러는 리나를 껴안았다. 지금 그들은 서로 키스를 나누지 않았지만, 그것으로 충분했다. 키스하지 않아도 그들은 상대방이 무슨 생각을 하는지, 뭘 느끼는지 깊이 공감하고 있다. 이 포옹은 모든 상황을 확정했다. 외로운 삶은 끝났다. 리나는 반쯤 웃으며 그의 품에서 빠져나와 머리를 매만졌다. 꼭 매어놓은 머리

묶음은 리나의 이마 쪽으로 흘러내리고 있다. 그리고 리나는 그만큼만 말했다.

"가요, 형사님! 난 차 안에서 기다리고 있겠어요. 그리고 오늘은 내 집으로 가요. 멋진 저녁을 준비할게요. 그건 정말 오붓한 식사가 될 거요. 화목한 가정에서처럼…."

"예, 부인!"

콜러는 리나에게 장난기 어린 거수경례를 하고는 입가에 웃음을 크게 걸친 채 서둘러 나갔다.

리나는 그 정원을 지긋이 바라보았다. 해가 뉘엿뉘엿해지고 있어, 사물의 그림자가 길게 늘어졌다. 오래지 않아 어둠이 깔릴 것이고, 그러면 모든 걸 덮게 되고, 조용히 감춰 줄 것이다. 다시 박쥐가 날게 되고, 땅 그림자는 흩어지게 될 것이다. 땅은 낮에 모아둔 열기를 내뿜을 것이다. 울타리, 작은 꽃나무, 나무, 풀밭…. 이 모든 것은 계속 살아가고 오랜 후에도 살아남을 것이다. 모든 것을 견뎌내며…. (끝)

작가 소개(부산일보 인터뷰)
- 헝가리 국민작가 이스트반 네메레[1]

'시대의 위험 일찍 알리는 것이 작가 역할'

사진: 헝가리 대평원 숲 속에 집을 짓고 사는 이스트반 네메레 작가가 가족과 다름없는 개와 함께 포즈를 취하고 있다.

1분에 200명의 아이가 태어난다. 이들 중 영어를 모국어로 하는 아이는 12명뿐이다. 전 세계 인구의 고작 6%다. 나머지

1) *역주:[출처:부산일보]
(http://www.busan.com/view/busan/view.php?code=200706
02000178).

는 다른 모국어를 갖고 있다. 그런 까닭에 세상에는 영어 이외의 모국어로 된 문학작품이 더 많다. 하지만 현실은 그렇지 않다. 영문학이 주류고 비영문학은 비주류다. 헝가리 국민작가인 이스트반 네메레(63·Istvan Nemere)도 그런 문학인 중 하나다.

그럼에도 불구하고 그는 헝가리에서 가장 많은 책을 펴냈고 가장 많은 책을 판매한 작가다. 헝가리 전체 인구가 1천만명인데 헝가리 국내에서 팔린 그의 책이 무려 1천100만권이다. 하지만 그의 책은 아직 국내에 단 1권도 소개되지 않았다. 이유가 뭘까.

그 이유 중 하나는 한국만큼 영어로 된 책을 좋아하는 나라도 없기 때문이다. 우리가 그만큼 영어에 경도돼 있다는 얘기다. 아마 영어 이외의 언어라고 해도 일어와 중국어, 불어, 독일어, 스페인어 등의 범주를 벗어나지 못한다. 우리가 정녕 관심을 둬야 할 지구촌 언어가 5~6개에 불과하다는 사실은 이런 이유로 우리 스스로를 더욱 슬프게 한다.

그와의 접속은 이런 판단에서 이뤄졌다. 접속 언어는 한글도, 헝가리어도, 영어도 아닌 에스페란토였다. 그는 "헝가리어와 폴란드어, 에스페란토를 모두 모국어처럼 잘 사용할 수 있다"고 말했다. 모두 4차례에 걸쳐 34개의 질문을 던졌고, 그는 그때마다 장문의 답변서를 보내왔다.

"의외의 e-메일에 놀랐습니다." 그는 부산일보 독자들과의 e-메일 대화를 무척 즐겁고 행복하게 생각했다. 하지만 답변에 앞서 그는 헝가리 문학에 대해 한국민들이 좀 더 많은 관심을 가져줄 것을 주문했다. 그것은 헝가리 작가를 위해서 뿐

만 아니라 한국민들을 위해서도 바람직한 일이라고 그는 주장
했다.

"세상에는 영어 외에도 100여개의 흥미로운 언어로 쓰인 문
학이 있습니다. 한국 문학도 그중의 하나일 겁니다. 그 문학은
영어권 작품보다 훨씬 더 다양하고, 훨씬 더 알찹니다."

질문은 일상에서부터 시작됐다. "오전 5시에 일어나고 오전
6시부터 글을 씁니다. 글쓰기는 대략 오후 2시나 2시30분까지
계속되죠." 지난 1980년 이후 전업작가로 활동하면서 굳어진
습관이라고 했다. 하루 8시간씩 거의 매일 반복되는 작업이었다.

이런 이유로 그는 헝가리에서 가장 많은 책을 출간한 작가
로 유명했다. 그는 이달 말로 467권의 책을 펴냈다고 했다.
믿을 수 없었다. 467권이라니! 첫 책이 출간된 것은 1974년
이었다. 설핏 계산해도 매달 1권 이상을 펴냈다는 얘기였다. "
물론 늘 글을 쓴 것은 아닙니다. 어떤 작품은 5~6년 동안 소
재만 모으기도 했죠." 그럼에도 불구하고 그는 "20여권의 작
품을 이미 6~7개 출판사에 건넸고 곧 출간될 예정"이라고 말
했다.

그는 82년 유럽 최고의 SF 문학상 중 하나인 '유로콘(유럽
SF 컨벤션) 상'을 받았다. 최근엔 노벨 문학상 후보로도 거론
됐다. 하지만 이런 소문을 그는 꽤 부담스러워했다. 앞서 지난
2002년 같은 헝가리 작가인 임레 케르테스(78)가 먼저 노벨
문학상을 받은 이유에서였다. 그럼에도 그는 여전히 유력한
노벨 문학상 후보로 거론되고 있다. 이유는 그가 120년 전통
의 에스페란토 문학계에서 상당한 권위를 부여받고 있기 때문
이었다. 국제에스페란토펜클럽이 그를 적극 지원하고 있고 최

근 유럽연합(EU)의 공식 공용어로 에스페란토가 부상하고 있는 까닭이었다. 그는 이런 배경을 감안했는지 "내 조국이 내 언어가 아니라 내가 쓰는 언어가 내 조국"이라며 에스페란토에 대해 특별한 의미를 부여했다.

그는 다작의 작가인 만큼 다양한 직업을 전전했다. "평생 18가지의 직업을 가졌죠. 그 직업을 통한 경험이 다작의 원천이 됐습니다." 노무자와 구급차 응급구조사, 책 외판원, 군인, 시체해부 보조원, 엑스트라 배우, 사서원, 보험설계사, 숲 관리사 등이 모두 그의 직업이었다.

관심 분야를 물었다. "첫 작품은 범죄소설이었죠. 하지만 지금은 역사와 초자연 현상에 더 많은 관심을 두고 있습니다." 수없이 전전했던 직업만큼이나 그의 관심 분야도 상당히 다양했다. 과학과 사회심리, 모험, 우주, 죄, 인류 등이 그가 쓴 소설의 주제였다.

하지만 그는 유난히 공산주의에 대해 강한 반감을 드러냈다. 옛 소련 치하의 헝가리를 기억하기가 싫은 탓인 듯했다. "이 세상에 존재했던 가장 잔인하고 반인륜적인 체제가 공산주의입니다." 그는 헝가리의 공산화 45년에 대해 치를 떨었다.

"하지만 저는 여전히 좌익 지식인으로 분류되고 싶습니다." 공산주의를 반대하는 것은 분명하지만 "지성인이라면 모름지기 우익을 찬양해서도 안 된다"고 그는 주장했다. 인권과 노동권, 자유, 연금제도, 건강보험 등의 가치를 지구촌에 뿌리내리게 한 것은 우익이 아니라 좌익 투쟁의 산물이었다고 그는 평가했다.

대화를 좀 더 진전시켰다. 세계화를 어떻게 보느냐고 물었다. 헝가리가 오는 2010년 EU에 합류함을 전제로 한 질문이었다. 그는 하지만 다른 의미의 세계화에 무게를 뒀다. "인류가 가장 중요하죠. 누구나 이 범주에 들어갑니다. 그 다음이 헝가리라는 국가이고, 또 그 다음이 지역입니다. 가족은 마지막 순서에 놓여집니다. 하지만 많은 사람들은 이런 평범한 가치를 역순서로 이해하려고 합니다. 갈등은 이런 사고방식에서 늘 발생하죠."

그는 지난 2001년부터 헝가리 대평원 숲에 집을 지어 아내와 살고 있다. "집 주변에 나무를 많이 심었는데 지금은 거의 숲 수준에 이르고 있다"고 그는 말했다. 마지막으로 작가의 역할에 대해 물었다. 그는 자신의 작품 중 하나인 '침묵은 외친다'의 한 구절을 언급했다. "다가올 시대의 위험을 좀 더 일찍 알려주고 뒤나 옆을 되돌아 볼 수 있게 하는 것이 작가의 존재 이유죠."

백현충기자 choong@busanilbo.com
에스페란토 번역=장정렬 한국에스페란토협회 교육이사

옮긴이 소개

장정렬 (Jang Jeong-Ryeol(Ombro))

1961년 창원에서 태어나 부산대학교 공과대학 기계공학과를 졸업하고, 1988년 한국외국어대학교 경영대학원 통상학과를 졸업했다. 현재 국제어 에스페란토 전문번역가와 강사로 활동하며, 한국에스페란토협회 교육 이사를 역임하고, 에스페란토어 작가협회 회원으로 초대된 바 있다. 1980년 에스페란토를 학습하기 시작했으며, 에스페란토 잡지 La Espero el Koreujo, TERanO, TERanidO 편집위원, 한국에스페란토청년회 회장을 역임했다. 거제대학교 초빙교수, 동부산대학교 외래 교수로 일했다. 현재 한국에스페란토협회 부산지부 회보 'TERanidO'의 편집장이다. 세계에스페란토협회 아동문학 '올해의 책' 선정 위원이기도 하다.

역자의 번역 작품 목록

-한국어로 번역한 도서
  『초급에스페란토』 (티보르 세켈리 등 공저, 한국에스페란토청년회, 도서출판 지평),
  『가을 속의 봄』 (율리오 바기 지음, 갈무리출판사),
  『봄 속의 가을』 (바진 지음, 갈무리출판사),
  『산촌』 (예췬젠 지음, 갈무리출판사),
  『초록의 마음』 (율리오 바기 지음, 갈무리출판사),
  『정글의 아들 쿠메와와』 (티보르 세켈리 지음, 실천문학사)
  『세계민족시집』 (티보르 세켈리 등 공저, 실천문학사),
  『꼬마 구두장이 흘라피치』 (이봐나 브를리치 마주라니치 지음, 산지니출판사)
  『마르타』 (엘리자 오제슈코바 지음, 산지니출판사)

『사랑이 흐르는 곳, 그곳이 나의 조국』(정사섭 지음, 문민)(공역)

『바벨탑에 도전한 사나이』(르네 쌍타씨, 앙리 마쏭 공저, 한국외국어대학교 출판부) (공역)

『에로센코 전집(1-3)』(부산에스페란토문화원 발간)

-에스페란토로 번역한 도서

『비밀의 화원』(고은주 지음, 한국에스페란토협회 기관지)

『벌판 위의 빈집』(신경숙 지음, 한국에스페란토협회)

『님의 침묵』(한용운 지음, 한국에스페란토협회 기관지)

『하늘과 바람과 별과 시』(윤동주 지음, 도서출판 삼아)

『언니의 폐경』(김훈 지음, 한국에스페란토협회)

『미래를 여는 역사』(한중일 공동 역사교과서, 한중일 에스페란토협회 공동발간) (공역)

-인터넷 자료의 한국어 번역

www.lernu.net의 한국어 번역

www.cursodeesperanto.com,br의 한국어 번역

Pasporto al la Tuta Mondo(학습교재 CD 번역)

https://youtu.be/rOfbbEax5cA (25편의 세계에스페란토고전 단편소설 소개 강연:2021.09.29. 한국에스페란토협회 초청 특강)

<진달래 출판사 간행 역자 번역 목록>

『파드마, 갠지스 강가의 어린 무용수』(Tibor Sekelj 지음, 장정렬 옮김, 진달래 출판사, 2021)

『테무친 대초원의 아들』(Tibor Sekelj 지음, 장정렬 옮김, 진달래 출판사, 2021)

<세계에스페란토협회 선정 '올해의 아동도서' > 『욤보르와 미키의 모험』(Julian Modest 지음, 장정렬 옮김, 진달래 출판사,

2021년)

아동 도서 『대통령의 방문』 (예지 자비에이스키 지음, 장정렬 옮김, 진달래 출판사, 2021년)

『국제어 에스페란토』 (D-ro Esperanto 지음, 이영구. 장정렬 공역, 진달래 출판사, 2021년)

『헝가리 동화 황금 화살』 (ELEK BENEDEK 지음, 장정렬 옮김, 진달래 출판사, 2021년)

알기 쉽도록 『육조단경』 (혜능 지음, 왕숭방 에스페란토 옮김, 장정렬 에스페란토에서 옮김, 진달래 출판사, 2021년)

『크로아티아 전쟁체험기』 (Spomenka Štimec 지음, 장정렬 옮김, 진달래 출판사, 2021년)

『상징주의 화가 호들러의 삶을 뒤쫓아』 (Spomenka Štimec 지음, 장정렬 옮김, 진달래 출판사, 2021년)

『사랑과 죽음의 마지막 다리에 선 유럽 배우 틸라』 (Spomenka Štimec 지음, 장정렬 옮김, 진달래 출판사, 2021년)

『침실에서 들려주는 이야기』 (Antoaneta Klobučar 지음, Davor Klobučar 에스페란토 역, 장정렬 옮김, 진달래 출판사, 2021년)

『희생자』 (Julio Baghy 지음, 장정렬 옮김, 진달래 출판사, 2021년)

『피어린 땅에서』 (Julio Baghy 지음, 장정렬 옮김, 진달래 출판사, 2021년)

『공포의 삼 남매』 (Antoaneta Klobučar 지음, Davor Klobučar 에스페란토 역, 장정렬 옮김, 진달래 출판사, 2021년)

『우리 할머니의 동화』 (Hasan Jakub Hasan 지음, 장정렬 옮김, 진달래 출판사, 2021년)

『암부르그에는 총성이 울리지 않는다』 (Mikaelo Bronŝtejn 지음, 장정렬 옮김, 진달래 출판사, 2022년)

『청년운동의 전설』 (Mikaelo Bronŝtejn 지음, 장정렬 옮김, 진달래 출판사, 2022년)

『반려 고양이 플로로』 (Ĥristina Kozlovska 지음,

Petro Palivoda 에스페란토역, 장정렬 옮김, 진달래 출판사, 2022년)

『푸른 가슴에 희망을』 (Julio Baghy 지음, 장정렬 옮김, 진달래 출판사, 2022년)

『민영화 도시 고블린스크』 (Mikaelo Bronŝtejn 지음, 장정렬 옮김, 진달래 출판사, 2022년)

『메타 스텔라에서 테라를 찾아 항해하다』 (Istvan Nemere 지음, 장정렬 옮김, 진달래 출판사, 2022년)

『세계인과 함께 읽는 님의 침묵』 (한용운 지음, 장정렬 옮김, 진달래 출판사, 2022년)

편집자의 글

참으로 공들인 책이 나왔습니다.
여러 번의 교정작업을 통해 글을 갈고 다듬었습니다.
좋은 책을 만들고자 하는 마음에서입니다.
힘들게 나온 만큼 좋은 성과가 있기를 바랍니다.
이 책 『살모사들의 둥지』는 범죄 스릴러입니다.
한밤중에 유명작가가 살해되는 사건이 발생하고,
경찰이 수사하는 과정에 또 한 건의 살인사건이 일어나는 무서운
이야기입니다.
인기도서를 많이 써서 널리 알려진 작가 테오 벨머는 돈을 많이
벌어 좋은 저택을 사 일꾼도 많이 고용하고 있습니다.
유명작가 주변에는 출판사 친구도, 대필작가도 돈 때문에 모이게
되어 결국 비밀스럽게 공생하는 관계가 되고 **살모사들의 둥지**가
만들어집니다.
이곳에서 음란과 사기, 질투와 시기가 이들 사이에 발생하며 부
녀의 금지된 사랑이 나오고, 죽음의 현장에서는 긴장 속에 형사
들의 새로운 사랑이 싹틉니다.
범인을 찾아가는 형사들의 추리와 노력이 빛을 내며 반전을 거듭
해 살인자를 찾아내는데 손에 땀을 쥐게 합니다.
천만 독자를 가진 **이스트반 네메레**의 놀라운 작가 역량을 만날
수 있습니다. **장정렬** 선생의 번역을 통해서라도.
이 책을 계속 읽고 교정하면서 범죄 스릴러의 짜릿함을 느낍니
다. 독자 여러분들의 재미있고 행복한 독서시간이 되길 바랍니다.
앞으로도 잘 알려지지 않은 세계 각국의 에스페란토 문화를 널리
알리고 유익하고 알찬 책을 만들어 내는 출판사가 되도록 힘쓰겠
습니다. 감사합니다.

오태영(진달래 출판사 대표)